创意写作书系

写出
心灵深处的故事

WRITING STORIES
FROM OUR HEARTS

——踏上疗愈之旅（修订版）

李华 著

中国人民大学出版社

·北京·

献　给
兰达夫人、我的学生们和每一位读者

序　言

李华老师一向优雅、知性而美丽。

2006 年，她刚从美国南加州大学拿到创意写作学位回来，到中国人民大学外国语学院任教，要给英语系大三的学生开设回忆录写作课程。当时国内对这门课存在普遍的疑问：第一，写作能教吗？第二，大学生有回忆录可写吗？之所以有此两问，言外之意为：写作才能不是天生的吗，如何教得？回忆录不是只有功成名就者方有资格撰写吗，阅历尚浅的年轻学生如何写得？有此问者众，问得经常，问得有理，兼言之凿凿，表情严肃。我们让她教教看。人大之大，英语系课程之多，容得下这些许疑问。

一个学期后，有了学生的作品朗读会。台上读得深沉而陶醉，台下听得涕泪横流而掌声齐飞。一学期一次的作品朗读会就这样延续了下来。再后来，有了打印成稿的学生作品集。精心的编排，还加了中文的译文。英语系的同学用双语写作，是大家乐意看到的。展卷阅读，我对原本熟悉的学生又多了许多了解。这些回忆录的作者我都是认识的，都曾经上过我的课，还有的后来成了我的研究生。读完他们的文字我觉得才算对他们由认识进而熟悉。所谓认识，知其学业、为人、志趣而已。所谓熟悉，唯有深入其内心。能够敞开心扉，打开心灵隐秘的角落，道出不容易回首的过往，说出对父母甚至对任何人都不会轻易说出的故事，直面内心的震颤，很难做到。

李华是一位优秀的创意写作教师。

她在人大耕耘坚守，终于看到了收获的一天。创意写作让学生、让每一个平凡的人敞开心扉，写出了自己心灵深处的故事。我之重新认识很多学生，是通过他们的作品。他们之重新认识自己和世界，是通过写作。

创意写作有一种神奇的魅力，增加了我们对文学的经验和理解。写作让我们从自己的过去、从别人的故事中看到感动的力量，找到滋养心灵的源泉。这种写作与是否成为作家无关，虽然这毫无疑问对成为作家是有益的。这种写作与能否坚持写下去无关，虽然坚持这样的写作肯定收获良多。创意写作是一种神奇的体验。

李华是一位心灵疗愈的实践者和热情的导师。

书中有很多疗愈的故事。李华老师也分享了她自己学习写作的艰难过程，描述了心灵疗愈的动人时刻。她践行了书中的所有步骤。我们愿意敞开心扉，探索自己心灵的深处，很大原因是受到了她的身体力行的影响和热情感召。

这是一本独特的非虚构写作教科书。

我很幸运，能够认识书中很多例文的作者。我很高兴，可以见证他们在李华老师的指导下，从羞于交流到敞开心扉、写出故事的过程。如果说到祝愿和希望，我希望书中的人和读到这本书的人在今后的人生中，都能回想起自己为别人、为自己、为这个世界感动的时刻，都能保持着心灵的激情与颤动，诚实地面对自己，保有写作的能力和热情。

相识一生，相知一刻。这一刻就是触及了我们心灵极柔软处受到感动的刹那。这一刻就是我们长久凝视生活得到领悟的瞬间。因这一刻的感动和领悟，我们理解了家人和自己，我们了然了世界和人生。保持这一刻的感动，可使心灵的故事延续、延伸。

这是一本助人成长也能够促使自我生长的书。

从美国到中国、到哥斯达黎加，再回到中国，李华老师的写作课在不断丰富和延伸。从课堂、教材到直播、微课，这本书的受益者不断增多。写作和疗愈是双向的奔赴，写作可以疗愈，疗愈促进写作。我们心灵受困时，能够救助的方式并不多，写作有时甚至是唯一的依靠。写给自己，分享与人，乃人生之乐事和幸事。希望我们在这本书中体验写作与疗愈的双重提升。

刁克利

2024 年 4 月 30 日

致读者

亲爱的朋友：

　　这本书是专门为你量身定做的非虚构创作指南，希望能帮助你写出心灵深处的真实故事。阅读本书时，身边请准备一支笔，几张 A4 白纸，或者一本 A4 尺寸的写作本，以便你可以随时按照书中的要求来完成写作练习。因为这本书不仅是供你读的，更是让你去写的。

　　本书第一部分"学会心手相连地自由写作"是创意写作的热身练习，让你学习听到自己心灵深处的声音，为第二部分的非虚构创作做好准备。第二部分"写出心灵深处的故事"是本书的核心部分。你将学习创作回忆录，采访你感兴趣的人并写报道，让你的想象力把你带到一个神奇的地方，最后体会到疗愈写作的魅力。第三部分"分享我们的故事和生命"将带领大家在作品朗读会和公众号推文上分享自己的故事，并鼓励每一位朋友更加热爱生命。

　　如果你有写作伙伴或者写作课上的同学，希望你们能一起做每章开头的热身练习，相信你们一定会非常开心并且"脑洞"大开！如果你是写作老师，你可以在课上做热身练习，一定会有非常活跃的课堂效果。

如果你能每周花一个小时左右（不超过两个小时）的时间来阅读本书并做练习，三个月后，你就能写出一篇感人至深的回忆录；六个月后，你就能和你的写作伙伴们举行作品朗读会，与更多的朋友来分享你的故事了。

就像一个新生命即将诞生一样，你未来的每一个月都将充满惊喜。

第一个月：阅读第一章和第二章。学习自由写作，体会到写作的自由和快乐。

第二个月：阅读第三章和第四章。学习回应写作，通过回应朋友们的非虚构故事，你将对自己心灵深处的故事更加敏感。

第三个月：阅读第五章和第六章。从头开始创作回忆录，并从一稿写到三稿。写完回忆录后，你一定要好好为自己庆祝一下！

第四个月：阅读第七章。学习采访、聆听，并写报道。

第五个月：阅读第八章和第九章。感受想象力写作和疗愈写作的神奇力量。

第六个月：准备并举行作品朗读会，和大家一起庆祝吧！也许你们还可以开一个公众号，和更多的朋友来分享你们的生命故事呢！

如果你是写作老师，必须在一个学期内用完这本教材，我建议你和学生们在第一个月学习自由写作和回应写作，第二个月写回忆录，第三个月写报道，第四个月准备举行作品朗读会。希望你和学生们一起写，一起收获！

我真诚地希望，这本书不仅能给你一些新鲜有趣的想法，更能激发你的写作灵感，让你情不自禁地想要动笔，并且愿意持之以恒地去写，因为你将在创意写作中发现一个勇敢的新世界。

希望你在不久的将来能看到自己的故事被写在纸上，听到自己的故事被大声地读出来，并且看到：因为你的故事，人们的心里有了更多的爱和理解，人们的眼睛里有了更多的希望和亮光！

和你一起写作、一起成长的朋友

李华

2024 年 4 月于河北廊坊大厂 "爱的大屋"

目 录　Contents

❀ 第一部分　学会心手相连地自由写作 ❀

❀ 第三部分　分享我们的故事和生命 ❀

第一部分

学会心手相连地自由写作

第一章
让我们开始旅行

本章指南

 **热身练习**　**生日群星荟萃**

让我们按照生日的月份围成一圈，从一月份的寿星开始，每个人轮流说自己的生日和名字。每个人都是一颗最独特的星星！

然后，我们按生日分成四季：春季（三、四、五月）、夏季（六、七、八月）、秋季（九、十、十一月）和冬季（十二、一、二月）。请在你的季节小组里，找一个和你生日最接近的朋友，互相讲述一个关于你自己生日或名字的小故事，时间为两分钟。

最后，我们又回到我们的生日大圈，现场集体创作一个故事。邀请当月的寿星给我们说第一句话，接下去每人轮流说一句话，最后一位发言者结束故事。愿大家开心！

我的创意写作之旅

亲爱的朋友，你是不是好久没坐火车了，尤其是那种绿色的普通列车，开得不紧也不慢的？想象一下，在多年前的那样一趟火车上，我和你相遇了。那时的我们没有手机，也没有那么大的生活压力。也许我们还是大学生，正赶上暑假回家的高峰。在那趟拥挤的列车上，我们特别幸运地拥有面对面的座位，而且还靠窗！虽然我们素不相识，但是纯朴的我们彼此微笑了一下。于是，我们开始很自然地交谈，渐渐地，我们被彼此的故事触动了。

几个小时过去了，我们还在说话，感觉我们已经成了好朋友。但是，时间到了，我们只能恋恋不舍地挥手告别。也许我们还会给对方写信，也许我们再也不会见面，但是，我们不会忘记我们在火车上的谈话，往往，随着岁月的流逝，那样的谈话在我们的脑海里还会成为越来越珍贵的记忆。

　　学习创意写作就像你在火车上遇到了一位最好的朋友，而且这位朋友会一直在心灵深处激励你。我就曾经有幸遇到这样的好朋友。那时候，我还是青岛大学外文系英语专业三年级的学生，我的写作老师兰达夫人是一位来自美国的剧作家。

　　从 1991 年的秋天到 1992 年的夏天，是兰达夫人的爱和鼓励引导我在英语创作中发现了自己心灵深处的声音。她引导我们深入阅读罗伯特·勃朗宁的独白体诗歌《我的已故的公爵夫人》、约翰·斯坦贝克的短篇小说《菊花》、谭恩美的长篇小说《喜福会》等等。她鼓励我们在写作时自由畅想，并且要有具体细节。我认认真真地实践了。

　　忽然有一天，我想起了一个埋在记忆深处的故事——那时，我还是一个六岁的小女孩，却坚持走了几里路，一定要去邻村看一部电影，后来被大人们挤得嗓子都喊哑了，人也险些跌进了阴沟里，但却终于看到了那部电影。我用英语写下了那个有痛苦也有欢乐的故事，写作时我仿佛还能感觉到当年喉咙的疼痛，但是我更惊讶地发现：原来我生来就是一个勇敢、坚韧不拔的孩子！

　　兰达夫人邀请我在全班同学面前朗读。当老师和同学们为我热情鼓掌时，我感到那样快乐——这个故事不仅让我看到了真实的自己，还给大家带来了激励！

　　兰达夫人说我是一个有天分的孩子，要做我的经济担保人，鼓励我去美国学习英语创意写作。1993 年 7 月，我大学毕业了，兰达夫人也回了美国。我满怀希望地去北京的美国驻华大使馆办签证。然而正如那时绝大部分申请美国签证的中国人一样，我也因为有所谓移民倾向被拒签了。半年之后再签，依然被拒。在那失望的一年，我和兰达夫人一直保持着通信联系。我依然对未来充满信心，还南下去了深圳闯荡。

　　但是，1995 年，兰达夫人来信说她得了晚期癌症。我惊呆了，伤心的我尽最大的努力去安慰并鼓励老师，但是渐渐地，兰达夫人越来越虚弱，不能再写信，我们失去了联系。我的嗓子从这一年开始持续疼痛，天天疼，看遍医生也无济于事。渐渐地，我麻木了，在每天紧张繁忙的工作中，我的写作梦也似乎完全被埋葬了。

三年时间就这样过去了。

1998年春天，我做了一个奇异的梦，梦见一只神奇的大手将我从山脚带到了山顶。这个梦给了我极大的激励。我辞职北上，再一次为我的写作留学梦奋斗。1999年夏天，在又一次两度被拒签之后，我终于奇迹般地申请到了学生签证，得以去美国学习英语语言学和创意写作。

我和兰达夫人再也没有机会见面了，因为她1997年1月就去世了；而我，一直到去了美国后才知道她的离世。我哭了很久，还专门来到老师曾经居住过的蓝房子前，为我的老师哀悼。在美国亚利桑那大学和南加州大学，我后来遇到了很多美国著名的作家，并在他们的课上学习创作，但是兰达夫人永远是我心目中最亲切最独特的老师。

神奇的是，从2001年开始，困扰我多年的嗓子疼痛在美国的发声专家那里开始得到医治，之后在南加州大学的戏剧表演课和声乐课上我继续学习呼吸和发声，到2003年，我的疼痛完全消失，能自由地歌唱、表演，而且还因此对创意写作，尤其是戏剧创作有了更深的认识，这又是一个奇迹。

2006年，我选择回到中国，在中国人民大学（简称"人大"）外国语学院为英语系高年级的学生开设了第一门正式的英语创意写作课。看到我的学生时，我仿佛看到了当年的自己——那个20岁的大学生——总是在努力地寻求她心目中的真理，幸运的是，她遇到了那位充满爱心的写作老师。

2011年10月14日晚，根据我的真实故事改编的原创话剧《神奇的大手》在中国人民大学如论讲堂隆重上演。我是编剧、导演和主演。当我和我的学生、国际友人们一起站在舞台上谢幕，当我们和全体观众一起唱起英文歌《你鼓舞了我》（*You Raise Me Up*）时，我是那样欣慰：亲爱的兰达夫人，如果你在现场，你会多么高兴啊！

2014 年 1 月，《写出心灵深处的故事》第一版和读者见面了。从此，我的生命中多了一群特别的朋友：我的读者。这其中有我敬重的长辈，有经过死荫幽谷的母亲，有身处困境却仍然寻求真理的朋友，有热爱写作的朋友，有来自海外各国的友人和留学生。常常有读者跟我说，这本书非常疗愈，让人感受到爱的治愈力量。有一位读者写信跟我说，他希望我的课堂能涉及更广的领域，因为"教育是一种奉献给所有人的爱"！

2018 年 3 月 12 日，中国的植树节，我远赴拉丁美洲担任哥斯达黎加大学（简称"哥大"）孔子学院（简称"孔院"）的中方院长，为中方老师、志愿者和孔院高级班的学生开设了汉语创意写作坊，在全球孔院开了先河。过程虽然艰辛，但最后听到同学们在课上朗读那一个个带着浓郁哥斯达黎加气息的童年故事时，无论是咖啡种植园的故事，还是海边险遇鳄鱼的故事，或是小时候一个人在杂货店仓库里学骑自行车的故事，都让我们的距离一下子拉近了：汉语，已经成为同学们心灵的语言。我也因此更加热爱我的母语汉语。在哥大孔院工作的四年时间里，我还学习了西班牙语（简称"西语"），并且用西语来创作。2022 年 2 月，我和三位中方老师一起创作的西汉双语著作《哥大孔院幸福之路》在哥斯达黎加出版：我在哥斯达黎加的任期也画上了一个圆满的句号。

2022 年春天，我终于回到了祖国的怀抱。我为中国人民大学的同学们在秋季学期开设了线上的（疫情所限）非虚构创意写作课和戏剧创作课。当我和同学们在线上一起围读剧本《神奇的大手》时，我们都热泪滚滚！是的，正如兰达夫人当年对我说的，也是我在剧中所写的那句台词："Words have power, they will change the world!"（语言是有力量的，会改变世界！）真正感动人心的语言能超越时空，冲破一切拦阻，让我们活在爱里。

2023 年春天，疫情终于过去，我和同学们终于可以常常见面了，何等幸福！经历了三年疫情，我们每个人的身心都迫切需要被疗愈。

于是，我给同学们上了三次疗愈写作的微课。每次都是傍晚上课，大家非常疲惫，但是疗愈写作却让大家的状态越来越好，每个人都感受到了爱的力量，也容光焕发了！

2024 年春天，我主讲的"疗愈写作微课堂"在人大数字、喜马拉雅和微信读书都上线了，我们还在中国人民大学出版社的官方视频号上开始了疗愈写作的直播，希望能帮助更多的朋友从创意写作中得到疗愈。

回顾自己从 1991 年到 2024 年走过的创意写作之旅，我发现，当我开始聆听自己的心声，并且一步步地写出自己心灵深处的故事时，我就踏上了一条自我疗愈之旅；当我开始聆听同学们的心声，并且引导每个人写出最感动自己的故事时，我们就一起踏上了这条疗愈之旅，并成为彼此的祝福。

请你和我一起来自由写作

现在，我感觉我仿佛看见了你，亲爱的朋友。也许你很年轻，你是家人的希望和骄傲，你有一颗温柔敏感的心，也有你的忧虑和困惑；也许在世人的眼里你已不再年轻，也没有为大家所认可的成功，但你依然有一颗最宝贵的、寻求真理的心；也许你已功成名就，但是你依然在寻求更有意义、更有价值的人生体验；又或者你已经退休，就想好好写写自己这一生的经历，为自己，为逝者，也为身边的亲人和朋友。

无论你是什么年龄，什么背景，对写作有什么样的想法，我希望，在我们一起学习创意写作的旅途中，我都能助你一臂之力，让你更深地认识你自己，听到你心里的声音。

什么是创意写作呢？重点是在"创"字上。朗读三遍：创意写作，创意写作，创意写作。你感觉到那股自由向上、创造的力量了吗？好，现在我们可以开始了！

找一张 A4 尺寸的白纸和一支笔。让我们尝试做一个自由写作的练习，就从这两个字开始——"爱是……"，想写什么就写什么，自由自在地写上五分钟。

想写什么就写什么？这样可以吗？我仿佛看到你怀疑的目光。不要担心！已经有无数的写作者尝试过这样的自由写作练习，并且常常乐在其中。我就是其中之一。大胆地尝试吧！不必担心你的用词是否准确，是否有错别字，句子是否通顺。也不要停下来思考，回去划掉或修改。只要自由自在地写，而且要写得快。给自己计时。五分钟一到，马上停止，不管你有没有写完最后一个句子。

现在，请默读自己所写的文字。扪心自问：你感觉如何？嗯，是有点乱，可能还有错别字，有的句子也不太通顺——但是，你是否被自己感动了呢？你是否第一次听到了自己的心声？好好珍藏这份自由写作的作品。现在，你不需要和任何人分享。它是属于你的宝贝。

如果你这次的自由写作写得不顺畅，也不要担心。要耐心地对待你自己。随着更多的练习，你会越写越顺畅的。在第二章，我们会专门来探讨并实践自由写作。在不久的将来，你就会变成自由写作的专家。

接下来我想和你分享我的五分钟自由写作，以"爱是……"开头。这是 2005 年我在南京师范大学和十几位研究生座谈时写下的：

> 爱是一场游戏，一场美丽的游戏。人们总是喜欢玩这个游戏。我为什么会在这里？因为我想做一个老师吗？因为我想看看回到中国来教创意写作是否可能或可行。这真是一个梦。一个太不切实际的梦。但是，我总是想尝试不可能的事，拥抱不可能，挑战自己完成不可能的任务是我最喜欢的游戏。
>
> 为什么是爱呢？对我而言，我回来是因为爱，是老师给我的爱，是在这么长的时间里，我终于实现的爱，在如此漫长的……

你听到我的心声了吗？那时候，我正在努力寻找一条回国教创意写作的路，我不知道前方到底如何。但是我有强烈的感受要回国。当我在若干年后再读这份自由写作的作品时，我依然被其中的内容感动。我很欣慰自己当初冒这个险回到了中国。爱永远是赢家。

通常，在自由写作中，字迹都不太好认，一张 A4 纸能够给我们足够的空间，让我们可以天马行空地写，反正我们总能认出自己写的字。自由写作就是要自由！

如果我们想让自由写作成为正式的作品，通常需要经过一些修改的。比如，在上面的例子里，也许我不应该说"爱是一场游戏"，因为"游戏"这个词太轻松了，甚至是轻率的，而我对自己的选择是非常严肃的。但是这样的修改不会很难。在现在这个阶段，我们只是自由写作。修改的问题我们会在后面的章节中再谈。

"爱是……"是我最喜欢的自由写作的一个开头，在不同的地方，我和不同的人一起写下当时我对爱的感受，有时写五分钟，有时写得更长。以下这段文字，是我一个人在家里，在 2012 年 8 月 1 日上午9：45—10：02 写下的。

> 爱是不计代价。任何时候，当我开始计算代价：这样做值得吗？凭我的学位、身份、名誉等等，我是否要冒这个险？这个时候，我已经不是在爱了，我是在算计。人们通常认为的门当户对的婚姻就是算计出来的，于是"夫妻本是同林鸟，大难来时各自飞"就是非常自然的结果。我看中你的经济能力，你看中我的青春美貌，如有任何因素使这两者中的任何一者不存在了，这个婚姻就解体了。
>
> 为什么我们在患难时反而更能明白爱的真谛呢？因为爱的本意就是不计代价地牺牲自己去爱，为的是对方的益处。在患难时，我们不会那么看重美貌和财富，因为这两样都失去了平常时日的价值，我们都希望有一个人，无论多么贫穷，多么不好看，只要他守在我身边，我就有了无价之宝——这是我们对爱的渴望。而我们自己，也正是在四面楚歌之时，才肯真正静下心来面对自己：我爱这个人，是为了我自己，还是为了他？是的，爱情是相互的，

实在很难区分。然而，有时我不得不区分，比如，当我的爱人选择离我而去时，那我是否还能以友爱的眼光看待他，不记恨他和任何人，并衷心祝福他？这是一项极大的考验，我不能说我完全通过了这项考验，但我坚信，爱的本质永远是信任和给予。恋人之爱在表面上似乎不同于父母对子女的爱，因为恋人总是希望在一起，最终的结果是希望进入婚姻，而父母希望子女长大有独立的生活；然而我相信，恋人若是不给予对方完全的自由，那种恋爱没有意义——只有在完全自由的情况下双方还能心心相印，那才是真正的爱，让人生死相许。而父母对成年子女的爱，也必须是真正完全放手的爱，这样，子女才不会在心态上永远成为长不大的孩子，而无法真正去爱他的配偶。

爱一个人，就是让那个人更加自由，在心智上、情感上、身体上都更加健康、向上、勇敢、富有爱心。而我们自己，在这样爱着的时候，就是最幸福的。

你可以看出，我在这里所写的内容和七年前有很大的不同。但是，无论是"拥抱不可能"，还是"不计代价"，这些在不同的年份写下的不同的文字，都让我更清楚地看到自己；老师的爱、恋人的爱和父母对子女的爱，都让我更加明白活着就是为了爱，而这种爱总是冒险的、全心全意付出而不求回报的。自由写作让我听到自己的心声，成为自己最忠实的盟友。

2022年9月，我第一次要在线上和同学们来上创意写作课，而且是从拉美回来后给人大学生上的第一堂课，心中真是有些忐忑不安：我们能在线上敞开心扉自由写作吗？于是，我和同学们一起开始了以"我在这里"开头的自由写作，写作时间是2022年9月8日上午10：37—10：42。

我在这里。我不知道该写什么。我听到外面有些噪音，好在不是太吵。看到学生们我还是很欣慰的。第一次的线上创意写作课是一次快乐的大冒险，至少目前为止是。

　　我感觉学生们的心更安静了，也更成熟了。我很喜欢他们。很自然，在这样的网课上教创意写作，我会经历一些焦虑。那有什么关系呢？面对恐惧和不确定性，勇敢地去面对，它们就会消失。

　　现在噪音消失了，我闻到了从我家厨房传来的蘑菇味儿。又来了一阵装修的噪音。知了在楼下也唱上了……好吧，总体来说，还算是一个安静的 9 月的早晨，一切真的还是不错的。

　　看来有好几位学生还来不了北京。我们会有面对面上课的机会吗，还是要一直上网课？有太多的不确定性，但有一件事是肯定的：我们总是可以通过写作释放自己。

　　现在看以上的文字，又恍如隔世了。我仿佛又感受到了那时候的噪音和各种不确定性。感恩的是，在那个学期，我和每一个学生通过线上的一对一工作坊（简称"工坊"），同样深入地探讨了作品，建立了深厚的友谊，还有同学因此决定研究生阶段继续学习创意写作，真是令我倍感欣慰。

　　疫情三年让我们每个人都多了对生命的敬畏之心，对疗愈有了更深的渴望。2023 年 6 月，我应邀去广东外语外贸大学做一个疗愈写作的讲座，线上线下同时进行。我请大家和我一起以"写作即疗愈"为开头来自由写作，写作时间是 2023 年 6 月 27 日上午 9：25—9：30。

　　写作即疗愈。尤其现在，我在这本绿松石色的笔记本上写作的时候，因为她让我想到了美丽的哥斯达黎加的颜色。一切都是那么愉悦，小鸟在窗外歌唱，空气是凉爽的，每个人在教室里都是友善的、敞开的。我很高兴讲座有个很好的开始。

　　说实话，我还是不确定接下来该做什么。我是否应该问问线上的朋友，他们最大的期望是什么？也许我应该问一问。这样他们的需求就可以被照顾到了。写作是不被时空限制的，自由写作的精神在任何地方，在一切地方都能自由翱翔！

　　真是一个奇迹，我此刻竟然能和黄艳坐在一起写作！我们认识已经 17 年了！我们还依然在彼此的生命中相互守望！而我的大学室友 Sue 一会儿还会朗读一封我的读者来信！Sue 当年可是我们青大之声广播台的播音员！这一切安排实在是太完美了！

广东是我梦想开始的地方。在这里我梦见了神奇的大手。多年之后，我穿着白色的长裙，戴着从哥斯达黎加带回来的有银色星星和月亮的项链，在这本绿松石色的笔记本上自由写作，这一切真是太完美了。

从这一段自由写作里，你可以感受到我的喜悦。虽然我对线上和线下同时进行的讲座形式还在摸索中，但是能和全国各地的朋友一起交流，也是一个很酷的体验呢！自由写作中提到的黄艳同学是我在人大带的第一位研究生，毕业后在广东定居；我的大学室友 Sue 也在广州，当年她和我一起在青岛大学外文系上过兰达夫人的写作课，所以我就邀请了她们和我一起来到线下的课堂分享。对我们来说，这真是一个太幸福的时刻。

当我们的讲座进行到一半的时候，忽然从门外进来一位朋友，说本来在线上听讲座的，听着听着就觉得必须来到现场。讲座结束后，这位朋友告诉我，说我的很多经历触动了她，她感觉到我们就是同路人，她流着泪和我分享她近年来的艰难。我很欣慰，自由写作能让这位朋友得到释放和疗愈。

在讲座进行到尾声的时候，我请朋友们和我一起写下五分钟的自由回应。当天晚上，我收到了乐山师范学院肖文文老师的一封电子邮件。文文说在线上听讲座很享受，很受启发，在自由回应的环节里就自由写作了一首小诗：

> 我是如此贪婪！
> 我是如此贪婪！
> 我希望有很多个我。
> 一个作为学生学习。
> 一个作为教师工作。
> 一个是温柔的母亲。

一个是孝顺的女儿。

一个是体贴的妻子。

一个是能帮忙的姐姐。

一个是可爱的女孩。

一个是优雅的淑女。

一个留在山东。

一个留在四川。

一个留在澳门。

一个可以环游世界。

一个可以赚很多钱。

一个可以自由地享受生活。

一个就只是我。

我希望有很多个我。

我是如此贪婪！

我觉得文文这首诗写得很俏皮、很真实、很解压。很多时候我们要扮演多个角色，觉得没办法平衡，看到文文写的诗，我觉得自己也释然了，只有一个我呀！有的角色，我只能扮演得不那么成功了！当我感受到压力重重、无法面对时，我常常会想到文文这首小诗，只有一个我呀！我只能做那个最真实的我自己！

2024 年 3 月 21 日，我在中国人民大学出版社做了人生第一场直播，主题是"自我疗愈，找回最真的自己"。在直播间里我朗读了文文的这首小诗，引起了主持人、嘉宾和观众的极大共鸣，这时我才更深地体会到：文文这首在线上五分钟自由写作中写下的小诗是何等敏锐地捕捉到了她最真实的心声，也是广大女性朋友最真实的心声。

文文的这首自由写作的活泼小诗，让我备受鼓舞：自由写作不受时空限制，无论线上线下，无论师生见面与否，自由写作的能量都是可以自由传递的。希望此时此刻，这股自由写作的能量已经传递到你的心中！

什么是非虚构创意写作

什么是创意写作？你从刚才的自由写作练习中体会到了什么？这和你上过的其他写作课有什么不同？

对我来说，创意写作首先是从心出发的，勇敢地写，让心底那个强烈的信息充分地表达出来。自由写作是在创意写作课上最常做的一个练习，它的第一条规则就是"没有规则"：只是写，但是必须确保我们是在写，而不是在思来想去、忧虑重重，而且我们必须写得快。反观我们传统的作文课呢？恰恰相反！我们通常要遵循很多规则，结果我们总是先想半天，再列提纲，真正开始写的时候却写得很慢，计算着字数是否已经达到要求。在这种情况下，我们实在很难体会到写作的自由和快乐。

在美国，创意写作已经发展成高等院校的一个专业，以鼓励学生们创作，培养年轻的作家。通常，创意写作包括四种体裁：小说，非虚构作品，诗歌，戏剧。在一门课上，学生只学习一种体裁。老师是一位从事创作的作者，引导学生们创作并阅读彼此的作品，帮助彼此修改——我们把这样的课堂叫作工作坊。创意写作课提倡小班授课，通常是 10～15 人一班，学生们和老师的关系非常密切。

在中国，创意写作课程从 21 世纪初开始在各高校蓬勃发展。2024年，中文创意写作正式被列入中国语言文学二级学科，创意写作的影响力也辐射到社会各层面。

2006 年，中国人民大学为英语专业高年级的本科生开设了第一门英语创意写作课，我有幸成为开这门课的老师，和同学们一起创作。到 2024 年，我已经教过几百名学生，也和其他高校的师生以及社会各界的朋友交流过创意写作的实践心得。这本书里的大部分故事，是我的学生们在创意写作课上创作的。也正是我的学生们激发了我写这本书，来鼓励更多的朋友写出自己真实的故事。

近年来，我接触到一些学生和朋友，对创意写作很感兴趣，都是一开始就写小说，并且希望马上发表，但是他们的作品往往很令人费解，我仔细看了之后也不明白作者到底想表达什么。和他们交谈后得知，其实很多朋友想通过写别人的故事来讲出自己的故事，但是因为对写自己的真实故事缺乏勇气，也担心写了之后别人会怎么看，所以就"曲线救国"，不停地绕弯，有时绕得大一些，有时绕得小一些，但始终不去触碰那个真正的故事。

我非常理解这些朋友的心理，的确，我们看到一些有天分的作家可以一鸣惊人，写出很精彩的小说。但是，对我们大部分人来说，要想写出感动别人的小说，首先要写出感动自己的非虚构故事。如果对自己的真实故事都无法深入去写的话，那么对他人的故事也只能是隔岸观火，摸不到深处。

你先不要去想发表。写作就是写作，就像说话就是说话一样。当你把自己心里最痛、最不敢写的真实故事写出来的时候，你的生命会得到疗愈，你会有真正的内在力量，你在写作上才会有真正的根基，可以去深入体会他人的各种情感，可以得心应手地去创作非虚构、小说、诗歌、戏剧、电影剧本等各种体裁，并考虑发表。

当然，勇气的培养是需要时间的，但是只要你愿意，你就可以培养出这样的勇气。你现在手里拿的这本书，就是在一步步培养你讲述真实故事的勇气，直到你写出那个对你来说至关重要的生命故事。

在这本书里，你会学习创作非虚构作品，也就是说，你会写只有你才能创作出来的故事！这一点，连莎士比亚都不能取代你，因为他已经死了，而你正活着。你的人生是独特的，不同于人类历史上所有的作家——他们都有精彩之处，但是他们谁也不能剥夺你的重要性。你是一位独特的、非虚构作品的创作者。无论你是什么年龄，做什么工作，在别人眼里是否重要，只要你有一颗诚实的、愿意表达真理的心，你就能写出你生命中的独特故事。这对你将是无价之宝，对真正用心读你故事的人也将是一份最珍贵的礼物。

在创作非虚构作品时，你不需要编任何故事；你需要的，只是一颗诚实、勇敢的心。

请你写一封信

现在，我想和你分享我的学生 Alexis 在 2006 年 9 月写给我的信：

亲爱的 Linda：

我不知道你是否相信"抓周"的习俗（在一个小孩面前放一些不同的东西象征不同的前途，看小孩抓哪一个）。我小时候抓过一次，但是因为太小，都不记得了，但是我爸爸妈妈见证了我抓周的全过程，并且对结果满意得不得了。"你要当一个作家呢，因为你毫不犹豫地抓了一支笔！"不过，我可不觉得这样的习俗真能预测我的未来。有时候我甚至想跟他们开个玩笑：那时候我太小了，小天使的手怎么能抓住那些大东西呢，比如算盘什么的？

尽管我对这样的习俗并不在乎，但当作家这个想法却像一粒种子在我的心里埋下了。可是随着我渐渐长大，这颗种子却枯萎了，没有长成一棵挺拔的小树。人们告诉我，我必须遵循一整套的规则，让我的写作有框架。如果写作的全部目的就是迎合一个完全以考试为导向的作文制度的标准，我敢说我已经达标了。当老师在我的文章上写下"有真情实感"的评语时，我自己一点也不感动，因为文章里并没有我的真实情感，只有写作技巧的灵活使用。我也不相信写评语的老师真的觉得我有真情实感，他们只不过是把这个作为一个评分标准罢了，对感情的可信度并不在意。这样的事情永远不能被称为"写作"，因为它更像是一种交易。而像我这样的学生，可以轻轻松松地写出一篇 800 字、充满眼泪和冲突、准拿高分的作文，在某种程度上，我的作文就是在撒谎。

人们说写应试作文就像"戴着镣铐跳舞"，他们认为，只要我们离开中学，离开以考试为导向的写作，我们就可以想写什么就写什么。但是现实并不是这样。尽管镣铐已经被粉碎，但是我们这些曾经的笼中鸟却依然没有得到自由。长期的过度谨慎已经使我们的翅膀僵硬，窒息了我们的想象力，最悲惨的是，我们甚至都不想飞了！

坦率地说，在写作这件事情上，我正陷入一种困境：我真不知道为什么我应该写作?！我希望这门创意写作课是一个转折点。对我来说，学习那些技巧让文章更华丽，真的不那么重要，最重要的是能找到我最初的写作灵感。我真不想让这颗梦想的种子腐烂在泥土里，连一片叶子都没长出来。

这就是我对写作的感受和我的希望。是否做一个作家一点也不重要，我只是觉得失去写作激情的人也会渐渐失去对生活的激情。当我手里握着我的笔时，我并不是想要出名或发财；我只想写点东西，以后回忆起来，是单纯的，美好的。

最美好的祝愿！

你的
Alexis

一封信对我来说就是一份最宝贵的礼物。若干年后再读 Alexis 的信，我觉得我们的心靠得更近了。是的，我对"抓周"可太熟悉了。我一周岁的时候拍了一张照片，当时的我手里就抓着一支笔。我圆圆的小脸那时可严肃了。

我们天生是作家吗？这个问题太神秘了，只有上天知道。但是 Alexis 在信中提出了一个我们可以回答的问题：我为什么写作？思考一下，亲爱的朋友，

我一岁时的"抓周"：左手抓了一支笔

如果你愿意，可以用"我为什么写作？"为开头做五分钟的自由写作，中间不要停下来。

接下来，我想和你分享另一位朋友的来信。2011年10月我主演了原创话剧《神奇的大手》，得到了观众热情洋溢的鼓励。一个多月之后，当掌声和鲜花都成为记忆时，我很惊喜地收到了这样一封电子邮件：

> 李老师：
>
> 　您好！
>
> 　一个多月以前看过您演的《神奇的大手》，带着全家去看的。我们都很喜欢，声音好听，非常好听，舞台简洁而真实，非常非常令人感动，还有两首好听的歌曲，依然在耳旁。很享受，很感动，很美，经常回味。
>
> 　昨天带一个台湾来的朋友参观国子监的孔庙，遇见一个非同一般的女讲解员，总觉得那张脸似曾见过，总觉得那个声音很熟悉。今晚静思，那张脸，那个身影、神情和声音又跳出来，突然想到"她会不会是您？"。不管是与不是，我都希望是，希望我曾那么近地见过您，那么近地听过您的声音。

你可以想象我收到这封信时有多么感动：在这样繁忙的现代社会，有一位素不相识的朋友用心看了我们的演出，一个多月后还惦记着，并且写来这样一封诚恳的信，这对我是多么大的鼓励啊！我在回信中写道：

> 　谢谢您对我的肯定！我也是在今年，回想自己这二十年来，原来就做了一件事：追随老师带给我的这个梦想，直到自己也成为一个老师。其间要面对的长期的挫折、长期的病痛、爱人的抛弃，到今天，这些似乎都过去了，但是，今天的我和我们，是否真的有勇气追求真理和真爱？我们更加浮夸，极其忙碌，沦为房奴和车奴，真理很遥远，真爱更是稀少。所以，演这个剧，也是

提醒自己：到底什么是真正宝贵的？什么是死亡都带不走的？什么是这个物欲横流的时代不能淹没的？我很感恩，有多少人能二十年坚持做一件事呢？我多少次都想放弃了，但是神奇的大手却一直带领我坚持到如今。很感动您到现在还想着我，我应该不是那个讲解员，因为我一直在中国人民大学工作。

而后，我又收到了第二封邮件：

李老师：

　　早！

　　非常惊喜、高兴和荣幸，真收到了您的回复。

　　我知道您在中国人民大学工作，即便国子监就是那个朝代的人大、清华和北大，但周二下午的那个时间您也不太可能出现在那个地方。

　　我是通过北京林业大学的朋友介绍来看您的演出的，现在想来，从得到演出消息、拽着孩子、拿着速食匆忙驱车到演出厅，到演出结束后开车途中的沉默和感慨，整个过程，真的是在极其忙碌、疲惫和被动的状态中找到了瞬间的真实，但就是这一瞬间，让我觉得自己从内到外还尚存一小块属于自己的东西，觉得自己还不错，可以被感动，愿意被感动，愿意去欣赏和交流最真实的东西。

　　很羡慕您和您的团队，非常了不起，不管二十年，还是两年，至少您做成了一件事情，而且我想这件事情，不仅仅属于您，很多很多人也需要，它属于每一个看过演出和将要去看的人。

这位朋友的信，真的又一次让我感动了：他在那样的疲惫繁忙中，依然有那样敏感善良的心，并且告诉我，每一个人的心里，都有那样一个最美好的地方，等着我们去发现。

2021年12月，我在遥远的哥斯达黎加收到了一封特别的读者来信：

敬爱的李老师：

　　您好！

　　我是您的一位忠实读者，非常感谢您能出版《写出心灵深处的故事》这本书！还记得第一次阅读它的感觉，真的很惊喜，有一种心灵的共鸣，像冬日里一束温暖的阳光，温柔而亲切地抚慰我，唤醒了我内心深处尘封已久的声音。

　　这本书我已经读了不止一遍，终于在这次鼓起勇气下定决心完成这封早该动笔的感谢信。最初，本以为会以信件的方式寄给您，后来偶然在网上发现了您的电子邮箱，真的很幸运！不过还是希望能有机会寄一封信给您，毕竟电邮虽然方便，但总不如纸质的实物更有触感，尤其在这个匆忙的年代，纸质的信件总感觉更有心意，所以想冒昧请问一下您的联系方式（如果您方便告知的话），希望能亲手写一封信寄给您，谢谢！

　　还记得第一次读这本书，我就被开头的序言吸引了，推荐人习老师写得很真诚，而您更是让人感受到了一股爱的暖流与诚意。随着阅读的深入，我逐渐了解到您个人的一些经历，十分受感动而且被激励，尤其是您放下一切去美国留学的勇气，以及面对困难坚韧不拔的精神，真的很令人钦佩！

　　书中还分享了许多您学生的作品，也都十分感人，正应了那句老话"真心换真心"，您对写作的热爱与真诚，也换来了每一位学生对这门课程的认真与投入。正像您说的，不论你是什么背景，什么职业，什么年龄，莎士比亚也无法代替你的独特性！只要你有一颗宝贵的、诚实的、愿意表达真理的心，你就能写出你生命中的独特故事。学生们跟随您的指导，通过对自身的挖掘、内心的探寻，最终写出了一篇又一篇属于自己的无价之宝。在整个写作过程中，大家也重新认识了自我，重新找回了自己。您说，这些作品不仅是每一个人自己的宝贝，对每一个阅读作品的读者来说也是一份珍贵的礼物。的确，创意写作这门课程为您的每一位学生插上了心灵的翅膀，给予了他们诚实面对自我的勇气和抒发自己内心声音的自由，而作为读者的我也被这份爱和勇气深深地感染了。

在第一遍阅读时，我按照您在书中的指导和步骤做了许多练习，这些都是非常好的写作素材，不论今后是否有用，它们都是我用心创作的宝贝，我一定会好好珍藏。写作真的是一个治愈心灵、滋养心灵的过程，谢谢您！曾经以为只有词汇丰富、文学功底深厚的人才能成为作家，现在我明白了，只要我们用心去写，读者就能感受到每一位作者诚挚的心。感谢您让我又发现了一个自己可以为之努力的方向，或许还能成为兼职副业，当然无论如何，最重要的是我又寻回了自己内心深处的声音。

谢谢李老师用心血著成的这部真诚而有力量的作品，它不仅让每一位读者感受到了您对写作的这份诚挚的爱，同时也让读者找到了另一种抒发自我情感的方式，听到了自己迷失已久的内心的声音，重新找回了人生的意义和生活的希望。感谢您给予的这份爱的礼物！最后借用您书中的一句话，相信"爱永远是赢家"！衷心感谢李老师！

敬祝
顺意安康

您的忠实读者　林妍

2021 年 12 月 18 日

收到这封信时，正好是我知天命的生日前夕，我感觉这是一份最宝贵的生日礼物。虽然林妍和我从未见过面，收到信时我们中间隔着大半个地球，14 个小时的时差，但林妍的这封信却让我感觉到我们已是相知多年的朋友。我很高兴我的这本小书能陪伴林妍，并帮助她找到自己内心深处的声音。2022年回国后，我真的收到了林妍给我写的一封纸质信，更感受到了她的一份真情。

亲爱的朋友，我希望，这些信也让你心里有触动，有感动，想去写一封信。

 练 习

请你写一封信，可以给你的老朋友，或者任何人，无论是你认识的，还是你一直感兴趣想认识的。写完这封信后，你再决定是否要将信寄出，所以，写信时不要有任何担心，此时你是安全的。

请用A4纸写。我建议你买一本A4尺寸、带格线的写作本，写完后可以便捷地撕下来。

为什么要买一本A4尺寸的写作本呢？因为那是为作家量身定做的。当年兰达夫人就专门送给我一本A4的写作本。我当时就觉得这本子与众不同，很有写作的专业精神。我相信这么大的尺寸是为了让我们充分体会到自由和创造性。作家们通常会随身携带写作本。你当然也该有一本，这就像你的武器一样。

当然，还要有一支你喜欢的笔，这可是你的冲锋枪呢！

现在，你有了专业的装备，可以去找一个舒服的地方，坐下来，自由地、自然地写，不要想太多，只是写，不停地写。你可以谈谈自己的近况，你的写作梦，你对朋友的印象，等等。需要写多长就写多长——我建议你至少写满一页纸，至少写二十分钟。

一定要诚实地写。如果你对这位朋友心里有怨恨，或者有各种复杂的感受，请你表达出来——你的目标不是取悦你的读者，而是诚实地表达你自己。

　　写完这封信后，你再决定是否要将信寄出。如决定寄出，我建议你留一份复印件给自己，因为它是你创意写作之旅的第一站，总要留个纪念！

　　现在就开始写信吧！

第二章

自由写作

本章指南

热身练习 自由说话 自由走路

　　两两自由组合，谁的出生月份在先谁就先自由说话3分钟，随意说，不需要有主题，同伴自始至终认真倾听，不要打断或提问。老师负责计时，时间到了会告诉大家。然后交换，先前的倾听者开始自由说话，而先前的说话者则开始倾听。

　　让同学们一个个轻轻松松地走出教室，什么都不用带，在校园里自由走路10分钟后再回到教室，在此期间不要停下来和人说话，独自享受自由走路的乐趣。

我终于可以自由写作了

　　上小学一年级时，我写过一篇作文，是期末考试中的一篇看图作文：鸡妈妈带着一群小鸡出去了，有一只小鸡贪玩掉了队，后来终于又回到了鸡妈妈的身边。我记得我是这样结尾的：路旁的小花都点着头，好像在说，多么好的孩子啊！语文老师给我打了很高的分，说李华同学这么小就会用拟人的写作手法，真是了不起啊！我心里当然是美滋滋的。不过，我那么写是因为我觉得路旁的小花就是那么想的。直到今天，我看到小花小草和小鸟的时候，还是觉得和她们有共同语言；看到一只小鸟在路上踱步时，我觉得那小鸟就像人一样，忍不住要多看几眼。

　　上小学二年级时，语文老师说写作文前观察很重要，特别鼓励我们去观察小蜜蜂。可是，我真的不喜欢盯着一只小蜜蜂看，我总怕她蜇我，而且我对小蜜蜂的外形和她的嗡嗡声就是没有好感。然而，那时候的我哪敢质疑老师呢？我只是牢牢记住了"观察"这两个字，无奈自己总是做不到。再加上，从小学三年级我就开始近视，又不好意思戴眼镜，生怕别人说我"小四眼"，所以"观察"就更是令我望洋兴叹的事了。

　　所幸我从小就喜欢读童话，读小说。小学四年级我就在读路遥的《人生》，而且读得极其投入，会很自然地用心去体会主人公的情感，所以写作文对我来说就显得很容易——我写的作文常常会得到老师的夸奖，我写的日记被展览，我还去参加作文比赛。这些经历让我写作文的时候不禁会想：别人读到这里会怎么想呢？我发现我这么想的时候，实在很难写好一篇文章，可是这种想法真是挥之不去啊！这种虚荣伴随了我很长时间，直到今天都对我有影响。我曾以为，写作是一件必须得到别人认可的事情。作为作者，我更在意的是别人的认可，而不是我的真实心声。

　　我还曾以为，我会写作是自学成才的，也觉得写作是神秘的、神圣的。直到我在大学三年级遇到我的美国写作老师兰达夫人时，我才发现写作是非常需要老师引导、帮助的，是最朴实也最神圣的一件事。其实作者的心往往很脆弱，文字的自信有时也是为了掩饰自己的心虚。何况，我的英语词汇量和英语表达能力都有限，无法用一些高深莫测的词和复杂的句法使读者惊叹。兰达夫人说，心里怎么想的，就怎么写，但是一定要写得具体——那我就试试吧！

　　没想到，就在我老老实实地学习做一个一年级小学生的时候，我小时候在村里看电影的故事忽然就来到我的脑海里，而且几乎每一个细节都历历在目！我走了那么远的路，嗓子都喊哑了，最后如愿看到了那场电影！那部电影是京剧《穆桂英挂帅》，我不知道我看懂了多少，但我记得当时我坐在泥地里，脸上还有泪痕，却笑得那么开心！这个故事和我以前写的所有快乐童年的经历都不同，却让我看到了真正的自己。直到今天，这个真实的故事依然鼓励着我：生命是精彩的，坚持走下去，就一定能看到那部盼望已久的电影。

　　至于"观察"，我是到了 26 岁那年做了治疗近视眼的激光手术之后才真正开始明白的。哈，我竟然能看到小草叶尖上的露珠了！我竟然大老远就能看到人们的笑脸了！我太激动了！我感觉我又回到了童年，而且这一回，我可以清清楚楚地看我想看的世界了！到美国学习创意写作之后，我更加深刻地体会到观察不仅要用眼，更要用心，所以我的观察对象必须是我心里感兴趣的人或物。对小蜜蜂，我直到现在都不是特别感兴趣，因此也就不强求自己去观察小蜜蜂了。

随着年龄增长，我渐渐对自己有了更全面的了解，也渐渐知道如何自由面对写作了。在美国学习创意写作期间，一节课通常有两个半小时，让人觉得漫长而辛苦。虽然教授们讲的戏剧结构啊人物塑造啊都很有道理，但是最后落实到自己的写作上时，我发现还是要找到自己心里最深的感动，让那股自由向上的、美好的力量绽放出来。要不怕别人的笑话，不去理会脑子里很多批评的声音，自由地写下去，勇敢地写下去！

从小学一年级到现在的知天命之年，我越来越深地明白了写作的真谛：要自由自在地写，发自内心地写，勇敢执着地写。

我们都可以自由写作吗

我非常钦佩一些勇敢的朋友，敢于在日记里写下他们最真实、最秘密的爱和恨。他们不像我，常常过于在意别人对他们的看法。他们天生就明白写作的目的就是真实地记录心里的情感，让心灵自由呼吸。

但是，人们常常有这样的好奇心，想了解这些日记本里的秘密。这样的人中有一些是父母，为了掌握孩子的真实情况，他们认为必须这么做。父母一旦发现上中学的孩子竟然在恋爱，常常大发雷霆，这样的恋爱当然被禁止——于是，这些勇敢的朋友在心碎的恋爱之后，不得不关上了他们的心门：为什么要写下来呢？为什么要自取其辱呢？如果不写，哪里会有这样的灾难呢？！

而我们的语文教育似乎让人走到哪儿都得写作文——无论是植物园、动物园还是海洋馆，甚至到了美国——华人父母为了让孩子学好中文，每到一处游览名胜都要告诉孩子："Write a composition!"（写作文！）"写作文"这三个字简直成了孙悟空的紧箍咒，剥夺了我们整个游览过程本该有的快乐。

在国内，上了中学后，我们更像应试作文的机器了，还要从标准化"生产"的作文中提炼出一些"真情实感"，就像我的学生 Alexis 一样。我们都成了谎言大师，为生存所迫，我们必须集体说谎，而且还要说得漂亮。

所以，想写的人不能写，否则会招来灭顶之灾；不想写的人被逼着写，不写就会被淘汰出局。那么，那些处在想写和不想写之间的人呢？写着写着就忍不住开始担心：别人不认可怎么办？唉，我这样岂不是自寻烦恼吗？我还是趁早别写了。但是我又不甘心。可是，像我这样一个胆小平庸的人能写出什么来呢？于是，原本的写作热情又偃旗息鼓了。

当然，我们在写作的道路上，还是有快乐、有欣慰、有幸福的。也许我们遇到了一位热爱写作并且自己也从事写作的老师，也许我们对文学的热爱帮助我们在一定程度上突破了环境对我们的辖制，也许我们在真实人生中经历的事情逼得我们发出自己的声音——再也不能这样唯唯诺诺、忍气吞声地活着了！我必须说话，不管别人爱不爱听；不说我就死定了。

即便如此，我们心灵深处还是有对写作的恐惧，我们还是没有完全得到自由。我曾经那样幸运地遇到兰达夫人，又终于去美国留学，专门学习写作，获得学位，回国后又一直教写作，而且在我的人生中，我确实经历了必须写下来的事。但是，我必须对你说实话：有时候我还是会害怕写作，害怕自己写得不够好，害怕别人不认可。

当我深深意识到这个恐惧时，我终于彻底想明白了一点：写作首先是为我自己写的，是释放自己的，作品好到什么程度、别人是否认可，都是次要的。

写作对我来说，就像呼吸一样，只要我活着，就必须写作。写作就是这样自然的一件事。一个活人会害怕呼吸吗？说出"语不惊人死不休"的古人已经死了，他有他的想法，我有我的活法，我活着必须呼吸，必须写，我要像呼吸一样自然地写作。如果你是和我一样愿意自由呼吸的人，我们就可以一起自由呼吸、自由写作。自由写作，自由写作，自由写作——你听到"自由"这个激动人心的呼唤了吗？这是你一直渴望的吗？我希望你从心里发出一声响亮的"是"！

就是现在，此时此刻，你和我，就可以自由写作，不必等到我们达到完美的那一天！你放心，那一天永远不会到来，我们只需现在就接纳不完美的自己——一颗伤痕累累的心，一颗痛苦迷茫的心，一颗无所适从的心。我们甚至不知道我们要写什么，但我们只知道我们想说真话、说实话。我们不需要华丽的文字来掩盖内心的贫乏，我们只要实话实说。

从 2006 年到 2024 年这 18 年的创意写作教学实践中，我一直鼓励同学们，也鼓励我自己，要勇敢地去写。无论你是用母语写作，还是用外语写作，抑或是在各种语言间切换，只要你有一颗勇敢的心去自由写作，你就是赢家！无数同学的实践都证明了这一点。

我们如何自由写作

做一次深呼吸，放松你的肩膀、手臂、手腕、手指，给自己足够大的空间，打开你的 A4 写作本，拿起你的笔，把计时器放在旁边，手表、时钟、手机都行。现在，我们可以上路了。

让我们以"我相信写作是……"为开头，然后自由写 10 分钟。

请放心，自由写作的开头不是给你强行规定了写作的主题，它只是开头，只是一个跳板，你跳到哪儿去都行，但是你必须跳。也就是说，你必须写，写什么都可以。比如，你可以写"我相信写作是只对少数人有意义的事情，所以我真不想浪费时间写这个话题"。然后，你可能会写点别的，也许是你觉得真正有意义的东西，也许你发现什么都提不起你的兴趣，可能你写着写着又回到写作上了，或者你的思路一下子飞到了太空——多好啊，你彻底得到了自由！

当然，你也可能真的想就写作这个话题说点什么，那也很好。只要你在写，而且是自由地、快速地写，这个自由写作的开头对你而言就达到了它的目的。

在自由写作前，记下开始时间和结束时间以提醒自己，还剩 1 分钟时，可以准备收尾，还剩 15 秒钟时，可以写完你的最后一句话。时间一到，马上停止。即使还没写完最后一句话，或者整个段落感觉还没完成，也没有关系。自由写作就是这么轻松、简单，不需要修改，不需要有任何顾虑。

这次你的自由写作进行得如何？你的手有酸痛的感觉吗？恭喜你！这说明你已经开始锻炼你的"写作肌"了。

现在，默读你刚刚写下的文字，不要去评论文字和表达是否得当，你只需要用心去聆听这份自由写作的作品想要发出来的声音。它要跟你诉说什么？这是来自你心灵深处的声音，请你好好珍藏。即使你觉得写得实在不好，也不要扔掉它，一定要留着，至少保留三个月，日后你会看到它的价值的。

以下的自由写作片段是我在 2008 年 8 月 18 日 18：22—18：32 写的：

> 我相信写作是疗愈。我们都是病人，需要疗愈。对我，写作是必需的；对不识字的人来说，说话是必需的；对不能说话也不能写字的人来说，沟通仍然是必需的。
>
> 我们天生就是要表达的，这是与生俱来的需要。我相信，语言之所以存在，就是为了这个目的。令人悲哀的是，当我们有这个能力，却很少甚至从来不真正使用这个能力的时候，我们的健康——精神健康和身体健康就会出现问题。
>
> 我的嗓子曾经长期疼痛。从 24 岁到 32 岁，特别是在头五六年，我的嗓子天天都在疼。感谢美国的发声专家开始真正医治我的这个顽疾，后来我又在声乐课、表演课上继续得到医治。现在我再也没有嗓子疼痛的症状了。但是，这个曾经长期困扰我的病

痛真的让我明白了一个真理。

写作对现代人来说是奢侈的，我指的是那种我们的心灵真正在意的写作。是啊，我们写很多项目策划书，为的是挣钱，如果我们有选择，我们会写这种东西吗？也许不会。但是，为了名利，很多人会去写。听上去我像在挖苦别人，不过，最近两年，我必须对自己诚实：真正意义上的写作我写得越来越少了。

但是，我还是很高兴我能来写这本书，我相信我的老朋友——创意写作——不会抛弃我。当然了，我有怀疑，我有软弱，但我正在一步步地走过。我相信写作能拯救我，让我思路清晰，自由飞翔。我相信当我写作时，希望永远在我心里。我相信写作时我需要绝对诚实。

我对这段自由写作挺满意的：写得很诚恳、直接、有力，我清晰地听到了自己的声音。如果我花上一个小时的时间慢慢写，我不知道自己是否能够表达得更好——这就是自由写作的神奇之处。

你对写作的信念是什么？信念深深根植于我们心里，直接影响我们的写作。你和我可能对写作有不同的信念，那很好，我们可以彼此学习，扩大视野。如果你认同我的信念，那我们就会在共同的信念上有更深的发现。

如果你刚才写得很费劲，请不要担心，头两周是最不容易的。我们以往写作时积累的恐惧实在太多了，现在一下子获得自由，我们会被这自由弄晕，不知所措。别着急，慢慢来。自由写作是最简单、最友善的。你在自由写作中可以重复，可以提问，有时多问问自己，想法就会出来，把它们写下来就可以了。

不要去担心你的想法是否足够好，或者去考虑如何组织你的想法，千万不要给自己列提纲，那样无异于作茧自缚。在自由写作中，你可以随意跳跃，也可以深入某一个想法之中，可能性实在太多了，你可以自由发展自己的风格。

也不要去担心你的用词过于简单，或者总是用同一个简单的句型。

如果你清楚地表明了自己的思想，简单的表达往往是最棒的。还记得马丁·路德·金那篇著名的演说《我有一个梦想》吗？"我有一个梦想"，多么简单而有力的话语！在自由写作中，你写的最简单、最朴实无华的句子往往就是最有力量的话语。

请你一定记住：没有人给你打分、对你评头论足，你就是独特的，有创作能力的！你的目标是自然地、诚实地写，而不是"语不惊人死不休"。

我们说话时，不管多么笨口拙舌，总能连续地表达自己，那么现在，我们只是把口里说的放到了纸上，就这么简单。

"文章千古事""下笔如有神"是别人的说法。你要做的，只是做一个诚实的、健康的人。让自由写作来释放你吧！

为什么自由写作能让我们得到自由

当你开始品尝自由写作的自由甜蜜时，聪明的你可能会想这个问题：为什么自由写作能让我们得到自由？为什么我们的想法真的能够越来越自由地流露在纸上？以前煞费苦心，现在轻轻松松居然也能写作，而且不说别的，自己看了都很感动！

我常常在生活中和写作中思考这个问题。我相信，写作本身最基本的目的就是让写作者得到自由，而不是让别人读了叫好。当一个人极其痛苦郁闷之时，如果他能把苦闷写出来、抒发出来，那就是一件极其幸福的事。至于别人是否能读到、读了是否叫好，这完全和他的写作无关，他的写作不会受别人评价的影响。但对我们大部分人来说，从小到大，作文是写给别人看的，而且标准是别人定的。你爱好写作，那就一定要发表，如果不发表，你写了就没意义。所以，很少有人是为了让自己得到自由而写作。

为了让读者满意，我们在写作时给自己定了近乎完美的标准，通常一边写作，一边修改。这实在太难了，而且非常不利于思想的自由表达。文章干巴巴的，没有灵性，通常想法没写出多少，却被框在看上去很漂亮、很严谨的结构里了。

事实上，写作和修改是两样性质完全不同的事：写作时一气呵成、自由奔放是一件美事，修改时却必须反复思考和斟酌。而且，最重要的是，修改时必须有完成的初稿放在眼前，初稿还没完成，如何修改呢？充其量是做了很多无谓的文字编辑工作。

当我们想一次性地写出完美的文章时，无尽的自我折磨就开始了。长时间呆坐在电脑前，什么也没写出来，心里还负担重重——这个画面是不是很熟悉？当年我自己就常常是那个受害者，又是那个施虐者。我似乎有无限的时间，却被条条框框困在其中，冲不出去。我真是又痛苦又自卑。

在自由写作时，你的时间是有限的，你的心却是自由的、释放的，你的手和手臂在不停地动，你心手相连，整个人都在做一件事——那就是写作，自由写作！写作是如此活力四射、激动人心的事！而你是一个活生生的、有尊严的自由写作人。

在我的创意写作课堂上，自由写作是重要的，通常也是最有意义的一部分。有时我给同学们一个开头，有时我邀请一位同学给我们一个开头。同学们的开头都很有创意。比如：

"还没有被吻过。"

"太戏剧化了。"

"什么时候结婚？"

这些开头激发我们的创作灵感，使我们下笔如有千言，滔滔不绝。我们简直是在冲向写作前线——想象一下，全班将近 20 名战士一起冲锋是何等壮观的景象！引用 Alexis 信中的话来说，"我们这些曾经的笼中鸟"现在竟然都在自由写作中挣脱了牢笼，自由飞翔，自由歌唱！我能感觉到教室里流淌着源源不断的创作的能量。真幸福啊！

有时我们花 45 分钟的时间来自由写作，在接下来的 45 分钟时间里自由分享。是的，自由写作了几个星期之后，我们很自然地想与人分享，并且乐意听到别人的想法。

这真像是打了一场大胜仗！每一个人的心灵都在这里得到自由呼吸，被安慰、被医治；每一个生命都在这里飞翔着、歌唱着。写作不再是一项无法完成的大使命，而是我们人人都可以享受的自由和幸福。

当我们都得到自由时，才发现自己心里有那么多想和大家说的话！在教室里，我看到容光焕发的脸庞，听到同学们发自内心的开心的笑声——我们真是被彼此的生命感染了，每个人的生命都是那么神奇，有那么多的故事——我们是自由写作人！

关于自由写作的自由问答

明白了为什么自由写作能让我们得到自由之后，我们还会有很多和自由写作有关的问题：我的逻辑混乱怎么办？自由写作不能表达我深邃美妙的思想怎么办？我的想法很枯燥怎么办？自由写作经常让我看到我不想看到的自己的阴暗面怎么办？最后，自由写作和我想创作的非虚构作品怎么联系起来？

好吧，下面我们就一一答来。

● 我的逻辑混乱怎么办？

逻辑只是写作的一个方面，写作的感染力来自伦理、情感和理性等各方面。在创作中，情感的力量往往比逻辑理性要强大得多，情感是主导力量。一个人的逻辑思维能力是否强，和他的创作水平高低没有必然联系。文如其人，如果一个人本来并不是一个逻辑思维能力强的人，但是他在创作中却硬要展示缜密的逻辑，这就不真实了，也不感人了。

再者说来，一个逻辑思维能力再强的人，也是一个有血有肉有情感的人。假如你深深爱过的人已经离你而去，理性上你很清楚不能再留恋这段感情，但你却不能控制你的心不去想，这就是你的真实情感——与其不敢面对或者不愿承认，还不如诚实面对。当你感性的一面能完全释放出来时，你理性的一面也会更加自然地流露出来，你会真正地成长，成为一个更加深入自己心灵，也更加洞察普遍人性的作者。

　　表面上看，你的自由写作也许显得逻辑混乱，但是深入其中，也许你会听到一个极其强烈的声音。也许你会发现，在这表面混乱的背后还是有逻辑性、有理性的。毕竟，一个再感性的人也有理性的一面。

　　我的一些朋友认为我是理想主义者，是一个感性的人。的确，我的自由写作中有很强的感情色彩，但是这通常并不影响我的逻辑思维能力，因为我只是不回避自己的感性而已。我希望自己在人生道路上健康成长，我希望你也是。我认为只有充分发掘自己感性的人，才是真正理性的人。

　　● 自由写作不能表达我深邃美妙的思想怎么办？

　　我有一些学生坚信他们的思想实在妙不可言，坚持他们一定要思考良久才能下笔。我本人也非常喜欢思考，但是，思考和写作是两件不同的事。想法本身是不可见的，我们也无法确知它们到底有多美妙，所以我们得承认，有可能我们的想法并不像我们想得那么美妙。当然，它们也可能真的深邃美妙，写作实在无法表达，也许音乐、舞蹈能更好地表达，但也许没有一种形式能完全表达。如果是这样，我们只能自得其乐地思考，这也是一件美事。

　　现实生活中，我们的思想常常处在各种矛盾挣扎中。我们想啊想啊，就是想不明白，有时，我们可能突然想明白了一件事，不过这样的概率实在太低了。自由写作的好处就在于它可以帮助我们更清晰地表达自己，理清自己的思路，看见自己的想法。当然，我们需要常常练习才能渐入佳境。但是如果总要想半天才下笔，那么我们就无法体会自由写作的自由性和创造性。所以，你一定要放手试试！

　　思考通常是纯脑力活动，而写作是动手、动心、动脑的全方位活动，就像舞蹈者在舞蹈时，他当然在思考，而且在通过他的舞蹈表达思想和情感，但是他的主导行动必须是舞蹈动作，而不是他的思考。谈话也是一样。我们说话的速度比写作快多了，当然我们同时也在思考，我们一边说一边梳理我们的思路。思考和交谈常常能和谐共处。

　　当我们写作时，我们的主导行动必须是写作，而非思考。无论思路多快都得跟着写作走，写作必须带领思考，它们俩必须学习和谐共处。

我写的可能和我想的不完全一样，那又何妨呢？接受这个事实吧。写作和思考本来就是两件不同的事。思考可以单独进行，天马行空，有其独特美妙之处；而写作更像是身边一个实实在在的好朋友，而且说不定，你的写作可能比你的思考还要可靠呢！

● 我的想法很枯燥怎么办？

当然，我们的想法有时的确很枯燥，我们的生活也不是每时每刻都那么精彩。有时我们很无聊，很无奈，但那又怎么样呢？谁说我们必须时时刻刻都妙语连珠呢？有时候我们的想法就是平平无奇，我们需要做的就是持续耐心地写。有时候某个想法在我们看来没啥意思，但是写着写着，可能有意思的想法就出现了；若是继续没意思，那也没关系，只要持之以恒，我们的写作就能开花结果。

一定要记得，我们写作的目标不是让人叫好，我们不是批评家，我们只是表达自己。我们的写作不必不朽，也不必让人惊叹。写作是为了让我们真实地表达自己，更健康地活着。写作本身不是上帝。

● 自由写作经常让我看到我不想看到的自己的阴暗面怎么办？

这是一个很诚实的问题。作为人，我们都有阴暗面，但我们也都希望自己的生命中有更多阳光。我们的自我防卫本能会让我们掩盖自己的阴暗面，假装它们都不存在，时间久了我们似乎真的忘记了这些阴暗面，但是自由写作却使它们浮出水面——揭开自己的伤疤很痛苦，但是这是生命医治的开始。

你可以是自己最好的心理医生，因为自由写作可以成为你内心痛苦的一个最好出口，你不必给任何人看，但写出这些痛苦对你有极大的益处。如果你被嫉妒折磨，就大胆地承认——不管这种嫉妒看起来是多么不理性甚至愚蠢——这是你真实的情感，不承认它，你就会永远被它折磨。如果你被人伤害羞辱，心里充满了怨恨，就尽你所能来表达你的愤怒和委屈。在这个时候，如果连你自己都不能安慰自己，还有谁能？如果你做了让自己羞愧的事（比如曾经做过小偷，曾经侮辱过别人），但是你缺乏勇气和力量在人前说真话，至少，你可以在自己的良心面前说真话。你可以在自由写作里忏悔，让以往的毒瘤不再伤害你的心灵。你写完之后，可以把这些自由写作锁起来，过一段时间再看，然后决定是否保留它们。

往往，当你真实地表达自己后，你的负面情绪会得到疏导，你会真正成长，你会有一颗更加敏感智慧的心去感受生命。当你能更客观地看待曾经嫉妒的对象，能更深切地包容曾经伤害过你的人，你的心灵就得到了真正的自由。你的写作目的就是使心灵得到自由，只有你的心灵得到了自由，才可能让别人感受到自由——无论是你的作品，还是你的言行，都能让别人感受到这一点。

我的很多学生在自由写作中经历了深深的释放和医治。我相信你也会的。

● 自由写作和我想创作的非虚构作品怎么联系起来？

是啊，你希望写出精彩的非虚构作品，但又不能直接把自己的自由写作拿给读者看。那么，在现阶段，你还能做些什么？别急，静下心来。用心来看看你的自由写作，用心来感受：什么使你的心疼痛甚至流血？什么使你的心欢乐歌唱、如小鸟般飞翔？来体会这些强烈的感受吧！它们很有可能是你接下来要写的回忆录的最核心的内容。

我们来看看我的学生 Martin 的一篇自由写作，以"放假了"开头，写作时长是 10 分钟。

> 放假了。好事总在假期里发生，坏事也是。在那么漫长无聊的假期里面，总会有些什么特别的事发生在你身上。有一次，我和同学们度过了一个很棒的暑假，可是我的父母却分道扬镳了。我要更正一下。有一次，我在南方的一个海滨城市度过了一个很棒的假期，却没想到那是我最后一次见到我的父母在一起。真像是一出戏。

> 假期不合我的口味，因为假期太长了。我越是在假期前定好一个宏大的计划，就越不可能去执行这个计划。我坐在电视机前，整天看着无聊的电视连续剧，手指头都不会动一动。我真是个可悲的人。我的生命中有一个欢乐假期，恐怕是我这辈子能享有的最长的

假期了——因为我被保送去了人大，结果就有了长达半年的假期，确切地说是八个月。我从来没有这么放松过，我和父母相处甚欢，做了很多家务，我定期去健身馆锻炼身体，我读书，我看电影。

我父亲是一个和假期无缘的人。他有一份稳定的、乏味的工作，给政府打杂。他总是牢骚满腹，觉得自己是被埋没的人才。我不知道他为什么不敢放弃他的这份工作，去找他自己喜欢的工作。也许他太老了，这样的冒险太大了，要找一份新工作也不容易，特别是对他这样一个平庸的中年男人来说，他唯一擅长的就是处理政府文件。

Martin 的这份自由写作非常诚实，从他的心里流淌出来，有很强的表现力。作者从"放假了"开始，写到了不同的假期经历。但是作者真的是对假期感兴趣吗？你觉得这篇自由写作的灵魂是什么？

显然，他要表达的并不是假期本身，而是他和父母的关系，尤其是和父亲的关系。后来，在练习了多次自由写作之后，Martin 积累了足够的勇气和力量，决定写一篇关于他父母离婚的回忆录（见第五、第六章）。你可以从这份自由写作中感受到，父母的离异给他留下了很深的伤痕，这个伤痕一直在那里，等待着被发现、被安慰、被医治。

自由写作是始也是终

我保留着很多自己自由写作的手稿，她们就像是我敞开的心灵，深深地感动我，让我流泪、哭泣，让我微笑，甚至大笑——她们是我忠实的朋友。我可能会对其中一些进行修改，将之写成正式的作品，也可能再也不去惊动她们，就让她们躺在我的写作本里——因为她们已经完成了自己的使命。

自由写作是始也是终。我们写作的首要目标是使自己的心灵得到自由，我们写作的最终目标还是使自己的心灵得到自由，而不管读者是否认可我们。当我们能自由写作时，我们就已经得了最高奖赏。

　　如果我要交一份正式的作品，通常我会先尝试自由写作。对作品要求越高，就越要多进行自由写作。当我在 2008 年夏天开始写"自由写作"这一章的第一稿时，我实在有太多的恐惧和担心：怎么能在一章的篇幅里充分阐释自由写作的精髓呢？怎么能既让读者感兴趣又对他们有切实帮助呢？怎么以一种自由而又有条理的风格来写"自由写作"呢？随着交稿日期的逼近，我越来越焦虑，我尝试着自由写作，但我的心还是不自由。后来有一天，我意外地扭伤了左脚踝，突如其来的疼痛逼得我安静下来，开始以一种不同的心态来看待这件事情：有什么可担忧的呢？如果我自己都不自由，又怎么能告诉别人什么叫"自由写作"呢？也感谢当时的编辑给了我更多的时间来写这一章。在接下来的三个月里，我写了更多关于"自由写作"的自由写作，终于完成了这一章的初稿。

　　十多年的时间过去了，在这十多年中我不断地问自己：我写作到底是为了什么？如果我要教别人写作，到底要教别人什么？我想绝对不是如何遣词造句，如何让读者看了叫好。无他，就是让心灵真正自由放飞。

　　在这十多年的时间里，我的双脚都受过伤。当我面对健康、事业、感情等各项严峻的考验时，当我的心灵极度痛苦而又行动不便时，我发现只有写信给亲爱的家人和自己的心才能让我得到安慰。我这时才发现：原来我真的离不开写作！她实在是我最忠实的朋友。写作就是要释放自己的心灵，让它自由。我们不能让任何东西把这样宝贵的自由从我们的生命中夺走，无论是外界环境的限制、身体的病痛，还是我们内在的恐惧。

　　1999 年，父亲送我去美国留学时鼓励我说："作家有什么可担心的呢？你就是去了监狱，也能在监狱里写呢！"

　　我没有坐过监狱。我们大部分人这辈子不会去有形的监狱服刑，但却在无形的"监狱"中坐了很久还不自知。自由写作可以帮助我们层层深入自己的内心，最终成功地"越狱"。当我们成为内心自由的人时，我们就能让更多的人感受到自由！

2024 年春天，当我要从头开始修订这本书时，我又一次觉得"压力山大"：如何能不辜负读者的厚爱和编辑的期望，让这本书和大家共同成长呢？似乎有太多的内容需要加进来！一时间我又有些茫然不知所措。

但有一点我确信，那就是修订版会更加突出创意写作的疗愈功能，让更多的朋友能通过写作来疗愈自己。想到这一点，我忽然就放松了，何必焦虑呢？如果我自己都不能在写作中得到疗愈，怎么能帮助读者得到疗愈呢？我还是要先从自由写作开始来释放自己啊！

于是，我又一次从自由写作开始，天马行空地想到啥就写啥，写了六页自由写作之后，我的思路就基本清晰了，于是从头开始，一页一页修订，心是安定的，再也没有那样的焦虑了。虽然整个过程是辛苦的，但是我开始感受到生命的喜悦和成长的欣慰：的确，从 2014 年到 2024 年，十年来我和读者朋友在一起成长，我们的这本书也在成长；想到修订版能在十年之后和新老读者朋友再度见面，这对我们来说是多么幸福的事啊！

我发现，创意写作真的是一件最让人谦卑的事，永远要从最基本的自由写作开始，就像声乐课总要从开声练习开始一样。那就让我们从自由写作开始，学习做一个一年级的小学生吧！这本身就是一件最单纯、最美好、最自由的事！

 练　习

让自由写作来释放你。第一周，尝试做三次十分钟的自由写作练习，你可以用下面的句子或词开始。

"放假了。"

"那个夏天，……"

"生命必须是一场勇敢的冒险，不然你就一无所获。"

我建议你用手写，写在纸上，这样心手相连，思路是最连贯的。如果你已经习惯了用电脑，不妨再尝试手写的感觉。我觉得手写时思路最集中，不需要在电脑拼音联想的几个词中挑选一个，可以直接跟随自己的思路，不必有任何停顿，这股创作的能量就能自由运行，不受拦阻。而且，你可以真切地感受到这股创作的能量，感受到这种兴奋——简直像一部心灵世界的动作片！内心澎湃，手也在那里激情澎湃地写！你会真实地感受到：原来写作可以这么激动人心！

第二周，我希望你可以更加主动地来做自由写作，由你自己确定开头，可以自己写，也可以跟一个写作伙伴或写作小组一起写。一次写十五分钟，连贯地写，一周写三次。如果有朋友跟你一起写，每个人可以轮流做老师，给大家一个开头，帮大家看时间，同时自己也写，提醒大家"还有一分钟""还有十五秒钟""时间到"，以此帮助大家把握时间。

第三周，将你的自由写作扩展到二十分钟，一周写三次，你的"写作肌"已经渐渐长成，所以，你需要更长时间的练习。

通常，经过三周的自由写作练习，你会对此相当享受——在纸上看到自己的心声是多么快乐！你会很惊讶你在二十分钟内居然能写这么多，至少满满一页 A4 纸，甚至更多！

亲爱的朋友，让自由写作来释放你的心吧！让你的心自由呼吸，自由舞蹈，如花开放，如鹰飞翔！

第三章
回应写作

本章指南

- 热身练习
- 《你鼓舞了我》如何鼓舞了我们
- 什么能激发我们的灵感
- 什么是回应写作
- 我们如何回应朋友们的非虚构故事

 **热身练习** **两人合作写诗歌**

找一个同伴一起写一首诗。谁的出生月份在先谁就写第一行，然后第二个人写第二行，两个人交替写七分钟左右，最后由第二个人完成整首诗。希望你们能够写完十四行，这样你们就有一首十四行诗啦！

请千万不要有心理负担，觉得自己写的不像诗歌，或者担心该怎么押韵。第一个人可以写一句非常简单朴实的话，如"我从来没有写过诗"，第二个人接下去写就是了，不用考虑押韵。就像小孩子一样去享受单纯的写诗的快乐。和你的伙伴一起快乐地写诗吧！

《你鼓舞了我》如何鼓舞了我们

你听过《你鼓舞了我》（*You Raise Me Up*）这首英文歌吗？让我们一起来看一下歌词。

When I am down and oh my soul so weary

（当我低落时，哦，当我心灵如此疲惫时）

When troubles come and my heart burdened be

（当困难重重，我的心如此沉重时）

Then I am still and wait here in silence

（我静下来，在寂静中等待）

Until you come and sit a while with me

（直到你来，坐在我身边）

You raise me up so I can stand on mountains

（你鼓舞了我，使我能站在高山之巅）

You raise me up to walk on stormy seas

（你鼓舞了我，使我行走在汹涌的海面）

I am strong when I am on your shoulders

（我坚强，因为我站在你的肩膀上）

You raise me up to more than I can be

（你鼓舞了我，使我成为比我自己更强的人）

There is no life，no life without its hunger

（不会有生命，不会有生命——如果没有对生命的饥渴）

Each restless heart beats so imperfectly

（每一颗不安的心都跳得那么不完美）

But when you come and I am filled with wonder

（但是当你来临时，我的心便充满惊叹）

Sometimes I think I glimpse eternity

（有时我想，我已经瞥见了永恒）

You raise me up so I can stand on mountains

（你鼓舞了我，使我能站在高山之巅）

You raise me up to walk on stormy seas

（你鼓舞了我，使我行走在汹涌的海面）

I am strong when I am on your shoulders

（我坚强，因为我站在你的肩膀上）

You raise me up to more than I can be

（你鼓舞了我，使我成为比我自己更强的人）

You raise me up to more than I can be

（你鼓舞了我，使我成为比我自己更强的人）

　　找到这首歌听一下。你可以闭上眼睛，用心去听、去感受，充分体会这首歌的感觉，让歌词和旋律进入你的心灵。

如果你听不懂其中的一些英文歌词，甚至一句英文都听不懂，那也没有关系，因为这不是英语听力练习，而是心力练习，你要用耳更要用心去听，而且你的心能比你的耳朵听到更多。

歌听完了。什么是挥之不去的？旋律、配器，还是歌词？哪一句旋律、哪一种乐器的声音、哪一段歌词特别拨动了你的心弦？这首歌带给你的是一种什么样的感动？谁曾经在你的生命中鼓舞了你？

打开你的写作本，写下你对这首歌的回应，自由写作七分钟。

2006 年 9 月，我在课堂上放了这首歌，然后我和学生们一起做了七分钟的回应写作，以下是我写的回应。

回应《你鼓舞了我》

我又听到这首歌了，在一个不同的地方，和不同的人们，但是同一个心灵深处的感动又一次触动了我，生命中的真理又一次在向我诉说。

当我的老师拉根博士（Dr. Ragan）得知我要回中国高校教创意写作，当他听到我说要把我的生命活得像电影一样精彩时，他是那么高兴，他回信说，他愿意"成为这部电影的一部分"。他让我感动得落泪了。在我的人生旅程上，有多少人曾经鼓舞了我！我们都是不完美的、软弱的，但是我们的努力依然在闪光。屈乐凯博士（Dr. Troike）就像是看顾我生命的一位天使教授，他对我那么友善，充满爱心，他使我成为比我自己更强的人。三年前，他善意地向我提到中国有一所一流的高校正在招聘创意写作的老师，上帝知道他的这个建议是如何温暖了我的心，给我这颗一直在盼望的心带来了平安！我多么盼望回国、回家，多么盼望能回去分享我所学到的一切，包括我所经历的痛苦和幸福。

还有我的美国爸爸和美国妈妈，我在美国的一家人，无论我走到哪里，都爱我，支持我。在我特别累的时候，妈妈为我洗头。哦，我真想让她再帮我修剪一下我的头发。是啊，很快，我的这个心愿就要实现啦。

当我读到这篇回应写作时，我清楚地听到了自己的心跳，就好像这首歌是从我的心灵深处唱出来的一样，唱的就是我自己走过的真实旅程。

我第一次听到这首歌是在洛杉矶的一个教堂里，当时正值复活节，歌词深深地打动了我，苏格兰的风笛声让我泪如泉涌。第二次听到这首歌，是在亚利桑那州的图森市，我去看望我的美国爸爸妈妈，某天傍晚我正在书房里，突然，我听到了这首极其独特、深沉而又优美的歌。我放下手头的一切事情，飞奔到客厅——我的妈妈朱迪正在看她最喜欢的花样滑冰选手的表演，那位选手用的背景音乐就是这首歌！

从那个时候起，我学会了唱这首《你鼓舞了我》，它成为我生命的一部分。无论何时、何地，我听到这首歌，或者我唱起这首歌，那种安静的、最美的、最坚强的力量就会深深地进入我的心。

《你鼓舞了我》成为我人生的主题曲，在我回国的道路上更是一直鼓舞着我。拉根博士是我在南加州大学的系主任，屈乐凯博士是我在亚利桑那大学的系主任，前者是一位作家，后者是一位语言学家，两者非常不同，但在我回国任教这条路上都给予了我最有力的支持。在我看来，我的人生就是一部最精彩的电影剧本，是用最美的语言写成的，因为我有这样两位充满爱心的教授！

而我的美国爸爸瑞克和妈妈朱迪，非正式地收养我做他们的中国女儿，总是鼓励我选择自己独特的道路，不管这条道路是多么人迹罕至。当我犹豫不定，不知是否要回国时，瑞克让我和他一起去爬山。凌晨的天还是黑的，我嚷着说："我不想太与众不同了！"他只是微微一笑，说："你生来就是与众不同的。"当我们爬到山顶时，我的心就像头顶的蓝天那样清澈明朗——于是，十天后我飞回了中国。当回国的路变得非常难走，我累极了，也真的开始怀疑我是否有能力继续这项使命时，朱迪飞到中国来看我，用她慈爱温柔的手为我洗头发——妈妈结婚前可是专业的美发师呢，她的手是多么温柔，她的轻抚是多么安慰我的心啊！

2006 年，当我在教室里和同学们一起写下对《你鼓舞了我》的回应时，我正准备去图森参加一个国际研讨会，讲述我在中国教创意写作的经历。当然，我会看到住在图森的瑞克和朱迪。当写下"哦，我真想让她再帮我修剪一下我的头发。是啊，很快，我的这个心愿就要实现啦"时，我感觉自己就像一个最幸福的孩子要回家去领奖品一样，爸爸妈妈一定会好好奖励我，因为我终于在中国的高校开设了创意写作的课程，走了一条与众不同的路，也开始收获与众不同的喜悦。

你可以看到，《你鼓舞了我》这首歌触摸到了我心灵的深处，当我在写回应时，很多美好的回忆来到了我的笔下。

我的学生又是如何回应的呢？让我们来看看 Martin 写的回应。

听到这首歌，我回想起许多画面。你鼓舞了我，你养育了我，父母首先来到我脑海里。我想到了我的父亲，那么强壮，那么高大，而我那时却那么小；还有我的母亲，什么都知道，而我却什么都不知道。然后我想到了我的朋友们，在我的成长道路上他们鼓励我，使我更加接纳自己，认识自己。我也想到了我的老师们，我并没有遇到那么多伟大的老师，但是有一些老师的确很棒，他们完全超过了一般老师的标准，他们不仅仅指导我的学业，他们更引导我，安慰我，以宽宏的心原谅我。在我听这首歌时，老师是最后浮现出来的形象。

一开始我想，鼓舞我的"你"是某种超自然的能力，但是后来我觉得这样的想法太天真了，如果不是被歌词感动，没有人能唱得如此有激情，又如此温柔（有宗教信仰的人除外）。这首歌中的"你"对不同的人来说完全可以意味着不同的人，比如老师、父母和朋友。

很有意思，Martin 也写到了父母和老师，还加上了朋友的影响，并且考虑这个"你"是否可能指某种神秘的超自然能力——无论是不是，你都可以很清楚地看到，这首歌也非常深地触动了 Martin 的心灵。

你可能还记得，Martin 在以"放假了"开头的自由写作中写到他和父母的关系，在这里，你又一次看到他的父母的形象。

的确，我和 Martin 都被这首歌深深感动，从心里诚实地、自由地对这首歌做出了回应。对我来说，老师的爱是一个永恒的主题；对 Martin 来说，他和父母的关系是一个持续出现的话题。同一首歌，在我们心中激发出不同的回应。

什么能激发我们的灵感

我们每个人的心灵都需要爱的触摸。当我们的心灵被爱触摸时，它会苏醒，会感受到我们内在的生命——就像沉睡了一百年的睡美人一样，在被王子深情地吻过之后，她终于醒了过来。

我们每个人的灵感都需要被激发。生命不是一个单调无聊的存在，当一首优美的歌忽然传到耳边时，我们会乐意放下手头的一切事情，就想听到那首歌，看到那位歌手，我们的心会情不自禁地想跟着一起唱！

要想写作，灵感更需要被激发；当我们的灵感被激发时，我们会想要表达。我们想要写作，就如同我们想要呼吸一样！

如果我们想写非虚构故事，什么能激发我们的灵感呢？

大千世界的一切——一首歌，蟋蟀在夏天的吟唱，一张英俊的脸，一条美丽的长裙，令人惊叹的灿烂晚霞——对我来说，都是激发灵感的素材，它们本身都是真实的、美好的，会激发出我心里的美善。而另外一面，躺在床上的癌症病人，被麻风病毁容的脸，别人对我的否定，第一次回国在北京街头看到的一位陌生妇人的极其愁苦的面容，第一次在著名的八宝山殡仪馆参加葬礼目睹逝者母亲的心碎——这些痛苦甚至能更深地激发我的灵感。

当然，我们也常常通过读故事来获得灵感。既然我们要写非虚构故事，就要读读别人写的非虚构故事。但是请记住，读的首要目的不是模仿，也不是学习技巧，而是用心体会那最感动我们的一点，然后做出我们的回应。

什么是回应写作

可以说，回应写作是一种特殊的自由写作，你需要根据自己的心灵和头脑读到的内容进行自由的回应。当然，你必须对你接受的内容有反应，无论这种反应是正面的还是负面的，都是值得写下来的。

如果说，我们在第一章和第二章中做的"自由写作"是一种爱自己、让自己得到释放的方式，那么可以说，"回应写作"是一种爱他人的方式——我们愿意和他们一起哭泣，一起欢乐，愿意被他们感染、鼓励、激发。

通常情况下，我们越能欣赏故事，就越能从作者处受益。这当然不是说我们只能说故事的优点，如果你很困惑、很愤怒，请一定诚实地表达你自己，我们要有开放的心和诚实的心。只是要记住，你不是一位文学批评家或者评委，你是一位诚实的、有爱心的读者。

做一位好读者能帮助你成为一位好作者！这样，在你写作时，就不会担心别人苛刻的批评——即便别人这么对你，你心里也知道，什么是最重要的，什么是真正感动人心的。

我们如何回应朋友们的非虚构故事

现在，我想请你来读一篇我在 2006 年秋季写的非虚构故事，题目是《冰冰》。读完之后，请你用 10 分钟写下你的回应。

冰冰

我从小就怕狗。上小学的时候，我只要一见到狗就仓皇逃窜，狗却偏偏不饶我，一路紧追不舍还狂叫不止，我的天哪！我总是跑得上气不接下气，觉得小命都快没了。每回"狗口脱险"，在我看来都是奇迹。

上小学四年级的时候，有一天，邻居王医生给我们家送来了一只出生才三天的小狗。说是小狗，看着就像小猫一样，长着浅黄色的绒毛，那么弱小，那么温柔，实在不像凶悍的狗，我们一家人都接纳了她。我给她起名叫"冰冰"，叫着特别响亮，马上就得到了大家的认同。或许，我也有点小私心在这里——妈妈怀我的时候，家人都盼望我是个男孩，爸爸本来是要给我起名叫"李兵"的，跟着我的姐姐李红和李卫，组成一支"红卫兵"，但一看我是女孩而且哇哇大哭，爸爸就只好按着我哭声的谐音给我起名叫"李华"了。再加上，我又正好出生在冰天雪地的冬天，所以每次一叫冰冰的名字，我就觉得在叫我自己。

我们用米汤喂冰冰，就像喂一个婴儿一样，她要的不多。渐渐的，她从婴儿期走到了童年期，长成了一只圆滚滚的、健康的小狗。早晨我去操场跑步时，她自然而然地跟着我一起去，陪着我一起跑。那时候天还挺黑的，有时我的脚不小心踩到她圆滚滚的身上——我真心疼啊，我怎么可以这样伤害她呢？但她却毫不介意，打了个滚又接着跟我跑了。当然啦，她温柔地呜咽了一下，告诉我她受了点伤，但却没有任何责备我的意思。

人人都知道我养了一只小狗，冰冰是属于我的小狗，就连我的语文老师韩老师也知道了。有一天，她在班上批评一些不遵守纪律的同学，说："你们这些人都比不上李华的小狗！那小狗还知道听小主人的话呢！"我知道韩老师对我是很好的，但她总是那么板着脸训斥那些"差生"，让我也很难受。不过，听到冰冰受夸奖，我还是很高兴的。

冰冰长成了一只美丽的小狗。她闪亮的眼睛像黑宝石一样，充满了好奇和爱心。她的小鼻子油滋滋的，特可爱。我对我的中式扁鼻子已经彻底绝望，但是我坚信冰冰的小鼻子独一无二地可爱。她总喜欢舔我，或者我应该说她用一种最温柔的方式吻我：她用舌头来吻我。我是家里最小的，一向被大家宠惯了，很少去照顾别人，可是我心甘情愿地和冰冰分享我最爱吃的红烧肉炖油豆腐——这在 20 世纪 80 年代初的平民家庭可是难得的佳肴啊！看着她心满意足地舔完整个碗，我真高兴，就像一位母亲看着她的孩子乖乖吃完饭一样。

我们家附近还有一只小狗，叫"阿黄"，也长着浅黄色的毛。他是个很不错的小伙子，很温柔，当然啦，没有我的冰冰那么文雅。有时候，冰冰和阿黄会一起玩耍，我们这些小孩子就在边上看。他们不停地在彼此身上滚来滚去，忽前忽后，极其友好，一点也没有暴力倾向。不过，当我看着冰冰仰面躺在地上露出扁平的小乳头的时候，我总是有点难为情——当然，狗是不穿衣服的，而且她的眼睛是那么天真无邪，她的内心肯定比我坦荡多了。在那个时候，她和阿黄是众人羡慕的青梅竹马。

冰冰继续成长着。到了一个阶段，她开始练牙，找到什么就用牙来对付：书、床单、鞋，无一幸免。有一天，她叼着邻居小客人的一只红皮鞋回来了，我妈妈很生气，还得低声下气地跟邻居赔不是。我不知道怎么样才能让妈妈感觉好些。我听说小狗在练牙阶段都是这样的，冰冰怎么能知道哪些东西是她不可以用牙碰的呢？有一次，她把我的长篇小说《海啸》撕成了碎片。我尽了最大的努力把碎片粘起来，我从来没有这么耐心过，一边粘一边还流着眼泪。但我没有一句责备的话，我真的一点都不恨冰冰。她默默地看着我，看到我的眼泪，也许她心里忏悔了吧，从此知道书是不能撕的。

寒假来临了。有一天，因为种种淘气行为，冰冰被链条锁在了厨房里，不许出去玩。外面正在下雪，是一个洁白美丽的冰雪世界。冰冰一直在厨房里哀哭。我在房间里做寒假作业，听着实在于心不忍。我走到厨房去看她。她一下子就跳起来，扑到我的身上，呜呜地哭着，小鼻子还时不时抽泣一下，就像一个无助的小孩子一样，苦苦哀求我放她出去玩。我能做什么呢？我只能抚摸她，在心里叹气。我不能帮她解开链子：我不知道该怎么解，我也不敢解。

她失望了吗？可至少她知道我是疼爱她的。我回到房间，继续做我的作业。突然，冰冰的哭声停止了。窗外美丽的白雪世界里，我看到冰冰如离弦的箭一样飞驰而来，尾巴高高地直指天空，我听到她最快乐的尖叫，向全世界宣告她的得胜：她自己挣脱了链条！她自己解放了自己！

我在心里为冰冰鼓掌：哇，冰冰，你是一个真正的英雄——小狗生来就该在下雪天尽情玩耍！

但是，冰冰的判决也来临了。妈妈已经无法容忍她带来的种种麻烦，她和爸爸商量以后，决定让他把冰冰带走，带到乡下他教书的中学去。我和小姐姐也只能同意。冰冰走的那一天，是爸爸和小姐姐一起护送她的。我去汽车站送冰冰，看到她乖乖地趴在小姐姐的膝上，她的黑宝石眼睛好奇地看着周围，但是她不叫也不跑，对我们的安排充满了信任。我们就这样安静地告别了。

冰冰眼中的爸爸、妈妈、小姐姐和我

春季新学期开始了，可是我和冰冰已经在不同的学校。在韩老师的语文课上，我们开始学习分段，归纳段落大意，总结中心思想。我很不喜欢做这样的功课。好好的一篇文章为什么要肢解得这么支离破碎呢？不过我还是一直很努力地学习着这种方法，直到有一天，我自己也不明白是怎么回事，我在本该规规矩矩写段落大意和中心思想的地方乱写一气，而且竟然就交上去了！韩老师气得脸色铁青，令全班同学传阅我的"大作"，并断定我无可救药。我实在是羞愧难当，但奇怪的是，我保持着冷静。我告诉自己：至少我有胆量表达我的愤怒，我以自己的方式捍卫了作品的完整和尊严。当然我为此付出了高昂的代价：在韩老师的眼里我从此变成了一名"差生"，很多同学也和我疏远了。但是我从来没有为此后悔。

我好想去看看冰冰和她所在的学校啊。终于，"五一"劳动节到了，我和小姐姐获准去看望冰冰。坐了四十分钟的公共汽车，终于看到了我们的冰冰！我们好高兴啊！冰冰欣喜异常，上蹿下跳，摇头摆尾，发出各种快乐的声音，并且咬我！能相信吗？她竟然咬她的小主人！我穿着长裤都觉得疼。那个温柔吻我的冰冰到哪里去了？可能这会儿她太激动了，可能她就是想让我疼一下——爱到深处总是疼的。我就让她咬。我情愿疼，也愿意让她来爱我。

我们一起去爬山。看着她又跑又跳是多么快乐啊！她总是跑前跑后，为我们探路，又耐心地等我们。她是那样矫健，自由自在地在山上奔跑，再也没有链条束缚她了。

冰冰在乡下的这两个月里也经历了一次劫难。有一天傍晚，她和爸爸在田间散步的时候，突然踩到了一个粪坑的板上，一下子就掉进去了！虽然爸爸眼疾手快地把冰冰抢救出来，又尽快给她洗了个澡，但是她头顶有一撮毛粘上了大粪后怎么也洗不掉，爸爸只好把那撮毛剃掉了。这次我们见她的时候，她头顶的某一个部位就像剃了小平头一样。我们都笑了。可怜的冰冰，掉进粪坑里的滋味肯定不好受，幸亏那只是短暂的瞬间。

在爸爸乡下的学校里，冰冰结识了一位"忘年交"。那只狗大约有七八岁吧，就像冰冰的祖父一样。他也长着黄色的毛。他的眼睛很温和，微微有点发红，可能是因为他上了年纪的缘故。他是一位真正的绅士，总是很平静很温和，我摸他的时候，他就非常耐心地让我摸。日落时分，我看到冰冰和她的祖父在校园并排散步，亲亲密密的，真像一家人一样。

我和小姐姐回家了，我们一直牵挂冰冰的心终于放了下来：冰冰在乡下过着自由幸福的生活，我们还有什么不放心的呢？很快，暑假来临了。爸爸回家了，冰冰独自留在学校。我们又开始牵挂起来，但是爸爸的同事们回来都说冰冰好着呢，说她还在黑夜里奋勇抓住了一个想偷学校电视机的小偷，在校园传为美谈。我听了真为我的冰冰骄傲：她现在是群众眼中一名真正的英雄了！

我急切地盼着再去看她。爸爸的学校是以办"高复班"著称的，每年我们城里会有好多学生报名，那一年学生特别多，爸爸只好比原计划又多工作了一天，确保所有学生都报上了名。不过就是多一天嘛，我和爸爸都觉得应该没事：冰冰已经等了我们这么久，再等一天应该也没问题吧。

爸爸和我下了公共汽车。冰冰没有来接我们。不对。她应该来接我们的。她出什么事了吗？我们往学校走着，一路上都没有见到她。我的直觉告诉我可能有什么不好的事发生在冰冰身上了。

我不记得我们是怎样知道那个残酷的故事的……但是终于，我们知道冰冰再也不会来接我们了。她一直在等我们回来，每天下午都会定时到公共汽车站等候我们出现。可是，就在我们回来的前一天，就在公共汽车站附近，她被一辆拖拉机轧死了。

那时我十岁。我实在不知道死亡到底是怎么回事。那个残酷的故事对我来说不像是真的。我只知道，冰冰不在了。她去了哪里呢？人们说她的皮被一个过路的农民剥去了。我简直不能接受那么残忍的事竟然会发生在我的冰冰身上！我拒绝相信这一切。我只是呆呆地看着我们和冰冰曾经一起爬过的山。山上的树那么绿，绿得化都化不开，多么浓郁的绿色啊，我仿佛又看到了冰冰，像一支离弦的箭一样从山坡上冲下来，尾巴高高地直指天空，她的奔跑是那样敏捷、那样优雅，她的整个生命在太阳下闪烁着美丽的光芒……

白天，黑夜，我的眼泪都在不停地流。爸爸也很难过。但我们谁也没有说一句关于冰冰的话。我们都选择了为她默哀。

几天之后，我们回到家里。我的大姐也从她的学校回来了。她已经上大学四年级了，在读中文系。她平时很少回家，跟冰冰也不亲。我们一起吃晚饭的时候，她听说冰冰死了，就开始逗我。我一句话也没说，但我的眼泪却止不住地往下流，直到我实在哽咽地吃不下去了，我放下筷子，跑回我的房间里去哭。江南的夏夜是炎热的，我的眼泪更是滚烫的！

一阵沉默。终于，我隐约听到爸爸的声音："要是一个人死了呢？你也会这么跟你妹妹说话吗？"

大姐回校后，写了一篇关于冰冰的故事。我们都读了。我想，那是她在对我表达歉意吧。她在故事里写到，她其实很怕冰冰，因为每次她回家的时候，冰冰都要冲着她大喊大叫，就像她是个陌生人一样。她在家的日子实在太少了，也难怪冰冰没把她看成家里的成员。读了大姐写的故事，我心里得到了安慰——冰冰的生命是值得我们纪念的。

我也想试着为冰冰写点什么。上初中的时候，我在日记里写了几行纪念她的话，流的眼泪比写下的字还要多。我没有力量写下一个完整的冰冰的故事。我只能写下一首破碎的诗。

二十四年过去了。

2006 年，中国的狗年。我终于有灵感和力量来写冰冰。回首往事，忽然发现冰冰走的那一年，1982 年，也是狗年，属于她的年。她是不想让我忘记她的。

二十四年前，我从来没有想过：冰冰怎么会被一辆拖拉机轧死？然而悲剧发生了。冰冰死了。我只能被动地接受。我没有力量也没有勇气来质问这一切。可是现在，我突然觉得奇怪：冰冰是那么警觉的小狗，而且又精力充沛，她应该能眼观六路耳听八方的，怎么会被拖拉机轧死？她还在黑夜里抓住了一个小偷呢！

会不会是那个小偷怀恨在心，故意来陷害冰冰呢？

也许，那真的是冰冰天生的弱点。她总是那样投入地活着，爱着，以至于她常常忽略了她身边的陷阱和危险的小人。她是那样热爱生命，信任世界为她安排的一切，不知道脚底下的粪坑板已经松动，更不知道开拖拉机的司机突然就会把她轧死。

她的皮真的被那个过路的农民剥走了吗？也许他剥皮的时候，她已经没有任何痛苦了。可是她是那么敏感那么细腻，说不定她还是有感觉的——那是何等撕心裂肺的痛苦啊。

为什么人们都冷眼旁观而不能为她做些什么呢？她活在世上的时候，总是爱人，保护人，为正义挺身而出，做人最好的朋友。可是她死的时候，为什么人们就不能为她做些什么，而只是眼睁睁地看着她的皮被剥去？

也许人们的心都冷了。也许我们还太穷，我们只能关心我们的温饱。爱和尊严对我们来说都是奢侈品。我们不知道怎么去爱人，更不用说去爱狗了。何况，我怎么能要求那些过路的陌生人为冰冰做些什么呢？我是冰冰的主人，可是就连我都没能保护她。

如果真的回到从前，冰冰的故事会有一个不同的写法吗？妈妈会容忍冰冰的淘气让她和我们生活在一起吗？可是爱冒险是冰冰宝贵的天性啊。我一点都不怪妈妈，她是我最好的妈妈。也许，冰冰和我们人类天生就属于不同的世界。

但是，当天堂的门为我敞开时，也许冰冰会第一个冲出来，吻我，欢迎我的到来！分别了这么多年，我们有多少故事要倾诉啊！她还能认出我来吗？我长大了，变老了——但是，我想她那灵敏的小鼻子一定闻得出来，她那善解人意的心灵也一定感觉得出来：我还是她的小主人，那个十岁的小学生，用自己的方式固执地捍卫着被压迫者的尊严，因为她自己就是被压迫的。

冰冰啊，我要告诉你一个好消息，我终于不用再写段落大意和中心思想了，我可以自由自在地写我心里的故事了！也许有一天韩老师也会读到我写的关于你的故事呢，我希望她不生我的气了。

冰冰啊，你知道吗？我还学会用英语来写故事了呢。但是，冰冰，你的名字永远都是响亮的冰冰，你给我的爱和友谊穿越语言，穿越时空，直到永远……

作者后记：2006年10月，我刚从北京飞到美国图森市，准备在落基山脉现代语言学会年会上做题为《在中国教英语创意写作》的报告。我非常疲惫，但是凌晨时分，冰冰的故事却突然来到我心中，那感动是如此强烈，我不得不用笔写下来。从开始动笔，到修改，到译成中文，我的眼泪一直在流，但我的心却经历了深深的安宁——冰冰和我的故事终于画上了一个圆满的句号。

亲爱的朋友，谢谢你用心读了我的故事。尽管我现在不能看到你的脸，也不能读到你写的回应，但我还是想从心里说一声"谢谢你"，我希望你能感受到！对一个作者最高的奖赏，就是读者以自己的心来回应作者。

以下是我的同事戴显梅老师写的回应。

李华的《冰冰》

四年前，我在美国克雷顿大学（Greighton University）第一次听到"创意写作"时，想当然地以为那是一个专业作家教的课程，教学生如何写文章。后来，李华让我读了她的故事《冰冰》，故事的力量深深震撼了我，使我不得不再次思考创意写作到底意味着什么：在每一次对过去详细描述的背后，是作者的思路在来回地自由穿越和寻找，抓住当年瞬间的经历，让我们感受到那股创造性的自由精神正在打碎一切条条框框和固定的思维模式，就像当年的冰冰挣脱束缚她的锁链一样。

孩子天真的心和敏锐的感觉使得人和狗的沟通成为完全可能的事。当孩子不小心踩到狗的身上，她试图猜测狗对她的反应：她是那样温柔，体谅对方，完全把对方当成一个平等的灵魂，而不是一只动物——"当然啦，她温柔地呜咽了一下，告诉我她受了点伤，但却没有任何责备我的意思"——这常常是父母对孩子的感情，孩子在这里就像一个小妈妈一样爱着小狗。更感人的是，当孩子从家庭和学校的管束中挣脱出来去看望她的冰冰时，冰冰用牙齿咬她，咬得她都疼了，但是孩子没有任何怨言，她猜测"可能这会儿她太激动了，可能她就是想让我疼一下——爱到深处总是疼的。我就让她咬。我情愿疼，也愿意让她来爱我"——这样深的爱已经完全超越了常人对狗的感情。

整个故事是如此一气呵成，使我不禁一口气读完。故事描写的不仅是一只天真可爱的小狗，还有一个温柔有爱心的孩子。有冰冰陪伴的幸福，学校令人窒息的气氛，家中母亲不容置疑的权威——这三者使作者的童年格外有戏剧性。当作者写道"我不能帮她解开链子：我不知道该怎么解，我也不敢解"的时候，我们明白那个链子并非仅锁住了小狗——后来，孩子不得不接受母亲的安排，让小狗离开她——孩子面对权威的那种敏感、无奈和顺从是中国孩子所独有的，令人心碎又真实。

多年之后，作者作为成年人的反思让我们看到，冰冰的死揭示了日益恶化的生存环境，"她是那样热爱生命，信任世界为她安排的一切，不知道脚底下的粪坑板已经松动，更不知道开拖拉机的司机突然就会把她轧死"——充满信任的狗和充满恶意的杀手形成了多么强烈的反差！剥狗皮的残忍更是让我们为人类感到羞愧。"也许人们的心都冷了。也许我们还太穷，我们只能关心我们的温饱。爱和尊严对我们来说都是奢侈品。我们不知道怎么去爱人，更不用说去爱狗了"——很显然，这里的哀歌已经超越了对狗的死亡的哀叹。

简言之，这个故事的美源自作者对冰冰纯洁的感情。作者在精神世界里自由漫步的时候，以丰富的语言描述了每一个深深刻在心上的细节，让我们感受到一颗温柔的、关爱世界的心灵。创意写作使深藏在人心里的感情流露出来，在李华的《冰冰》一文里展现了独特的魅力。

感谢戴老师如此用心地回应我的故事，让我更清楚地看到了当年的我和冰冰，也明白了为什么冰冰的故事对我来说意义如此之大。其实，冰冰是我的老师，是我的榜样，她挣脱锁链的勇敢激发了我争取自由的心：从当年的我敢于不写段落大意和中心思想，到后来的我敢于去美国学创意写作，又敢于回中国教创意写作——直至今天，我这颗勇敢的心依然得益于冰冰当年的勇敢。

当看到我和学生、同事写的回应后，你会发现每个人都有自己独特的回应风格。希望这些回应能激发你，让你找到自己回应写作的风格。

接下来，我要再请你读一个故事：《和死亡擦肩而过》。这是我的学生张精升写的。读完之后，请把故事放到一边，打开写作本，写上15分钟的回应。

和死亡擦肩而过

高一第一学期的期末，最后一门考试终于结束了！一想到漫长惬意的假期，我就兴奋不已，抓起书包第一个冲出了教室。五分钟之后，我已经飞奔出校门，走在回家的路上了。我们学校是新建的，离市中心很远，学校周围人烟稀少，有大片大片的农田。

在下午的阳光里，那些绿油油的田地懒洋洋地向远方延伸着，一些不知名的野花在风里颔首微笑。天空偶尔掠过的鸟群，似在原本平静的蔚蓝色湖泊里划出的道道涟漪。那时差不多四点半，太阳已经不那么刺眼了，在温和的夏日阳光下漫步成了再好不过的享受。

在无尽延伸的灰色马路上，一个红点慢慢移动，那就是我——我穿着红色的Ｔ恤在蓝天下的阳光里慵懒地前行。下午的时光出奇地安静。路上几乎没有人，更别提车了。只在临街几户人家门口坐着一些农妇，一边削着土豆皮一边闲聊。安静的空气里，一切都沉睡了。马路那么宽广，视野也那么开阔，让我有种说不出的自由和快乐。鉴于不能大喊大叫破坏气氛，我开始在马路上从左到右走"Z"形路线来充分利用空间，宣泄自己的兴奋之情。那时觉得天地都是自己的，根本想不到可能的危险。

正当走到"Z"的一半的时候，我无意中回头看到了一只小狗。它跟在一只体型庞大的凶巴巴的黑狗后面，一颠一颠地跑过马路，浑身雪白的蓬松的毛在阳光下闪闪发亮，像极了一团小毛线球，快乐地蹦跳着。很奇怪，第一眼看到它，我就产生了说不清的感觉，心好像被什么刺到了，猛地缩了一下。直觉告诉我，接下来的几秒内，这只小狗就会丧命车轮之下。但是环顾四周之后，我的理智开始嘲笑自己："多荒谬！这路上根本看不到车。小狗已经走到马路中间，马上就要到路边了。况且，你又不是什么伟大的预言家！"但是，那种不祥的感觉越来越强烈，有几秒钟我真的有转身冲上去阻止它们的冲动。但由于自小怕狗，前面昂首阔步的大黑狗让我望而却步了。那个小不点前面的大家伙看上去可一点儿都不和善，光看着就让我心里发慌了。我拼命安慰自己："那只是错觉，一切都会好的。"却没有办法说服自己。感觉两个自己在激烈地争辩着，脑袋都要炸掉了。于是我越走越慢，最后干脆停下来，站在那里目不转睛地盯着那只小狗，不知该怎么办。

　　接下来的几秒对我来说比几个世纪还要漫长。看着大黑狗安全到达路边，我悬着的心放下了一半。正准备松口气时，一辆黑色的奔驰车像闪电一般冲过来，把小狗吞没在它肚皮底下。黑白鲜明的对照以及我站的角度让我清楚地看到发生的一切。幸运的是，小狗正处于四轮之间的位置，毫发未伤。如果它稍稍警惕一点，站着不动的话，一秒以后，不，也许更短，车就会飞奔而去，悲剧也不会发生了。可是在黑色汽车下的白色小生命对自己的危险处境浑然不知——或许它还没来得及疑惑为何头顶的阳光一下子消失不见了——它还是蹦蹦跳跳地朝原来的方向走，快乐而且无知。

　　"不要——"我紧紧闭上了眼睛，不敢再看，尽管那时它还有一线存活的希望。然而我知道，一切都结束了。从我回头看到小狗到它被车轧死，只有短短五六秒。车祸发生的地点离我只有一米远。更确切地说，五六秒之前，我就在车祸地点！如果那个时候我稍微走得慢一些，那么现在躺在那里的可能就是我！这个想法让恐惧像电流一样击中全身。我的大脑一片空白。世界仿佛变得很遥远，时间好像静止了，周围是死一般的寂静。好几分钟之后我才敢睁开眼。这是我第一次感受到死亡，它离得那么近，那么清晰，那么毫无掩饰，几乎让我窒息。我面前是一幅可怕的画面：小狗的肠子全都露在外面，原先雪白的毛毛全被染成了红色，空气里弥漫着血腥味。我无论如何也不能把在灰色冰冷水泥地上这堆分不清形状的血肉模糊的东西跟几秒钟前那个活蹦乱跳的生命联系起来。我几乎是目光呆滞地看着那堆东西。而当低头看到自己身上那件红色如血的 T 恤时，我开始颤抖。

　　母亲在几天前做了个梦，梦到我出了车祸，当场死亡。她非常害怕，一遍又一遍地叮嘱我，过马路时一定要小心，我却不把她的担心当一回事，还笑她疑神疑鬼。现在，她的叮嘱一遍遍地在我的脑海里回荡。我开始难受得想吐，终于大哭起来。以前，我从来不知道死亡可以来得这样猝不及防，这样残酷；我从来不知道生命在死亡面前是那么弱小，那么微不足道。恐惧像海潮一样淹没了我。

大黑狗继续向前跑着，浑然不觉它身后的同伴已经不在了。奔驰车也呼啸着向前，全然不顾身后"小小"的事故。那几个农妇抬头看我，眼神里尽是疑惑。"哭什么？只不过是只野狗死了，而且还不是你家的狗！奇怪的小孩！"我也知道，自己这样子很怪，站在一米开外的"尸体"旁边，对着天空大哭。可是我实在控制不了，眼泪像水流一样不断，觉得哭声把自己都撕成一片一片的了。渐渐地，恐惧变成了伤心。"是的，没人会在意一条小小的野狗，即使这个生命消失了也与你们无关！可是，我在乎！我在乎啊！"我哭得更响了。

关于死亡，我知道得很少，虽然会在报纸上偶尔读到某某地区地震或者医疗事故死伤多少人之类的报道。但那些离我如此遥远，以至于我从来不愿花费时间去好好想想死亡到底是什么样的，有怎样强大的力量。但现在，它忽然就来了，始料未及。原来，在任何时间、任何地点，死亡都可能降临，而且速度之快，让人猝不及防。没有人能够预先知道，也没有人能够扭转结局。何止这只小狗，任何生物，包括人，在死亡面前，都是那么微不足道。"难道就因为它只是发生在一条小狗身上，就对你们毫无影响了吗？你们难道不知道，它原来也是那么鲜活快乐的一条生命吗？它原来不是也和你们一样，享受这午后阳光的闲暇吗？死亡，面对别的生物的死亡，你们难道真的可以无动于衷吗？！"我内心在咆哮，几乎是愤怒地盯着那些农妇，她们手里还忙着削土豆皮，时不时地抬头朝我的方向投几瞥怀疑和有点鄙夷的目光。可是，除了愤怒，除了哭泣，我竟然什么也干不了！

"起码，我本可以上去阻止。如果我上去了，也许事故就不会发生。"这个想法让愤怒刹那间转化成自责。是啊，虽然不知道为什么，但是明明我有预感，明明我知道可能会发生车祸，却没有上去阻止，连尝试的勇气都没有！如果我尝试着阻止，可能小狗就不会死了。我怎么会这么懦弱，这么胆怯！即使怕前面的大狗，也没有比救命更重要的事啊！就是因为我的犹豫，就是因为我的愚蠢，事情才会变成这样！我狠狠地捶了自己一下。"可是，现在，还能怎样呢？"眼泪越来越多地流出来，我觉得自己身体里的水分一点点外溢，消失殆尽。终于站不住了，摇摇晃晃地跌坐下来。

阳光照在身上，冷得让我发抖。寂静，死一样的寂静，几乎把我吞没。更多的人走过去，他们用奇怪的眼光看着我，好像我是一个疯子。那些农妇继续她们的闲聊，偶尔面无表情地瞥瞥我，然后继续神采飞扬地大谈物价的飞涨。没有一个人来给我一点安慰，哪怕一句也好。我的父亲、我的母亲、我的朋友，没有一个在我身边。我只能听到自己的哭声在头顶上空一遍一遍回响，然后在越来越稀薄的空气里蒸发。这么空旷的地方只剩下我一个人，一个人的哭泣，一个人的心疼，一个人的悲伤和害怕。我蜷成一团，无助感从手脚间一点点冰冷地在身体里蔓延。眼泪一滴一滴地落在水泥地上，没有声音地碎掉。

那个平静愉悦的夏日午后不复存在，一切都变得黯淡阴晦。恐惧、伤心、自责和无助，像网一样束得我无法动弹。一直一直哭，最后终于听不到自己的声音，但眼泪还是肆无忌惮地往下流。没有人在乎，只有我，和一米开外的小狗，被死一样的寂静埋葬。好像用尽了平生的眼泪，当眼睛已经干涸的时候，我只能用空洞的眼睛，盯着同样空洞的天空，心像被挖了个黑洞，越来越大。"有没有人？帮帮我！"我在心里大喊，可是已经实在没有力气。天渐渐暗下来，我最后一丝奢望也在渐渐稀薄的日色里飞散了。仅余的理智告诉自己，要回家了。不会有人上来帮我。"家，要回家！到家一切都会好了。"用尽剩下的全部力气跌跌撞撞地站起来，我朝着仍旧很远的家走去。大脑已经停止运转，我也不知道自己后来是怎么到家的。脚机械地扛着业已麻木的躯壳一步步往前，每一步都是难以言喻的疼痛。

回到家后，我红肿的眼睛、空洞的表情和一反常态的沉默让父母急得都要发疯了。两个小时之后，我才稍微回过神来，告诉了他们事情的经过。

"谢天谢地！我不是要你一定要当心吗?!"母亲的话语里充满了关切，毫无责备之意，"答应我，以后，不论做什么，一定要小心，一定要照顾好自己，知道吗?"

爸爸泡了一杯菊花茶，放到我面前："喝点茶，好好去睡一觉，什么都别想了。"

看着菊花一朵朵在玻璃杯里伸展，我一下子如释重负。是的，不管外面发生了什么，家，总是让人安心。白色的菊花绽放在透明的水里。外面是冷冷的风，面前是温温的茶。受了伤之后在这柔柔的温暖里，还是可以安安静静地忘记，然后沉睡。觉得自己重新有了笑的勇气。

但是，直到现在，我也从没忘记。因为那个事故，我和死亡擦肩而过。它让我知道生命的脆弱和漠视的罪恶；它让我懂得人需要怎样的勇气，才能直面生活的残酷，坚强地站起来，领着自己回家；它让我了解，长大总会伴随着疼痛，但是我们都要带着爱，笑着走下去。2001年7月14日，我和死亡擦肩而过。

亲爱的朋友，你一定发现了精升同学的故事和我的故事之间的联系。你可能会想：怎么会有这样的巧合呢？是啊，当年精升和我读到彼此的故事时，我们都很吃惊！要知道，精升和我在落笔之前，从来没有谈过我们要写的故事。

惊讶过后，我感到深深的欣慰，有一位当年我不认识的朋友曾经为一只陌生的小狗的死哭泣了那么久——对我而言，那也是为冰冰流的眼泪。

精升的故事于我是一份天赐的礼物，让我清楚地看到当年的冰冰可能是怎样死的：无论怎样残酷，我必须学会面对现实，我相信这也是纪念冰冰所必需的。

精升也终于看到，她当年的眼泪并不是荒唐的、白流的，而是对生命的最神圣的祭奠。

精升和我，直到今天都是心有灵犀的好朋友。

其实，精升和我讲述了同一个故事，只是我们讲述的视角不同，时间、地点不同，小狗的名字不同，但故事的灵魂却是同一个——上天看到生命的美好和脆弱，看到邪恶的暴力，让我们这两个当年流过无数眼泪的孩子在回忆中再一次听到心中那个最微小却最神圣的声音，让我们继续做生命的守护者。

其实，我们的故事都有一个共同的灵魂，我们心灵深处的故事都是相通的，所以，当你用你的心灵回应朋友们写的故事时，你也会更深地发现自己心灵深处的故事！

2023年6月，我在广东外语外贸大学做疗愈写作的讲座时，和大家分享了我写的冰冰的故事和精升写的小狗的故事，广外的杜寅寅老师说，这两个悲伤的故事特别打动她，让她想到了她的同事郑超老师。在回应写作中，杜老师写道：

> 我还记得我们最后一次在郑超老师家里见到他的那个下午。他已经在医院里住了好几个月，那天他坚持要出院要回家。他爱人余老师和我们说了他的病情后，他的儿子出来了，打手势说，郑老师让我们进去。我们走进了他的卧室，他爱人叫我们一个一个地走到他面前，和他打招呼，因为他已经不是很清醒了。我记得当潘老师和我被叫到他面前时，他突然睁开了眼睛，很确定地说，我们一定要编完教材系列的第四本书。
>
> 这一幕场景在他去世之后总是萦绕在我脑海里，那一段时间我们一直在编这本书。

他去世那天我没有哭，但我一直给他写邮件，和他说话，尽管我知道，再也不会有回复了。这样的情况持续了一个月。一个月以后，我给学生们上写作课，说起这套快要出版的教材系列，看到主编郑超老师的名字出现在第一页时，我在班上哭了。我的学生们都感受到了我的悲痛。

杜老师和我们分享的时候又流泪了。杜老师说，我们的故事让她回忆起那些隐藏的碎片，她才发现，她心里有很多悲伤还需要表达，需要疗愈。

莎士比亚曾说："悲伤若不说出口，就会始终与不堪重负的心窃窃私语，甚至让其变得支离破碎。"我们总是习惯掩饰自己的悲伤，但其实，我们内心深处的悲伤是最需要表达的情感之一。当我们在回应写作中将悲伤表达出来时，我们会更深地看见生命，也能真正有勇气和力量来写出感动人心的作品。

 练 习

请你回应《相约星期二》。让我们来读一下非虚构作品《相约星期二》的开头，作者是美国的米奇·阿尔博姆（Mitch Albom），以下是我的译文。请你慢慢地读，可以默读，可以朗读，但是一定要用心去感受。

相约星期二

课程

我的老教授教的最后一门课一周上一次，教室在他家里，就在书房的窗前。在那儿，他可以看到一株小小的木槿，粉红色的叶子掉落下来。课在星期二上，早餐后开始。课程名是"人生的意义"，他是用亲身经历来教学生的。

没有分数，但每周都有口试。老师希望你回答问题，并提出自己的问题，有时还希望你干点体力活，比如把老师的头抬到枕头上一个比较舒服的位置，或者把眼镜架到他的鼻梁上。跟他吻别会给你额外的学分。

这门课没有必须读的书，但很多话题都会讨论到，包括爱、工作、社区、家庭、衰老、原谅以及最后的死亡。最后一节课很简短，只有几句话。

没有毕业典礼，只有葬礼。

尽管没有期末考试，但你要写一个长篇，说说你都学到了什么，你现在看到的就是这部长篇。

我的老教授教的最后一门课只有一个学生。

那个学生就是我。

现在，请你对以上的内容做 10 分钟的回应写作。把读过的文字放到一边，直接开始写。刚才读到的内容里，什么是让你感动的？什么是让你惊讶的？什么是吸引你的？你想继续读下去吗？作者朴实简洁的文字是否让你感觉很亲切？你是否想起了你的某一位老师？

在接下来的三周，请你继续读《相约星期二》并回应这部作品。如果你的英文很好，我建议你读原版的 *Tuesdays with Morrie*。如果你想读中文版，国内也可以找到中文译本。这是一个感人至深的非虚构故事，讲的是"一个老人，一个年轻人，和人生最重要的功课"。

在接下来的三周里，每周读 60～70 页，写下你对所读章节的回应。每次你坐下来读时，至少读半个小时，请记住要用心去读，不要跳读，也不要一目十行地浏览。你不是在跟任何人赛跑，而是在用心聆听一个真实的故事，然后用心写下你的回应。每次回应写作的时间为 10～20 分钟。

我希望你和主人公莫里、米奇一起微笑，一起哭泣——莫里常常哭，哭不是一件羞耻的事。真正有勇气的人才敢哭，哭过之后会更勇敢——我希望你和他们一起成长，让莫里的生命成为对你的激励。

请记住，你是在读两个人的真实故事，米奇和莫里就像你的同学、你的老师、你的邻居。他们是真实的人。

一位诚实勇敢的教授在临死之前，尽了最大的努力来拥抱生活，教导学生，然后他死了——如果你是他的学生，你会怎样以你的生命来回应他的生命？

读完全书之后，合上书，用 20 分钟的写作来回应整本书。

我希望，《相约星期二》能激发你在写作中诚实地面对自己，勇敢地面对困境，活出你一直想要的精彩人生。

第四章
影　评

本章指南

- 热身练习
- 为什么好电影让我们感动
- 什么是影评
- 什么是电影的三幕剧结构
- 如何发现电影《肖申克的救赎》中的核心信息
- 如果我来评《肖申克的救赎》

热身练习　**自由画画并分享**

以"我的完美人生"为主题自由画画 5 分钟。

画一组简单的图片，通过图片讲一个故事，图片里的人物可以有简单对话。画画时间为 10 分钟。

和一位同伴分享你的作品或你的创作感受。也许画画对你来说简直太难了！哈哈，没关系，开怀一笑更重要！

为什么好电影让我们感动

电影实在是精彩！大一时，我在外教家看了电影《音乐之声》的原版后，惊叹连连：原来生活可以如此美好！当然，那只是电影，我想当然地认为这么美好的故事肯定是虚构的——可是，故事中那些美好的音乐，玛丽亚这个可爱的、勇敢的老师，还有那些活泼可爱的孩子，这一切又是多么真实啊！

一直到十多年之后，我才偶然从一位美国朋友处得知，这部电影竟然是根据一个真实的故事改编的：真的有这么一位玛丽亚，她真的嫁给了那位有七个孩子的上校！而且，上校一家曾经巡回演出，他们的演出还被刻成了光盘销售呢！后来我在美国真的买到了他们唱圣诞歌曲的光盘——当时我真是不敢相信：原来真实的生活也可以如此美好。

电影《音乐之声》我看过很多遍，每次看都很享受，忍不住微笑、大笑，跟着唱，甚至跟着跳，我的心灵和身体会情不自禁地回应电影的每一幕、每一首歌、每一句话、每一个人物。

电影就是有这样神奇的力量。当我们走出电影院的时候，一定会开始谈论剧情或者人物，即便我们不说话，也一定会思考这部电影，因为电影实在太奇妙了。

当我们在安静和黑暗中全神贯注地看了两个小时的电影后，我们吸收了很多很多，必然希望表达出来，这时，回应成了最自然不过的事。有时候我们看了一部特别无趣的电影，我们会恨它，哀叹编导的水平，这当然也是一种回应。

有一些伟大的电影是根据真实故事改编的，如《音乐之声》；有一些是虚构的，如《阿甘正传》。但是无论故事是真实发生的还是虚构的，这些伟大的电影都有一个共同点：它们必然都在传达一个强有力的、真理性的核心信息，而正是这个真理性的核心信息让我们的心灵产生强烈的共鸣。

《音乐之声》的核心信息是什么？——一个年轻的女家庭教师的爱温暖了每一个人的心，帮助上校和孩子们建立起一个温暖的新家庭。《阿甘正传》的核心信息是什么？——一个貌似笨拙的人有真正的智慧和爱心。这两个核心信息都是那么有力、那么真实，让我们的心灵与之共鸣。

现代人看的电影可能会比书多。电影激发出我们心中很多真实的感受，让我们直接看到自己的内心世界。所以，写影评对我们写非虚构作品有非常积极的意义。不仅如此，看电影也是很好的疗愈，当我们和影片中的人物一起悲伤一起欢乐时，我们自己的情绪也得到了很好的释放。写影评，也是深入感受剧中的情感真理并将之表达出来的一个方式，会让自己得到更深的疗愈。

毫无疑问，我们很多人对电影有浓厚的兴趣，也写过影评，但是如何写一篇有创意的影评？如何开始写？写时如何聚焦？毕竟写影评和写一般性的文字作品是不一样的。如果我们能从专业剧本创作的角度来看电影，分析其故事和人物，那我们写出来的影评就更有意义了。

什么是影评

影评其实是对一部电影的回应写作，但是电影跟书大不一样：电影用画面来讲述故事，而书是用文字来讲述故事的。我们必须明白这个显见的基本差别，并且尊重这两种艺术形式的独特性。

在书本故事里，我们可以读到大量的人物内心独白，深深沉浸在人物的内心世界中并以此为乐；但是在电影中，一定的画外音能让故事有深度，但是太多就会喧宾夺主。电影里面的人物是要行动起来的：人物必须动起来，画面必须有变化；如果主人公总是在坐着思考、说话，不管内容有多么深刻，也很难呈现一部精彩的电影。

电影的画面主要是通过人物的行为来展现人物并讲述故事的，连人物的对话都是从属于其行为的。这一点可能让我们这些喜欢语言、喜欢写作的人很难接受，但是仔细想一想，是行动的力量大，还是语言的力量大呢？一个简单的行动本身就可以说明一切，而无数的语言也未必能起到同样的效果。假如双方有很深的误会，一方愿意张开双臂去拥抱另一方，无论对方是否接受，这个行动都已经说明了一切，远远胜过那些刻意说出来的话。

电影和书本故事在表现手法上有很大差别，但是两者的内在是相同的：它们都是在讲一个故事，而且这个故事通常都有一个强有力的核心信息。这个故事在电影中是通过画面来讲述的，在书中是通过文字来讲述的，虽然讲述方式不同，但是核心的故事不变。

读完非虚构作品《相约星期二》之后，我推荐你看一看根据这本书改编的同名电影。电影和书有一个很大的不同：在书中，米奇和珍妮已经结婚了；但在电影里，他们还是恋爱关系，而且因为米奇不能做出婚姻的承诺，两人分手了，是靠着莫里的帮助，两人后来才幸福地结婚了。这个改编是否改变了故事的核心信息呢？没有。核心信息依然是莫里的爱改变了米奇，让他成为一个能够去爱的人，但是在电影里，我们需要看到这个神奇的转变：米奇向珍妮求婚这一幕，无疑让我们清晰地看到了他内心世界的改变。

你看过电影《肖申克的救赎》吗？如果看过，请你自由写下你对这部电影的任何记忆和感受，至少写 5 分钟。然后，找到这部电影，全神贯注地看一遍，可以自己看，也可以和朋友或者写作伙伴一起看，但看时不要交流，看完后也不要交谈，而是打开你的写作本，用 20 分钟时间，写下你对电影的回应。请从你感受最深的地方开始写起，可以是人物，可以是场景，可以是音乐，可以是影片的核心信息，也可以是任何打动你心的地方。

什么是电影的三幕剧结构

现在，我将带领你重温《肖申克的救赎》这部电影，告诉你这部电影中最基本的场景——很可能不是你印象最深刻的场景，但是这些场景是电影剧本的基础，如果没有这些基本场景，电影剧本就无法写成，电影也无法拍摄。当你能清楚地理解这些基本场景时，你会以一种全新的眼光来看电影——你会从一个剧本作者的角度来看电影！

我在南加州大学向悉德·菲尔德（Syd Field）学习了三年的电影剧本创作，最后在他的指导下完成原创剧本《神奇的大手》，这是我生命中的一个华彩乐章。悉德是世界上最有影响力的电影剧本写作老师之一，他关于电影剧本创作的书已被译成几十种文字，他教授的三幕剧结构让我受益匪浅。

现在，我们就来一起看看《肖申克的救赎》中的三幕剧结构。

我们已经知道，电影是用画面来讲述故事的，每一个故事都有开头、中间和结尾，所以，电影通常遵循三幕剧结构：第一幕是开始，第二幕是中间，第三幕是结尾。那么，我们如何看出电影的三幕剧结构呢？

通常，在一部 120 分钟的电影里，我们需要确定四到五个基本场景：影片一开始的场景，结束的场景，第一个转折点的场景（大约出现在电影开始 30 分钟后），第二个转折点的场景（大约出现在电影开始 90 分钟后）。从一开始到第一个转折点是第一幕，从第一个转折点到第二个转折点是第二幕，从第二个转折点到结束是第三幕。因为第二幕比较长，有 60 分钟左右，所以在第二幕的中间，也就是整部电影的中间，很可能会有一个中间点，出现在影片开始后 60 分钟左右。

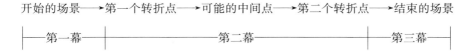

开始的场景——→第一个转折点——→可能的中间点——→第二个转折点——→结束的场景

|——第一幕——|——————第二幕——————|——第三幕——|

现在，我们来看一看影片《肖申克的救赎》开始的场景：黑夜，安迪一个人坐在车里，痛苦而愤怒地喝着酒，想着去杀他的妻子和妻子的情人。

然后，我们来看结束的场景：海边，瑞德和安迪在阳光下快乐地拥抱，这是一个他们以前只能梦想的温暖自由之地。这是一幕充满友爱、自由和光明的场景。

我们看到，影片的开始和结束形成鲜明的对照。那么，电影如何带领我们从如此黑暗的开始走向如此光明的结尾呢？

在第一幕，我们看到安迪被判终身监禁，被囚车带到了肖申克，瑞德以画外音在讲述安迪的事。我们看到安迪在肖申克受尽折磨，瑞德向安迪表示友好。在影片开始约 30 分钟左右，我们看到安迪和他的牢友们在享受啤酒和放风的自由（安迪本人并没有喝），这是在安迪冒了生命危险去帮助狱警哈德利解决税务问题之后得到的报酬。这是影片的第一个转折点，也是我们需要知道的第三个基本场景。安迪第一次得胜了。我们心里知道，影片接下来会向我们展示安迪如何在肖申克赢得全面的胜利。

这场战争是漫长而残酷的。安迪在狱中有了更适合他的工作，并开始申请扩建监狱图书馆。影片开始 60 分钟左右时，我们看到了整部电影中最美好甚至堪称神圣的一个场景：安迪在肖申克监狱通过大喇叭播放了一段极其美妙、响彻云霄的女声二重唱，肖申克监狱的每一个囚徒都停下了手中的工作，在那一刻感受到了神圣、自由和美好。这一幕是如此有震撼力，以至于观众充分感受到安迪心中自由光明的力量：他的内心已经得到了真正的自由。这一幕就是影片的中间点。

在第二幕的后半段，安迪终于建起了图书馆。安迪遇见了年轻人汤米并辅导他学习。当安迪从汤米处得知谁是杀害他妻子和其情人的真凶时，他以为自己可以合法获释，但是监狱长诺顿杀害了汤米并且威胁安迪。安迪陷入了更深的绝境。

随后，大约在电影开始90分钟后，我们看到安迪和瑞德坐在树荫下静静地谈话。安迪说："我妻子曾经说我是一个很难让人了解的人，就像一本合上的书，她总是这么抱怨。她曾经是那么美丽，我真的爱她，但是我想我没能充分地表达出来，是我杀了她，瑞德。"这是安迪诚心诚意的忏悔。然后，安迪告诉瑞德他重获自由后想去的地方，安迪相信他已经付出了代价，一定能得到自由，而且瑞德会在将来和他一起成为自由人。这是影片的第二个转折点，从这一幕之后我们知道安迪一定会赢得自由。

现在，我们对影片的三幕剧结构有了清楚的认识，让我们试着用三句话来总结这个故事，让读者能清楚地看到故事的开头、中间和结尾。你可以先写自己的版本，然后再参照我写的内容提要：

> 年轻的银行家安迪发现妻子和人私通后想要杀了她，但最终没有这样做，然而所有证据都对他不利，结果安迪入狱。在肖申克监狱里安迪经历了各种磨难，但最终在心里和妻子完全和解，并用狱中朋友瑞德提供的小工具，挖了一条隧道，十九年后成功越狱。狱中的坏人都死了，安迪和瑞德以自由人的身份欢聚在一起。

如何发现电影《肖申克的救赎》中的核心信息

现在我们对影片的故事结构已经非常清楚了，那么这部电影的核心信息到底是什么？——持之以恒必然胜利？勇敢的心无所畏惧？怀有希望是一件好事？

这些可能都是让你印象深刻的信息，但是，什么是电影编剧和导演想要表达的最强烈的核心信息呢？

为什么影片要以"肖申克的救赎"为名？"救赎"到底是什么意思？

中间点那段女声二重唱到底在唱什么？为什么安迪选择放这段歌曲？虽然肖申克绝大部分的囚徒和看电影的大部分观众都听不懂这段歌曲在唱什么，但为什么它能让所有人都感受到神圣、自由和美好？

为什么第二个转折点显得如此安静？和安迪惊心动魄的越狱相比，它简直显得平淡，为什么却是一个关键的转折点呢？

首先，"救赎"是什么意思？我们通常的理解是，付出一定的代价把某人赎回来，使他脱离恶人之手。比如，某位富家子弟被绑架了，家人要用一大笔赎金才能把他赎出来，救他的命。但我们不太知道的是，救赎这个词和信仰有很深的联系。

在《圣经》中，"救赎"这个词出现的频率非常高。《圣经》中说，上帝创造了人，但人犯了罪，被上帝赶出了伊甸园。后来，耶稣死在十字架上，为众人的罪付出代价，使众人的灵魂被救赎。如果一个人愿意相信耶稣，承认自己的罪，这个人就会被救赎。

请注意：想得到救赎，要满足一个基本条件，那就是人必须认他的罪，请求上帝的宽恕，只有这样他才会得到自由，他的灵魂才能被救赎。

在安迪的故事里，从我们的角度看，他的冤枉实在太大了，他完全可以对每个人都充满愤怒、苦毒和诅咒：他的妻子，妻子的情夫，把他送进监狱的律师，还有他在肖申克监狱里遇到的那些在精神上和肉体上都残酷折磨他的坏人们——这些人都给他带来不公和羞辱，可以让他去杀人或自杀。的确，在影片一开始，安迪是极其愤怒和痛苦的，他真的想把妻子和她的情人都杀了。

到了影片中间点的时候，安迪已经在肖申克服刑八年，身心都遭遇过极大的磨难。在这样的苦难中，安迪从没有放弃过对自由的渴望。他越来越清楚地意识到，他必须内心先得自由，才能在监狱外的世界里活成一个真正的自由人。他之前对妻子的仇恨使他内心充满苦毒、不得自由，但现在，他知道唯有宽恕妻子，内心才能重获自由。

所以，安迪抓住千载难逢的机会，播放了这段极其美妙的女声二重唱，歌中所唱的就是他自己的心声，这首歌名叫《西风颂》，出自歌剧《费加罗的婚礼》，是伯爵夫人和女仆苏珊娜的二重唱。伯爵企图勾引苏珊娜，伯爵夫人将计就计，向苏珊娜口述了一封情书，邀伯爵夜晚在小树林下约会。这段二重唱中伯爵夫人和苏珊娜唱的是今晚西风吹起时，在小树林里、在松树下，他（也就是伯爵）一定、一定会理解的。理解什么呢？就是伯爵夫人会扮成苏珊娜去赴约，当伯爵看到是夫人而不是女仆赴约时，就会自觉羞愧，和夫人和好。

伯爵如此不堪，伯爵夫人却选择宽恕他，还要扮成女仆去挽回他的心，这样的爱不是常人所能理解的，但却是许多人向往的。当安迪在播放这首歌的时候，他也同样选择了宽恕他妻子的出轨，并在心里和妻子完全和解：他得到了真正的自由。

在这样的爱里，每一个浪子都可以回头。因此，这首歌才会如此感动每一个囚徒的心，也感动每一位观众的心，虽然很多人听不懂歌词，但每个人都感受到了最美好的爱的力量，这样的爱让每一颗心在那一刻都感受到了真正的自由。

到了影片第二个转折点的时候，安迪已经在肖申克服刑十九年。在和瑞德的安静谈话中，他承认是他的不善表达冷落了妻子，是他"杀"了她，同时他也相信自己已经付出了代价，必将得到自由。他怎能如此有信心？那是因为经过十九年的牢狱生活，他清楚地看到自己的罪，真心实意地忏悔，并且在好朋友瑞德面前表达自己的悔改之心。他相信上帝已经完全地宽恕他，他也必将自由。

从影片一开始安迪恨妻子恨到想杀她，到影片中间点安迪完全宽恕妻子并爱她，再到第二个转折点安迪承认自己对妻子的罪并表达悔改之心，安迪终于打通了这条漫长的心灵隧道，这是他打通越狱通道并最终胜利逃脱的坚实基础。

安迪是一个有信仰的人，靠着信仰的力量，他逃离了肖申克监狱。安迪越狱那一幕极其惊心动魄，但是如果没有第二个转折点，这一幕不过是动作精彩而已，不会给人们的心灵带来震撼。

遗憾的是，很多朋友看完电影后只记得越狱这一幕，却很少去想到底是什么力量使安迪能够创造出这样的奇迹。

所以，从这一点来看，电影《肖申克的救赎》中的核心信息是关于救赎的：是安迪对自由和希望的信仰救赎了他，使他从戒备森严的监狱中逃离出来，获得自由。

如果我来评《肖申克的救赎》

现在我们对影片的三幕剧结构和核心信息都有了充分了解，这是我们来写影评的坚实的基础。我们既看到了整幅画面，又看到并感受到了画面的核心信息，就可以根据自己的感受来选择我们的聚焦点。

可以选择写对我们而言最有意义的场景。可以写一个人物；可以写安迪和瑞德的友谊；可以写布鲁克的悲剧——刑满释放后他为什么自杀？当然，在写影评时，我们不仅要表达自己的观点，也要用影片中的场景来支持我们的观点。

如果我来写这部电影的影评，我会聚焦在安迪身上，他的安静从容是令我特别惊讶并钦佩的品质。到肖申克的第一晚，他愣是一声不吭，他出人意料的安静害得瑞德输了两包烟。之后，他在狱中放风时悠闲的步态，他说话的方式，他反击的方式，都让我看到他是一个安静的、真正有力量的人。我相信这是因为他有信仰。在我的影评中，我会把他的信仰和他的得胜联系在一起，而他的安静从容正是他信仰的外在体现。我还会把安迪和监狱长诺顿做一个对比：从表面上看，他们都熟读《圣经》，都可以熟练地引用《圣经》的经文，但是谁是真正信仰上帝，谁又是借上帝之名牟取暴利、滥杀无辜呢？通过这样的对比，我能让读者更清楚地看到安迪信仰的纯洁性和真实性。

练 习

请你来评《肖申克的救赎》。你可以读读你先前写的回应写作，看看是否能找一个聚焦点，哪些是让你感动的，然后把它们放到一边。

接下来，请给自己45分钟左右的时间，就《肖申克的救赎》来写一篇影评。请一气呵成地写完，中间不要停顿。我建议你写满两页A4纸，1 000字左右。

写完之后，过几天再看看，如果你愿意，可以发给你的朋友，和朋友一起来探讨这部经典的电影！

第二部分

写出心灵深处的故事

第五章
回忆录一稿

本章指南

写一首"我记得"的诗　看一张童年的老照片

独立写一首诗，写 7 分钟，每一行以"我记得"开始。

和同伴分享一张你最喜欢的自己童年的老照片，讲讲和老照片有关的故事和想法。

我们为什么写回忆录

回忆录的英文为 memoir，是从法语来的，发音很柔和、很优美，意思是写下来的回忆，比如，我写的《冰冰》就是我对冰冰和我们友谊的回忆。

可是我们为什么要写回忆录呢？通常不是老年人才会写回忆录吗？他们退休了，有大把的时间可以回顾往事，打发时光。如果我们不是老年人，为什么要写回忆录？当然，名人也写回忆录，可是我们大部分人不是名人，谁会想读我们写的回忆录呢？

我相信，每个人的生命都是同样神圣的，而且只要我们用心去寻求，就一定能发现我们生命中的重量级故事。无论是年长的还是年轻的，是名人还是普通人，在写作自己的回忆录这件事情上，我们要尊重的都是生命本身，而不是生命的长度或是别人的肯定。当我们在读朋友们写的回忆录时，真正感动我们的是他们生命本身的力量，而不是他们的名声，往往越是平常人的故事越让我们感动。

为什么我们要把这些故事写出来？这是为了我们自己，也是为了每一个人，包括伤害过我们的人。我们需要尽早从过去的伤痛中得到医治，我们需要尽早告诉人们我们心里依然有爱，而且，我们爱的能力已经不再像过去那株小嫩芽般稚嫩了，我们经过痛苦、怀疑、忍耐、盼望，终于长成了一棵成年的树，可以为人们遮挡风雨，送去安慰了！

这样美好的事，为什么一定要等到老了再去做呢？再说，我们谁也不能保证自己一定能活到某个岁数，而且到了那个岁数还一定思路清晰。如果你现在已经退休并且身体健康、思维活跃，那么写回忆录就更是一件刻不容缓的事情了！

既然写回忆录是一件好事，那么现在就开始做吧！

我想和你分享我在 2001 年写的一篇回忆录，题目是《签证》。

签证

如果地球上所有人都有犯罪的倾向，你怎么证明你就没有犯罪的倾向？一个对地球人了如指掌的审判官会来审判你，通常你只有两分钟的时间来证明这个完全不可能被证实的命题。

地球上没有一个人能证明这一点。

但是，为了去美国，无论是访友还是留学，我都必须向美国签证官证明我在美国短暂停留后，一定会马上回国。我知道自己是在撒谎，但是我必须学会理直气壮地撒谎，这样我才有可能说服签证官，拿到通向美国的钥匙——签证。这对我来说实在是太不容易了。我花了整整六年的时间。

我在青岛大学外文系英语专业上大三时，碰到了一位非常棒的写作老师——来自美国加州的兰达夫人。她自己就是一个写剧本的作家。她非常喜欢我写的故事，鼓励我去美国学习创意写作。我兴奋极了，我的美国梦要成真啦！兰达夫人会做我的经济担保人，一年支持我一万美金——我觉得我就是天下最幸运的孩子！

兰达夫人去美国驻上海总领事馆打听，得知三个月的访友签证是最简单、最好办的，就办好了所有的文件寄给我。我们的计划是，等我到了美国后，再申请将我的访友签证转成学生签证，只要到了美国，转身份应该不会太难。

1993 年 7 月，刚从大学毕业的我，马上就奔赴北京的美国驻华大使馆去申请访友签证。正赶上北京闷热的夏天，我从早上五点钟就开始排队，队伍越来越长，星条旗在风中飘扬，一个年轻的中国战士持枪肃穆地站在使馆门前，我等啊等，六个小时过去了，我终于进入了使馆。

我又开始排队，然后我领到了一个窗口的号码，就排在这个窗口外的队伍里。这时我开始紧张了，我早就听说要拿到签证是一件非常玄的事，可是我总是那个幸运儿呀，也许我流利的英语和充分的自信会让签证官大笔一挥就签了呢！

我已经靠近窗口了，听见前面一个身材魁梧的小伙子正在向签证官解释他为什么想去美国学农学："第一……第二……"——他的英语笨拙，手势也笨拙。我正替他感到难受呢，就听到自己的名字"Hua Li"从扩音器里传出来——姓和名都倒了个，而且都是一个奇怪的、上扬的音调，连我自己都觉得这是一个陌生的名字。

我努力使自己更勇敢、更自信。我对防弹玻璃窗后的签证官说了下午好，他是一个中年白人，脑门光光的，几乎全秃了，他冷冷地回答了我，冷漠的眼睛审视着我和我的申请材料。

"谁是兰达夫人？"

"她是我在青岛大学的老师。我们是好朋友。"

"你这次访友回来，工作能挣多少钱？"

"一千人民币。英语专业很好找工作。"

"为什么兰达夫人在邀请信里写了三个月，却在经济担保书做了一年的担保？"

当然兰达夫人希望我在美国待得更久，可以在美国学习，可是我不能这么说啊。"也许她认为这是一种更好的担保？"

签证官摇了摇头："不是。你就是想拿到去美国的签证。对不起，我不能给你签证。"说着，他就在我的护照上盖了个章，把我的所有文件都推出了窗口。

"谢谢你。"我很快地收好了所有的材料，甚至还对他微笑了一下。我不能在这个时刻愤怒，更不能歇斯底里地发作，让我的祖国蒙羞。或许到了这个时候，我也没有力气发作了，从半夜起床来使馆排队到现在，我饿得都有些头晕眼花了。

我给兰达夫人打电话，告诉她我被拒签了，因为我不能解释三个月和一年之间的差别。兰达夫人打电话到使馆试图解释这个问题，但使馆说不是这个问题，而是我必须向签证官证明我没有移民倾向。

兰达夫人很困惑：为什么她的政府不允许我去看她？我只是一个刚毕业的大学生，不会对她的国家有任何危害。我自己则觉得陷入了一个两难困境：是的，签证官说得没错，我的确计划在美国待得更久——但是那就意味着我永远去不了美国吗？可是那些拿到签证的幸运儿又如何呢？他们或许也不打算按签证日期回来，可为什么他们还是拿到了签证?!

我必须等六个月才能签第二次。这次，我来到了美国驻上海总领事馆碰运气。

1994年1月，领事馆里只有十几个申请人。签证官微笑着坐在桌子后面，没有防弹玻璃窗隔在我们中间。他甚至用中文问我："你为什么要去美国？"

"去看朋友。"我尽量自然地说着，就像和朋友对话一样。

于是他在我的护照上写了些什么，微笑着还给了我。我又一次被拒了，被一个友善的签证官微笑着拒了。

这下我终于确信运气在签证这件事上跟我是无缘的。我的同胞告诉我，年轻人要拿到访友的美国签证基本上是不可能的，何况，对北京那位签证官来说，我的英语说得那么好，他估计我去了美国后肯定不会回中国——不知怎的，这个解释让我心里得了些安慰，我可不想拿宝贵的青春和流利的英语去换一张签证。好吧，那就让我在中国好好生活吧！

1994年秋天，我南下去了深圳闯荡。兰达夫人在1995年发现自己已是癌症晚期。我尽我最大的努力去安慰她，但是渐渐地，我们失去了联系。我忙着工作和恋爱，但是我心里有一块地方总是空落落的：我忘不了赴美求学的梦。最后，我下定决心，趁着自己还年轻，抓住机会再试一回，这样我就算失败了也无怨无悔，也对得起兰达夫人了。

1998年夏天，我离开深圳，来到北京新东方学GRE，这是被美国签证官拒签若干次后立志帮助广大中国学生实现留学梦想的俞敏洪老师创建的名牌学校——看吧，拒签大军浩浩荡荡，我绝对不是孤军奋战。

忙完自己的申请后，1999年1月，我开始在新东方教GRE和托福。

1999年4月，我被亚利桑那大学英语语言学硕士项目录取了，并且免了学费。与此同时，我也被天普大学的创意写作硕士项目录取了，但没有任何奖学金，再说，去学创意写作，如何排除自己的移民倾向？所以，我很清楚，我必须先去亚利桑那大学，到了美国后再"曲线救国"。

1999年7月，我又一次等在北京的美国驻华大使馆门外。六年过去了，美国星条旗和中国战士都依然如故，但是我已经不是六年前的那个我了，我做了充分准备，我知道我要去美国学习英语语言学是因为我要回国，要回到新东方做一个与众不同的好老师——这个逻辑无懈可击吧？我已经是新东方的老师，又有俞敏洪老师为我写的推荐信，去美国学一个对口的专业，为了回国后在中国更好地发展，看哪个签证官还能拒我？

上午9点，我前面的那位来自东北的女孩子和那位韩裔的签证官争执起来，被两位保安架走，窗口关闭了五分钟。我就是下一位。我知道自己是凶多吉少了。

"你怎么支付你在美国的生活费？"

"我在北京新东方教书，一堂课就能挣一千块，一万美金的生活费对我来说不是问题。"

"你的 I-20 表格有效期是多长？"

"三年。"

"那你就需要三万美金来支付你的生活费。你怎么付得起？"

问这个问题就是要拒我，因为一般签证官不会问你第二年、第三年的费用——我还没来得及回话，他已经在我的护照上盖了章，把所有的材料推了出来。我又一次被拒了：六年过去了，我用尽一切努力和热情申请的学生签证，就这样迅速而无情地被拒了。

没有眼泪。已经走了这么远，我必须继续签。我又一次决定去上海碰运气。六年过去了，美国的签证申请制度也改革了：我不用再等六个月就能签第二次，我还可以打电话预约签证时间，不需要半夜起来排队等到第二天中午饿得头晕眼花才能签——美国人在尊重人权这方面真是有了进步！

一周之后，我在美国驻上海总领事馆第二次申请签证。面试我的是一个笑眯眯的美国妹妹。她挺热情地回应了我的"早上好"，然后问道："你怎么挣到这一万美金的？"

"我毕业后工作了五年。"

"这就是你能提供的所有文件吗？"

"是。"——我还能说什么别的呢？

"对不起，我不能给你签证。"她笑眯眯地在我的护照上盖了章，又把我给拒了。

我真是要崩溃了。看来钱是个关键问题，尽管我有银行存款证明，但是因为所有的申请人都有银行存款证明，所以签证官并不信这个。那位韩裔签证官问及我三年的生活费，是有些故意习难我，可是这位美国妹妹还是挺友善的，我怎么才能让签证官相信我有这笔钱呢？

我给北京新东方打电话，他们给我寄了学校的退税证明，还有校长俞敏洪老师的一封信——其实，学校的退税证明只能证明学校挣了多少钱，并不能证明我就一定有钱——但是，死马当活马医吧，我必须提供一切我能提供的文件！

8月4号是我的第三次面试。前一晚的失眠让我感觉虚弱、头晕，但是我穿上了藏青色的旗袍和白色的高跟鞋，盘起了头发，我要让自己显得成熟、富有、自信。这次我在使馆里面等待的时候，觉得相对平静些。我看到一个年轻女孩在胸前拼命画着十字。真有意思，我心想，签证这个经历可是够我拍一部电影的。

一个表情傲慢的白人小伙子面试我。他正在看我的拒签记录。我感觉自己已经是一个罪犯了。

"你是怎么挣到这一万美金的？"

"我在北京新东方教书一个月就能挣两千美金，我当然能够负担这个学费。"

他正在仔细地看学校的退税表和校长的信，我想帮他点忙，就说："这是我所在的学校寄来的材料。"

"我不需要你来告诉我这是什么材料。"

完了，我心想，又该拒我了，要拒就拒吧，我不会惊讶的，但他说了什么呢？

"李小姐，你的签证申请批准了。"

奇迹终于发生在了我身上！

当然，在亚利桑那大学读完语言学硕士后我没有马上回国。我到美国是来实现我的创意写作梦的：我想创作！学习那些枯燥之味的语言学课程对我的大脑来说真是一种折磨，但是我挺过来了。我终于顺利地毕业，并且来到著名的南加州大学学习创意写作，来讲这个签证的故事——想当初，我曾经被逼着用尽浑身解数来撒谎，就是为了有朝一日能讲真话！

现在，当我坐在桌前写作，回忆起当年一幕幕的签证申请场景时，还是难以相信自己曾经真的经历过这么多挫折，才实现了我的求学梦，最终还平安地回到了我的祖国，在大学里开设了创意写作课程！

如果能选择，我也希望我的故事不要那么戏剧性——毕竟，六年对于一个二十多岁的女孩子来说实在是太漫长了，再加上签证面试时的高度紧张和一再被拒的羞辱，谁能承受得起呢？可是，这就是我经历的真实故事，我相信这是一个不寻常的故事。

2001 年，在南加州大学学习创意写作时，我写了这个故事的英文版，并且在班上读给大家听。我的老师和同学们都说这个故事让他们大开眼界：他们被我那些年的努力和我的写作风格吸引了。当我读到这一段：

　　……六年过去了，美国的签证申请制度也改革了：我不用再等六个月就能签第二次，我还可以打电话预约签证时间，不需要半夜起来排队等到第二天中午饿得头晕眼花才能签——美国人在尊重人权这方面真是有了进步！

同学们都笑了，有一位同学说我真有幽默感。

我的老师肯尼思·杜兰（Kenneth Turan）是洛杉矶一位著名的影评作家，他在这篇故事的很多地方加了下画线，说我写得非常棒，在结尾的评语中他说，他"非常喜欢这个故事"，其中有一种"很艺术的纯朴"，在整体上我对故事的"处理和写法是非常出色的"，这个故事是"一扇看另一个文化的精彩窗口"。

我有时也觉得不可思议，为什么最后那位签证官看着那么傲慢，可还是给了我签证呢？而且时至今日，我还在想为什么我们中国学生就一定要在美国签证官面前撒谎才能拿到签证？如果不能确定毕业后的去向，为什么我们不能说真话？

对我来说，回国一个很重要的原因是信守我在签证官面前的承诺，这是我作为一个中国公民向美国政府做出的承诺。

可是我之所以能信守这份承诺，是因为我在美国学习创意写作时，真正找到了我的中国根。对一个学习创意写作的人来说，发现自己独特的根基太重要了，只有找到能扎根的土壤，才能开花结果，所以我选择回到中国工作。

回首往事，我发现自己真的是一个幸运儿，在困难重重的签证历险中我不仅拿到了签证，学到了我梦想的专业，而且心甘情愿地信守了我的承诺，回到中国安居乐业。

我希望我的回忆录对你是一个鼓励。也许你因此有了灵感。你看，写回忆录是多有意思的事情！我曾经在那样艰难甚至绝望的场景中挣扎，而现在，我可以在一个安全舒适的地方写作，和所有的朋友分享我的胜利。写作给我力量，我相信写作也会给你力量！

让自由写作打开我们的回忆

在写回忆录前，让我们定义一下在回忆录中的"过去"。我们不会在回忆录中写上个星期或上个月发生的事，或者去年发生的事，因为那些事都太近了，我们还看不清楚。必须与事情有一定的距离，我们才能有一个清晰的视角。

在《签证》中，我写了我从 1993 年到 1999 年的签证经历。故事是 2001 年在美国写的，那时我已经在美国学习生活了两年，看自己在国内的经历就有了一个相对清晰的视角。

如果你是在校大学生，可以写你上大学之前的事，幼儿园、小学、中学都行。如果你已经工作或退休，可以写至少两年以前的事，我建议你尽量写早年发生的事。

现在，让我们从头开始。我最初的记忆是什么？清晰的记忆和模糊的记忆都是好的，回忆可以有很多种不同的形状，让我们尊重我们的记忆。

第一周，写下三段早年的记忆。可以是任何从你记事起直到小学毕业前的回忆。请以温柔的心对待自己，就像对待一个小孩子一样，每次写 20 分钟，至少写满一页 A4 纸。以下自由写作的方式供你参考。

第一次自由写作：放一张你小时候的照片在面前，给那时候的你写一封信。

第二次自由写作：以"我小的时候"开头。

第三次自由写作：描述你小时候第一次旅行的经历。

写的时候，不要试图去控制你的回忆，让回忆自由来去。你回忆起的可能是碎片、是画面，可能没什么逻辑性，这都没问题。也许你的记忆特别清晰，所有细节栩栩如生，你都被自己这么好的记忆力惊呆了。每一个人的每一个回忆都是独特的。你唯一要做到的就是忠实于你的回忆。

也不要试图去判断你的记忆是否有价值，不要问自己为什么记住了某些事，却忘记了其他事，你记住了记住的，忘记了忘记的，所有人都这样，就这么简单。你的记忆无论是快乐的还是痛苦的、郁闷的，都是有价值的。如果你是一位勇敢的朋友，愿意写出痛苦的回忆，那么，一定要记得，写作是医治，写作能医治你过去的伤痛，使你变得更坚强。

第二周，再做三次 20 分钟的自由写作，可以写下你小学毕业后直到两年前的任何事。相信你在这个阶段，对自己已经有了更多了解，可以让自由写作更直接地打开你的回忆，让你的生命故事流淌出来。我希望你让自己更多地沉浸在那段时光里，回忆那时候的气味、声音、颜色等等，让感性的一面更多地浮出水面——因为通常我们感性的一面都是被压抑的，需要更多的释放。

这样，你就积累了六次自由写作，至少六页。你可以通读一遍，然后把它们放到一边。

我们如何写作回忆录一稿

现在，我们可以写回忆录一稿了。在回忆录里，我们写的可能以人或物为主，也可能是以事为主的。我们可以回忆自己或曾经影响过我们的人。也可以回忆曾经发生过的事情，因为它们对今天的我们还有着深远的影响。

比如：《冰冰》是以回忆我的小狗为主的，《与死亡擦肩而过》是以作者目睹小狗被车轧死一事为主的，《签证》是以回忆我一系列的签证经历为主的。

再读一下你自己的自由写作，看看你写的更多的是你自己还是他人？你聚焦更多的是人还是事？

我鼓励你写一篇关于你自己的回忆录，来感觉你自己很久以前的心跳。对我们每个人来说，发现真正的自己都是一个孤独的过程，这期间必然有痛苦，但是痛苦和眼泪都是值得的，最终你会有欣慰，有医治，有得胜的欢乐。

如果你想写一篇关于奶奶的回忆录，那当然也很好。写奶奶，同时也是在写你自己。就像我在写《冰冰》时，其实我也是在写那个和冰冰一起成长的我，当然这个聚焦点是不一样的。记住一个人就是我们能够送给这个人的最好礼物。你可以把这份礼物送给你深爱的人。

在这个时候，不要去想你的回忆录应该有个什么样的框架结构。每一段回忆都有它的独特性，会带给你一种强烈的感动。当然，每个故事都有开头、中间和结尾，你必须让故事本身来展示自己。

你可以写一个单独的事件，也可以写一系列的事件，但不要预先设定主题，要让故事的主题在写作过程中渐渐流露出来。

请不要写以前写过的故事，重复自己。不管以前你写得有多精彩，读者多么赞扬你，你还是要发现自己生命中新的东西，让写作打开你的惊讶之门！

至于写多长嘛，你需要写多长就写多长。我建议你的一稿可以写1 000～1 500字。

现在，给自己一个小时来写作。你可以从某一段自由写作带给你的感动开始写，但是不要照搬照抄那段文字。那只是你的跳板，你现在要跳到更远的地方去。你也可以就用"我记得"来开始写。

想象你坐在一个能充分发挥你才华的考场，在这里你不需要和任何人竞争，你只需要成为你自己，不需要任何参考书，你的心就是你唯一需要的。你的目标是至少写满4页A4纸，大约是1 000～1 500字——但先不要管字数，你只管一气呵成把故事写完。

请把这一小时看作神圣的一小时，你已经做了大量的准备，你的心已经准备好了。尽情地写吧，你不需要任何人拍案叫绝，你只是诚实地写作，你可以哭，可以微笑、大笑，做什么都行。

给自己找一个最好的地方，图书馆、教室、寝室、公园的长凳，记得带上一包纸巾，可以擦眼泪。

如果这种方式对你不管用，可以尝试任何对你管用的方式。记住你的使命是写，而不是边写边改。如果你的"写作肌"还没有那么发达，不能一次性地把故事写完，那么休息一会儿，然后尽快继续写，直到写完。

请不要刻意熬夜来写。写一稿，用两个小时是最长的了。我们的使命很清楚，就是诚实地表达我们自己，不需要担心任何读者的看法。

请尽量手写一稿，直接心手相连的感觉是用电脑打字再选字无法替代的。

祝贺你！你终于手写了一稿。读一读，感受一下，如果觉得你被其中的内容触动了，那么这就是成功的一稿！

第一稿通常是最难写的，所以一定要善待自己，有些语病是很正常的，改起来也不难。如果有些部分不太连贯，那就在中间加一些连接词或小段落使故事更顺畅。但是，请不要做任何大的改动，除非你觉得整个故事都没有任何打动你的地方。

做完这些简单的修改和编辑后，请在电脑上将一稿打印出来，最好用双倍行距，以便留出足够的地方给读者写评语。

然后，再拿一张 A4 纸，手写下你一稿的写作过程，写 15～20 分钟，至少写满一页，如需要可继续写第二页。请你诚实地记录一稿的写作过程：如何写的，在哪儿写的，什么给了你灵感，什么地方写得很艰难，什么地方你感觉很好，写完之后你感觉如何，等等。

写完之后把写作过程和一稿放在一起，过几天再说。

你辛苦了，好好休息几天吧！

Martin 的一稿和我的评语

现在，让我们来看看我的学生 Martin 在 2006 年 10 月 19 日交给我的一稿，题目是《从男孩到男人——我童年的哀歌》。里面的下画线和批注是我加的。

从男孩到男人——我童年的哀歌

"从男孩到男人"是 90 年代一支男子乐队的名称，他们的歌，就像所有男子乐队的歌一样，向肤浅的小伙子和傻乎乎的姑娘们欢呼致敬。这名称虽然听着像讽刺一样，却常常在我的记忆中回荡，让我想起自己从男孩到男人的伤痕累累的成长过程。开始写这个故事的时候，觉得很容易，因为有那么多的事件和我在事后的思考让我去写，但这也是困难所在——积累了这么多，要从中做出选择简直成了无法想象的艰难之举。但是我知道，在一层层的仇恨、眼泪和挫折后面，<u>总有一个愤怒的孩子在等着那个长大成人后的自己来开始一段新的对话。</u>

> 这个形象很震撼！

故事是从一个阳光明媚的中午开始的。我要去我表哥家，可是我迷路了，表哥来接我。不知道为什么，我们突然谈起了离婚，他说通常男孩子会判给女方，女孩子会判给男方。我想到了我的父母。他们经常争吵，我很清楚这样下去的后果就是离婚。有一两分钟的时间我沉浸在自己歇斯底里的想象当中——我像疯了一样地哭着，哀求法官不要判我父母离婚。几个月后他们还是离婚了，但我在法庭上哀哭那一幕却没有在现实中上演。

那天中午给我留下的印象是如此强烈，以至于接下来的时间就好像蒸发了一样，在我生命中留下了一个谜。我那时还在上幼儿园呢，然后，轰的一声，我就上了小学二年级，我和表哥谈话的强烈记忆已经是两年以前的事，还没等我明白过来，我父母的离婚就已经成了过去时。周围的环境变化太快，一个无知的小孩看不出有什么不同，而当我终于看出有些什么异样的时候，我已经不和父亲住在一起了。我一周去见他一次，其余时间沉迷在动作片和电视节目当中。我的"家庭"戏剧性地壮大了——又多了两位父母，还有他们带来的数不清的亲戚。说实话，对家族如此庞大我还着实高兴了一阵子，因为可以常常和大家聚会啊、出去玩啊。很显然，那个又丑又胖的孩子不知道前面等着他的是什么。

蜜月期没有持续很长，特别是当丈夫发现新太太原来是个莽撞的粗俗人，而太太的发现更是令她沮丧——她曾经深爱的男人原来是个残忍的伪君子。

我的父亲容忍了我所有的淘气。我就是他的上帝。他对离婚的后果感到悔恨。他试图用物质的奖励和无尽的忍耐来弥补破碎的家庭给我带来的损失。他是个愤怒的男人，动不动就对我的"继母"大发脾气——一个没受过太多教育的女人，十足的市侩小人，她只知道钱。当然我得

那时你多大？

具体描绘你自己的长相会更有感染力。

你父亲？

你母亲？

承认她的厨艺还是不错的。<u>但不管她的菜做得多么好吃，我都希望她死。我设想了几百种她的死法，每一种死法都无法言喻的残忍。我想给她安排一个最残忍的死法。我想让她在阴间永远受苦。</u>她是如此虚伪，我父亲在场时，她会假装成最有爱心的人，不停地嘘寒问暖，会给我买吃的。但是当我父亲不在家时，她就像最冷酷的女巫的乳头一样冷。她想对我做一切邪恶的事，只是她没有做。但是我知道她想——只要她能找到合法的方式。

这些句子非常真实地写出了你的仇恨。很有表现力。

　　这场战争没有持续下去，我马上就掌握了一种更有效的以退为进的攻击她的方式。我开始一言不发，让自己蜷缩在一个防弹的蚕茧里面。她唯一能得到的就是我冷漠恶意的眼神。后来，甚至这种眼神都演变成一种更温和却更可怕的形式——我凝视着她，只是在嘴角带着一丝轻蔑。哈，她糊涂了。然而，这些都只是孩子的游戏；我穷尽了通过她来让我高兴的方式。我选择了一个更有挑战性的探求——探索这场离婚的内幕。我这么做不是因为离婚的人是我的父母，而是因为这场离婚带来了这么多的痛苦和悲伤，所以这场离婚的一部分也是属于我的。<u>这场离婚是我的离婚。</u>

"我的离婚"给我的印象太深刻了，让我真切感受到你心里的痛。

　　我奶奶是个很好的老太太，但是我恨她。她 2004 年去世了。之后父亲告诉我，她把我的照片放在她锁起来的抽屉里——说明她最爱的是我。但让我自己都惊讶的是，我对我的仇恨一点也不后悔。我当然应该是她最爱的孩子。我学习比别的孩子好。我是她长子的儿子。我是家族的合法继承人。但是我一天都没享受过这个特权，连一点感觉都没有过。这是因为我的名字——这名字可能是导致父母最终离婚的无休止战争的根源——我的名字是外公给起的。外公是个固执的人，和爷爷见解不同，但这并不是一个主要原因，因为爷爷脾气很好——也许是因为他长子的离婚让他意识到脾气好是很重要的品质？不管怎么说，我的姓明显违背了中国人的传统，是跟着外公姓的，是"杨"，而不是我爷爷的姓。我完全可以想象我父亲这边的亲戚听到这个消息时有多么愤怒，这简直是亵渎——断了他们家族的血脉！一个名字竟然有这么大的意义真是奇怪，因为我对这种名字的传统意义毫无感觉——在现代中国成长起来的人，就算你再忠实于传统也会受现代思潮的冲击。有多少人还相信那种传统价值？

> 你的想法很有意思，但可能有些极端。

不过，我还是觉得我随外公的姓对我父亲来说有些太过分了。他是一个很自信的人，不想在任何场合丢面子，但是我的姓名，就像西西弗斯的那块巨石不停地从他身上滚过去——所以他很少在公众场合提到我的大名，那三个字一说出来就像让他去了地狱一样。他坚持叫我的小名。我父亲真是可怜。作为长子的他并不是一个最成功的男人，只是地方政府的一个小官员。他没有像他弟弟那样受更好的教育，也没有像他没读过多少书的妹妹那样会挣钱。他只是试图在家里以自己的口才和雄辩来建立他的权威，于是他成功的次数就更是少得可怜。他努力想挣钱，总想通过这样或那样的方式多挣点钱，但从来没有真正成功过。对一个人来说，最悲哀的事就是你最恨的那个人就是最爱你的人。这真的是一个最痛苦的人性的两难困境（Martin 注：此处需要说明，一度我非常恨我的父亲，但后来我发现他是那么爱我。这是我所说的两难困境），哈姆雷特都没有那么悲剧。

> 这对你母亲来说真是太艰难了。

我出生后，我那被父亲全家憎恨的外公拒绝见我父亲家里的任何人，于是我母亲自然就成了一切嘲弄、鄙夷和仇恨的靶子。作为一个孩子，我不知道他们对我母亲到底有多不好，但是我从我婶婶的身上看到了一些线索。我婶婶是北方人，长得胖，说一口流利的普通话，很以她的教育背景为傲。悲剧的发生就始于她第一次怀了男孩子却流产了，第二次怀孕生的是女孩，于是众人喜爱的叔叔也让他们家族断了香火。也许我婶婶北方人的大大咧咧让她承受住了我爷爷家族那些亲戚的攻击。也许她第一次流产的痛苦太大了，以至于其他的攻击都算不得什么。也许她以一颗宽宏大度的心包容了这一切。就连我这样一个孩子都能看出来她在家里处境不好。我不知道奶奶对她怎样，但是我知道婶婶的肥胖是被众人嘲笑的，他们还常常恶意地嘲弄她。"你又瘦了！"每次见面他们都会这么说。甚至她不在场的时候，别人也拿她开玩笑。我不知道我妈妈是否也受到了这样的待遇。<u>每次我看到婶婶被这样欺负，我会有两种感觉：一是作为北方的胖女人，她理应被虐待；二是我深深地同情和担忧，担心我妈妈之前也被这样虐待过。</u>

> 你对婶婶的感受描述得很真实，但婶婶和你妈妈的情形还是很不一样的。

　　我的童年故事不是史诗，也不是浪漫传奇，它们是<u>赤裸裸的、残忍的、令人心碎的城市故事</u>。我就是那根竖立在风暴中的孤独的芦苇，人们过来想要帮我，但他们的问题比我还大，他们怎么能帮我？帮帮你们自己吧。所以我也不再为我的问题去怪他们。我很高兴我成了献祭仪式的祭品，让两个灵魂都得到了自由。我的献祭是否有价值，不能只看他们后来各自的婚姻如何，而是应该想象一下，如果他们没有离婚，他们会怎样。他们俩会继续痛苦，随着我的长大，我们就变成三个痛苦的人。悲剧会这样无休止地持续下去。所以我决定不去恨了，而是从这场痛苦的情感闹剧中来学习有用的功课。我在一个不正常的环境里成长起来，让我有了一个不同于普通孩子的极其独特的视角。我可以很自信地说我有性格，我有个性，我是独特

> 非常准确的表达，令人心碎。

的，我很棒，我有吸引力。当然，从丑小鸭转变成酷毙的
白天鹅是另外一个故事。现在我也可以讲一部分。

（Martin 注：接下来的三段互相重叠，缺乏衔接。这
是因为我做了三次独立的自由写作。在二稿和三稿中，结
尾肯定会很不一样。）

我是家中那个又丑又胖的小孩。我父亲的英俊和母亲
的美丽与我无缘。我小时候一点也不像他们。直到长大，
过了青春期之后，我看上去才像我父亲那样英俊。有时我
的确接受那种说法，说我是父母偶然从垃圾堆里捡来的。
没有人会常常表扬我，也许我的确也没有什么值得表扬的
地方。我的学习不比别人好；我很淘气，<u>但是最致命的却
是我缺乏纪律性。</u>

不清楚。

我不记得从什么时候开始我已经不再是那个吵吵闹闹
的孩子了。我变得安静、害羞。我从来就不那么外向，但
是我也没想让自己变得那样害羞和沉默。也许是因为我<u>偷
了东西</u>——常常是马上就被逮个正着，然后是谆谆教导和
悔改；也许还是因为离婚引起的。由于我的记忆力实在不
好，我实在想不起来是从哪个日子开始，我就变成了那个
沉默、肥胖、丑陋的男孩。

什么样的
东西？

我如何用更精确的语言来描述我的童年呢？我想我要
用的都是负面的词：痛苦，仇恨，悲伤。我太习惯于把不
公平，把任何负面的东西、失败、邪恶、悲伤都归咎于我
父母的离婚；确实，是他们的离婚，或者我应该说，是我
的离婚，导致了我失调的性格，导致了<u>我的失败</u>。我总是
看轻自己的力量，觉得自己克服不了困难。缺乏信心使我
成为那个温顺、肥胖、丑陋的男孩。<u>也正是信心使我成为
你看到的这个高大、英俊、性感的年轻小伙子。其实就是
一个态度问题，态度是解决所有问题的最好方法。</u>

那你的成
功呢？

转折点在
哪里？

我在一稿后面写的结束评语是这样的：

亲爱的 Martin：

　　我相信你有足够的智慧和能力来修改这个故事。这个故事里面有巨大的力量，是必须讲出来的故事。现在，你需要从自由写作过渡到艺术的修改过程。你想聚焦在什么主题上？是你成长的痛苦还是你对离婚的探索（你写了很多关于你父亲和母亲的内容）？如果从男孩到男人是你的主题，那么聚焦在这个主题上——你父母的故事要服务于这个主题。

　　从这一稿来看，你从男孩到男人的戏剧性转变并不清楚。也许你可以用一首"从男孩到男人"乐队的歌来使这个主题更清楚（不是所有的读者都知道他们唱了什么歌的）。或者，你就聚焦在你自己的故事上，不需要借用任何别人的歌。

　　你的一稿写得真棒！

你是不是觉得我写的评语和以前你看到的老师写的评语不太一样？

我写评语的目的是引导并鼓励 Martin 找到他故事的核心主题。所以，在我的评语中，我主要关注的是内容和主题，不是结构，也不是语言——内容对了，主题就会显现出来，整个故事就能找到正确的结构。

我不觉得自己是老师就有绝对的权威；我更愿意把 Martin 看成我的一位好朋友，一位写作伙伴。他真的用心写了他的一稿，作为朋友，我必须用心回应。我的评语不可能面面俱到，但我对他的作品有充分的尊重和关注，这一点，我相信 Martin 可以从我的评语中感觉出来。

如果你有写作伙伴，我鼓励你们用心去读彼此的一稿，并用心写下评语。当作者充分感受到你的尊重和关注时，就能更清楚他到底要写什么故事，也就有了更强大的动力去修改。

如果你是一个人在写作，我建议你至少过一周再看自己的作品，那时你会有一个读者的感觉，你可以从读者的角度来写下你的回应，但是请一定要善待自己，只有当你看到自己作品的长处时，才能更好地修改作品。

Martin 的写作过程

Martin 在"写作过程"里这样写道：

> 我从自由写作开始，20 分钟一次。两周之后，这些自由写作就成了一堆厚厚的素材。要写回忆录的前一天，我想把它们拼起来，但发现任务太艰巨了，因为这些自由写作都是支离破碎的，彼此之间没有关系，无法想象能把它们拼成一篇结构完整的回忆录。所以我仔细地看了每一篇自由写作，然后努力地想把这一团乱麻整合起来。

> 我的整合极其不成功。最后我只是把这些乱麻以一种不那么凌乱的方式组合了起来。因为我写的是童年的回忆，很痛苦，所以我的写作里面充满了各种强烈的情感——仇恨、爱、恐惧等等。当你用这么多强烈的情感写完故事之后，还要再一次经历这些强烈的情感，实在是太艰难了。我的意思是，因为故事里面蕴含着如此强烈的情感，写的时候就已经很艰难了，然后去读它们并对它们进行编辑也是同样的艰难。最后我其实写了一个新的故事，一个根据以前的素材来写的故事，一个加上了部分新内容的故事。因为时间有限，我不得不以一种极不连贯、极不合乎逻辑的方式来完成一稿，感觉很糟糕。

> 当我回头再看这篇回忆录时，我发现我越是拖延着不去碰这段回忆，它就越没有吸引力。我想也许我太想把这段回忆扔掉了，以至于回顾这篇回忆录都让我害怕自己会再回想起童年。

你从 Martin 的写作过程学到了什么？Martin 的自由写作很成功，但是，在写回忆录的一稿时，他一开始以为整合一下就可以，发现不行之后又匆匆忙忙地写了一部分新的故事，结果感觉不好。

所以，聪明的你要知道，自由写作只是热身训练，真正写一稿时必须要从头开始写一个故事，你不要去想以前写过的内容，必须让你心里的感动来带领你完成一稿。千万不要将已有的自由写作放在眼前，随时参考，这样只会干扰你的创作。什么时候可以参考你的自由写作？我建议你等到写二稿的时候再说。

Martin 的一稿是否真的"很糟糕"呢？这只是他的感觉而已。其实，他的一稿还是相当有生命力的，虽然有不清楚和不连贯的地方，但他已经抓住了最让他心痛的故事，那就是他父母的离婚给他带来的伤痛。他的一稿，已经让读者的心为之震撼。

什么是工作坊

Martin 是一位诚实、有责任心的作者。他已经走过了最艰难的阶段——从头回忆他父母的离婚，并写下了大量和离婚有关的回忆。他的一稿虽然有些混乱，但有巨大的潜力，可以修改成一篇连贯的、强有力的回忆录。他走的路是对的。我在他的一稿中清晰地听见了他的心跳。

Martin 和我有单独见面的时间来探讨他的一稿，谈了大约 20 分钟。我们把这样的一个见面形式叫作工作坊形式。在我们的工作坊里，我肯定了他的勇气、天才和力量。我们一起确认他父母的离婚是他成长痛苦的直接推手，因此，他的回忆录需要聚焦在他父母的离婚上，而不是借用任何"从男孩到男人"的歌曲——他的故事是原创的，他可以唱自己的原创歌曲，不必借用别人的歌。他姐姐的故事，虽然很有意思，但是会干扰读者注意力，和这篇回忆录的主题关系不大，建议删掉。

在我们结束的时候，Martin 备受鼓励，他对自己要写的故事清楚了，也更加释然了。

我和很多学生的工作坊时间都是我们生命中最宝贵的时光：巨大的痛苦终于可以分担，最深的快乐可以分享——学生们受到了鼓励和引导，我也深感欣慰和幸福。

　　亲爱的朋友，如果老师或写作伙伴和你单独面谈作品，这就是一对一工作坊。如果有两个以上的写作伙伴和你在一起谈你的作品，这就是小组工作坊。我建议你在一开始学习写作的时候，小组里的人不要太多，有两个或三个伙伴就可以了。

　　如果写作伙伴给你提意见，请注意倾听，而不是为自己辩护，并不是所有的意见都是对的，但你的确需要一个充满同情心的读者的视角来帮你看得更清楚：你的故事的核心到底是什么，什么是深深打动读者的——工作坊的目的就是来确认故事的核心所在。比如，在和Martin 的工作坊中，我们一起确认了他父母的离婚是他成长痛苦的直接推手，所以他在故事里就必须聚焦在这个主题上，而不是乐队的歌或者婶婶的故事。

　　倾听是不容易的，尤其对方谈论的是你如此用心写的一个故事。当故事在自己看来很好，但在读者看来却表达不清楚的时候，你会忍不住想为自己辩护——请克制一下说话的欲望，一定要学会倾听。

　　参加工作坊真的是不容易啊！在美国上创意写作工作坊的时候，我和同学们都觉得像上刑场一样，当然是开玩笑了，不过，它真像是一场生死考验，让自己的心得到了很大的锻炼。所以，工作坊之后，你一定要好好休息三五天，不要刻意去想你的故事和读者的评语，放松休息吧！

第六章
回忆录终稿

本章指南

 **热身练习**　从一个不同的视角来讲你的故事

比如，你在回忆录一稿里从你的视角写了你和妈妈的冲突，那么现在，从你妈妈的视角来讲述这个故事，可以一直说3～5分钟，好像你就是你妈妈一样。你可以自己做这个练习，也可以和一个同伴一起做，两人轮流做对方忠实的听众。

我们如何写二稿和三稿

如何从一稿进入二稿、三稿呢？

休息上三五天之后，再来看你的一稿和评语，往往就能更客观地看待自己的故事，也更明白为什么读者会有和你不一样的反应了。这个变化需要时间，所以，一定要对自己有耐心。当然，如果你还是觉得读者的评语对你没有帮助，或者你没有写作伙伴，那么，一定要让自己的心安静下来，确认你的故事核心在哪里。

在 Martin 这篇作品里，我们已经清楚，他需要聚焦在他父母的离婚上。一旦焦点清楚了，修改就变得容易了，当然，还是有挑战性的。

记住，当你修改一稿时，你的首要任务是修改内容，语言和修辞是次要的。

我建议你给自己一周的时间来完成你的二稿。

然后，如果你有写作伙伴，你们可以找一个时间，每个人来朗读自己的二稿。当你给对方评语时，首先要看到对方故事中的长处，以具体积极的评语来肯定你的伙伴，让伙伴知道自己是被你完全接纳并充分欣赏的；然后再提出有建设性的具体意见。在你写评语的时候，不仅要注意到内容，也要注意到语言、风格，和一切你能想到的细节。

如果你是一个人在写作的，我建议你读出来给自己听，这种感觉

会和你光看不一样。读得顺不顺，有没有引人入胜的感觉？据此你再做修改。

我建议你再给自己一周的时间来完成你的三稿。

完成三稿后，把你的整个修改过程在一张单独的纸上写下来。

Martin 的终稿

让我们来看看 Martin 的终稿，题目是《我的童年》。

我的童年

在往事的迷宫里，一个愤怒的孩子在仇恨、恐惧、挫败感的包围下时时渴望和若干年后的自己展开一场新的对话。这个孩子叫小牛。有时，他会主动找到我，在另一些时候，是我找到他。每次谈话总围绕着一个话题，我们的痛。每年，新一轮的谈话代替旧的讨论，但是，一些问题从来没有改变。

午间对话

"一般离婚的时候，男孩判给妈妈，女孩判给爸爸。"他说。

"……"

一分钟过去了。

"小牛（我的小名）？"

"嗯？"

"你在想什么？"

"没，没想什么。"

前言

我从来就不是个外向的孩子。这并不是我的错。我学说话的那段时间，除了亲戚和为数不多的我父母的朋友，几乎没有人和我说话。那些父母的朋友，他们总是先出于礼貌和我打招呼，然后哽在那句"你长得和你妈（你爸）一个样"或者类似的话上，好像在说话的瞬间一只恶心的飞虫钻进了他们的喉咙。这都是因为和我爸的英俊或者我妈的高贵气质相比，我长得有些不同——令人尴尬的不同——我的脸因为老是侧睡而出奇地不对称，我的皮肤也比他们两个黑，而且颜色不均。我还很胖，胖到眼睛在肥肉的压力下几乎没法睁开。这种小孩能开朗得起来吗？所以我总是自己一个人待着，和自己说话，或者想事情。那时候我以为自己这辈子就会这样过下去了，谁知道，世事难料。

广州之行

幼儿园第三年结束的时候，我第一次去广州旅行。在我出发前很久，爸爸就已经在广州了，据妈妈说他是在那里挣钱。爸爸会用拼音给我写信，我现在看到那些信仍然会忍不住掉泪。我把它们藏在一个小的金属烟盒里——我对爸爸给我的爱就是这么收藏的。这么做我觉得挺好，因为当我觉得他是个罪人的时候，我仍然有办法感觉到他的爱。那次旅行很棒，亚热带的风景令人流连忘返。也许是广州的风景过于吸引人了，以至于我没有发现他们两个人的关系有丝毫的不正常。毕竟，一个七岁的小毛孩怎么可能洞悉夫妻间的微妙情感呢？回来的时候，爸爸没有和我们一起走——这是预谋好了的。他再也没有跨进那个熟悉的家门。直到他从广州回来，我才注意到他之前并不在杭州（杭州是作者的家乡。——作者注）。我在他的新公寓里看到了他和一个陌生的女人，某个"阿姨"。我到现在也没搞明白为什么我当时没有注意到家里发生的变化。牵涉进阴谋里的人把我陷入一个又一个斑斓的理由，使我没有任何办法找到线索。我并不知道，其实在广州的某个海滩上，我的家就已经永远地瓦解了。很讽刺，不是吗？最幸福的一次旅行，却标志着最痛苦的经历的开端。

午间谈话和后来发生的事

那是 1992 年阳光明媚的某个午后，我在去表哥家的路上迷了路，他来接我。不知不觉，我们的谈话就扯到了离婚上。他说离婚以后，男孩子一般会被判给母亲，女孩子会被判给父亲。我立刻就想到了我父母。他们总在吵架，我立马就以为我爸我妈肯定也会离婚。在随后的几分钟里，一阵幻觉控制住了我：我站在法庭上，哭着求法官别让我父母离婚，肥大的泪滴不停地从我的胖脸上滚落。后来，他们真的就离婚了，但我从来没有机会实践那个幻想。

那个 1992 年的午后的气氛似乎紧张过了头，结果后来发生的事蒸发得无影无踪，为我的生活留下了空缺的一页。仿佛我刚刚才上完幼儿园大班，结果就突然一下子来到了小学二年级。那天中午我具有的敏感思维有两年都没有再回到我身上。所有我记得的事，不过是每天放学后和附近的孩子玩一会儿，然后回家、吃饭、睡觉，之后迎接另一天的到来。没有人在乎我，整整一年我就穿一双鞋。最后鞋底几乎完全烂了，穿鞋和赤脚都没有区别了。现在，我变形的脚趾头还让我想起那些日子——我的脚趾头和旧社会包小脚的女人一样，沿着鞋内的形状弯曲着没法伸直。

小偷小摸

显然我妈为了她失败的婚姻伤心难过了好久，但我却什么也感觉不到，和任何傻乎乎的小孩一样。对我而言，甚至母爱的缺失我也没有感觉到。我随后不自觉地陷入了一种混乱的状态。也许这场离婚占据了我太多的精力，导致生活里的其他事没法正常进行了。出于无聊，我开始偷偷地拿走亲戚和同学的零钱去买小玩具和零食。我爱上了这事，但并不在行。我经常被逮个正着，但每次被抓以后我都会继续以前的行为。渐渐地，一种恐惧和焦虑把我占领了。那些日子好像这两种感觉的无穷循环，没有出路和暂停。我妈因为自己的问题无暇顾及我的小偷小摸，直到班主任把她叫到学校，我妈才发现，自己的儿子都快成小流氓了。我几乎没见过大人在我面前哭，我希望我从来没见过。因为哭泣应该是小孩子的特权嘛。但我妈的眼泪不一样，我的淘气几乎就要成为把她压垮的最后一根稻草。妈妈和班主任通完电话，眼睛一直盯着书架，从我站的地方只能看到她又黑又厚的头发和气得发红的侧脸。突然她问我，语气里还带着颤抖：

"你想做个什么样的人？"

听到这个问题我就糊涂了。什么样的人？人只有一种啊。或者她指的是我长大想干什么工作？应该不是，她痛苦的语气说明了问题。正当我在各种无果的猜测里徘徊的时候，她提示了我一下：

"难道你不想做个好人？"

"嗯，我想当个好人。"

然而我根本不知道好人该是什么样的，而且妈妈也没有告诉我应该怎么做。我们以后常常进行这样的一问一答。一样的问题，毫无悬念地跟着同样的回答："我想当个好人。"当我哭得太厉害而说不清话时，我就回答："好人。"奇怪的是，这么多次重复以后，我就真的不再偷人家的东西了，那大概是在五六年级之间的事。

"阿姨"

妈妈为了我的淘气哭了一次又一次，爸爸却容忍了这一切。我对他来说好像神一样，因为他为离婚而心怀愧疚。他想通过物质上的回报和出乎寻常的容忍来弥补我失去的家。我管他新娶的女人叫"大妈妈"，到现在我还后悔当初答应这样称呼她，这样恶心的女人却要我用和"妈妈"这种神圣字眼有关的称呼叫她，实在是太恐怖了。她没有上过大学，像个典型的市井女人。她骄傲地向我展示了所有我没有见识过的人性的丑恶。我希望她能马上就去死。数不清有多少个周末，我独自缩在爸爸公寓的房间里，强迫自己不去听隔壁房间里恶毒的咒骂和争吵。他们总是因为我争吵。爸爸对于任何加到我头上的负面评价都格外敏感，而那女人的大嘴总是说出她恶毒的真心话。她很讨厌我，还好，我也讨厌她。我设计了无数种让她去死的办法，每种都残忍至极。而且我希望她在另一个世界也遭受各种痛苦。她是我见过最虚伪的人，爸爸在场的时候，她老装出一副关心我的样子嘘寒问暖，爸爸一离开，她就冷淡得跟吃饱饭的北极熊一样。她想用各种方法置我于死地，只不过没找到合适的方法。

不久以后我就学会在她在场的时候把自己隔离开去。我不说话，把自己包进茧里。她能得到的只是我带着恶意的眼神。后来，我不再带着恶意盯着她，而是换成了一种更加居高临下的鄙视。不过，这些都是小孩子的把戏而已，我很快就穷尽了各种逗她的办法。后来，我转向一个更有挑战性的事情，探索父母离婚的原因。并不是因为离婚的是我父母，而是因为这场离婚带给了我太多的痛苦和悲伤，所以这场离婚也有部分属于我。这场离婚是我的离婚。

寻觅

我身边的亲戚好像都签署了一个秘密条约，发誓永不让我知道父母离婚的原因。爸爸和妈妈非常小心，不让一丝风声走漏。我只能捕风捉影，得到的都是自相矛盾的解释。如果把离婚比作一场谋杀，我得承认这是场最完美的谋杀，凶手无影无踪。多少年来，我都以为是爸爸有了外遇，我是一个彻头彻尾的受害者。但事实上，我错误地把自己的愤怒强加在了别人的头上，好像我是唯一的受害者似的。如果别人问我，我的愤怒到底来自哪里，我给不出答案。小牛也没有给出过答案。所以，为什么要恨呢？在我认识到这恨无根无据之后，它就自己消失了。正是在这时候，我才开始对他们的离婚有了新的理解。爸爸和妈妈都不是圣人，和大多数人一样，他们也犯错。离婚对他们来说是最好的办法了，用一个人的不幸换取两个人的解脱，很公平。

尾声

我的童年不是什么史诗，或者什么浪漫传奇；它是赤裸裸的、残酷的、让人心碎的往事。我好像暴风雨里的芦苇，人们路过时总想给我些帮助，但他们自己的问题比我的还棘手。你们怎么帮我？帮帮你们自己吧。最终我发现，其实很难因为我的问题而去责备他们。我很高兴成为两人新的幸福的牺牲品。因为我能够想象，如果他们不离婚，事情会变得多么糟。他们的关系会持续恶化，我长大以后，这世界上就会平添三个痛苦的人。悲剧会继续。所以我决定不去仇恨了，我原谅他们。

我记录下这些往事，是因为那个小孩，那个曾经如此受伤、被人痛恨、被人珍爱的小孩，需要一个结束。也许我永远不会停止反思那些日子，那时，所有的对与错都隐藏在狂暴感情的面纱下，它们的界限如此模糊，对可能在一夜之间变成错。没有什么帮助我判断对错。谁造成了那些痛苦，谁把这搞得一团糟？谁应该对这些事负责？归根结底，这是我的生活，所以不管它什么样，我都会过下去。我只能活一次。

Martin 的修改过程

在他的"修改过程"里，Martin 这样写道：

我的一稿实在不令人满意，我很不情愿去修改，这就让修改更有难度。一稿就像一个孩子，是由我对童年的一腔激情催生出来的。情感赤裸而强烈。我的朋友们读了后都说他们"被震住了"，但是逻辑和结构的缺失使得故事的可读性很差。所以，我的二稿以六次自由写作开始——比以前写得更短些。我把1992年至1998年发生的那些奇怪的事放在一个更有条理的框架里面，使之形成了我二稿的主体结构。

一开始我试图记下精确的时间顺序让结构显得更有条理，但是，有些事情的发生是前后重叠的，我的写作技能还无法驾驭这样的难度。于是我采取了一种更简单的方法——我把事件分开，让每一个事件都成为一个独立的小故事，然后再把它们组合到一起。这次我成功了，我的朋友们给了我积极的反馈，说"这个故事开始像文学作品了"。

当然，调整好二稿合理的结构还没有完成全部的修改。在二稿的基础上，我更加注意每一个细节——用词、句法等。与此同时我还在读乔治·奥威尔讲写作风格的一篇文章《政治和英语文学》。这篇文章给了我灵感，我按文中的建议，润色我的语言，使之更加精确、生动、清晰、有条理。这样，我终于完成了三稿。

回忆录的写作和修改让我达到了三个意想不到的目标：平生第一次写下了生命中最痛苦、最重要的一个阶段；我体会到了简单的语言带来的巨大力量；我发现了自由写作的乐趣。

Martin 的修改过程对你有启发吗？他有支持他的朋友，他看到了自己故事的特点，也看到了自己的局限，从一稿到二稿，他把内容和结构结合在了一起；从二稿到三稿，他在语言和风格上找到了自己的特色。

修改是一个必须耐心面对的过程，我们要一步一步地来，不能一蹴而就，这跟写一稿时的一气呵成是完全不同的。同时，修改也是一个可以享受推敲的过程，因为现在你已经有基础了，你可以在这个基础上建造起真正有自己特色的家园。

Martin 回忆录的意义

Martin 打了个大胜仗！在终稿里，他让我们看到了一个真实痛苦的他——一直在父母离婚的阴影下成长。从前言到尾声，我们跟他一起去了广州，在那里，他永远地失去了原来的那个家；我们听到了那段午间对话；我们目睹了他的小偷小摸，他对"阿姨"的仇恨，他对父母离婚原因的探索。在我的脑海里，浮现出那么多生动的细节：当他还是个小男孩的时候，他的眼睛因为周围脂肪过多而睁不开，还有他后来畸形的脚趾，他觉得自己就像暴风雨中的芦苇……读他的回忆录让我如此心疼，但最终，我感到如释重负，因为写下自己真实的故事使得 Martin 自由了，他决定不再去恨，而是去原谅——这不是一句套话，而是一个诚实的、从心里做出来的决定。

我真为 Martin 感到高兴，不仅因为他成功地完成了回忆录的写作，更重要的是，他通过创意写作发现了自己的声音，他父母的离婚给他带来的痛苦逼得他去寻找自己人生的真理，他所走过的道路是残酷的，却也是有价值的。

作为 Martin 的老师和朋友，我更是为他生命的成长感到欣慰。

2006 年 9 月，新学期一开始，Martin 在给我的信中说：他是个"很健忘、很懒惰的人"，他对自己很困惑，不知道自己的强项和弱项在哪儿，不知道自己爱什么、恨什么，他希望发现"更深的自己"。他还说他想成为一个专业作家去影响别人，但是他无法忍受作家的孤独。

在之后的写作课上，Martin 一直在认真地实践着自由写作和回应写作。你还记得前面读过的 Martin 的两篇写作练习吗？从那些文字中，你能感受到他的心里一直在想着他和父母的关系。

紧接着，在回忆录的写作中，Martin 有了重大突破。因为对 Martin 来说，这个故事是必须写出来的，也是他一直准备写出来的，所以，经过一稿、二稿、三稿，Martin 终于能够这样勇敢、耐心地将这个最沉重、最心碎的故事写出来。

2007 年 1 月，Martin 在作品朗读会上读了《我的童年》，这对他自己、对我、对同学们和老师们都是一个极大的震撼和鼓励。以他的诚实、天分和勇气，我相信 Martin 会拥有一个精彩的人生。

回忆录：《小小化妆师》

和 Martin 一起走过了他令人心碎的童年之后，我们再一起来进入一个小姑娘的五彩冒险世界。让我们来看看我的学生 Charlotte 写的回忆录《小小化妆师》。

小小化妆师

人们常说，美貌仅仅是表面文章，可是小时候，我觉得外表吸引人就是美的全部。看看我们家挂历上的那些大美女，每一个人的脸上都浓妆艳抹、五颜六色，多漂亮！没错，五颜六色的脸蛋才最好看。

小的时候，我特别内向，不爱说话。我最大的乐趣就是默默地在心里天马行空，编织各式各样五彩斑斓的梦。有时候我也付诸行动，疯狂一把。不相信吧？在五六岁的时候，我可是个狂热的化妆爱好者！

这一切还得从妈妈的化妆品说起。

妈妈有个同事出国回来，带给她一套外国化妆品。妈妈崇尚自然美，很少化妆，这套高级化妆品自然就被束之高阁了。有时候赶上"六一"儿童节或者过新年，我要在幼儿园上台表演了，妈妈才会找出那套化妆品。

妈妈给我化妆，那可是既认真又熟练。我们面对面地坐着，首先，她轻轻地、慢慢地给我描眉；然后用一把小刷子在我的眼皮上涂紫色或粉色的眼影；之后再换一把大点的刷子涂腮红；最后，我听话地微微张开嘴，等着妈妈给我抹口红。在妈妈这一整套精雕细琢的过程中，我总是迫不及待地想看看效果："妈妈！让我照照镜子行吗？"妈妈被打断了，责怪我："别乱动！还没化好呢！"然后她便又开始"慢工出细活"。通常我还得再等待二十分钟，才终于能在镜中看到自己变漂亮了的小苹果脸。化好妆，妈妈总会把化妆品放到柜子里最高的一层，还警告我："不许碰！"

可是，我的好奇心早已在这些神奇的小眉笔、小眼影、小腮红和小唇膏第一次在我脸上留下斑斓色彩、美丽痕迹的时候，就不可遏制地被激发了。我觉得镜子里那个樱桃小口的小女孩真是可爱极了。因为妈妈总是给我化妆，所以我不用自己化妆，但我总想物色个模特儿。因为只有给别人化妆，我才能见证这些有魔力的粉粉刷刷究竟是怎样在人脸上施魔法的。我的小愿望很快就变成了一种执着的痴迷。

每天我都问妈妈同样的问题："妈妈，您能让我用用您的化妆品吗？"

妈妈的回答也一成不变："说不行就不行！不行！"

我清醒地认识到如果终于有一天我得到了妈妈的批准，那些化妆品恐怕也早就用完了。因此，我必须立刻行动。

有一天，妈妈去姥姥家，家里只剩我和爸爸。爸爸是外科医生，有时候他的病人会请他吃饭。爸爸那天可能在吃饭的时候喝了点酒，一回家就说他又晕又困。没过多久，爸爸就呼呼大睡了。这时候无论我对他做什么，他肯定都不知道。想到这里，我简直手舞足蹈。

我站在椅子上，成功地取下了妈妈的化妆品。然后我蹑手蹑脚地跪到爸爸的床边，学着妈妈的样子先给爸爸画眉毛。爸爸本来就浓眉大眼，可我觉得作为化妆第一步，不管眉毛浓还是不浓，描眉都是必不可少的。在人脸上画画的感觉真是妙不可言啊！比我在纸上画小人儿强多了。画纸那么平又那么硬，可是爸爸的脸又软又圆，还有弹性呢！

接下来我给爸爸上紫色眼影。真烦人，一只眼的眼影比另一只的画得深，我只能往那只浅的上面再涂色，可又涂多了，比另一只还深。不管了，就这样吧！继续涂腮红。大刷子，蘸点玫瑰色的粉，往爸爸脸上蹭。顷刻间，爸爸的脸变成了两个红苹果。可是苹果不一样大，左脸蛋上的是大苹果，右脸蛋上的偏小。这又有何妨，瞧瞧吧，那么红又那么圆，完美无缺。

最后一步可是我的拿手好戏了——抹口红！爸爸的大嘴唇怕是把妈妈那支亮红的唇膏用去了大半，但是好在嘴唇涂红了，我很自豪！看着爸爸色彩艳丽的脸，我实在觉得他比原来好看多了。现在他才更像个漂亮女孩嘛！

突然，我灵机一动：所有的美女都梳着时髦的发型，为什么不给爸爸设计个发型呢！爸爸天生自来卷，我拽也拽不直，干脆就梳小辫儿好了。于是我从爸爸的脑袋顶、左耳朵上面、右耳朵上面各取头发一绺，分别用红色、黄色、绿色的头绳捆扎成小辫子。

"哎哟喂！"爸爸突然大喊一声，从床上弹了起来。大概是我捆他头发的时候太用力了，弄疼了他。我咯咯地笑："爸爸，我给你化妆啦！哈哈！"爸爸听了，绝望地摸着自己的头发冲向了镜子。想想他有多可爱吧！三撮卷卷的小辫子分别朝天、朝左、朝右撅着；两道浓眉犹如书法家笔下苍劲有力的"一"；紫色眼影分外惹眼，双颊的大红苹果栩栩如生，唇色红如大樱桃鲜艳夺目。我觉得他像极了一个人……对！像我小人书上画的哪吒呀！

爸爸大概是受到了惊吓，半天说不出话来。他鼓起勇气又朝镜子里看了一眼，都快吓哭了。但是他故作镇定地说："嗯，还不错，对吧？"爸爸肯定是在鼓励我，我也确实很自豪。

我恳求爸爸保持妆容，等妈妈回家后展示给她看。爸爸同意了。他肯定想：既然已经这样了，留着再给孩儿她妈看看也没什么，谁让宝贝女儿这么能干呢。

过了一个小时，妈妈回家了。看到爸爸，她愣了愣，然后便捧腹大笑。紧接着她就发现我把她的宝贝化妆品糟蹋了大半，顿时大怒："你再也不许动这些东西了！"

从那以后，妈妈的化妆品和模特爸爸都只是可望而不可即的了。但是我对化妆的狂热却丝毫未减。我并没有灰心丧气，因为我很快就找到了一个新模特儿——我的布娃娃。娃娃穿着白底儿紫点儿的小衣服，所以我亲切地叫它"点子"。妈妈的眉笔不能碰了，那我就用我的铅笔。二话不说，说做就做。但是铅笔没有描画出美丽的眼眉，一道难看的铅笔印赫然留在布娃娃可爱的小脸上。效果太不理想，我拿出橡皮使劲擦。这橡皮在布娃娃的脸上却怎么也不好使。更可怕的是，一道铅笔印被涂成了一片灰暗。再用水擦，"点子"的整个小脸都变花了。我后悔万分：怎么能把可爱的"点子"画得如此惨不忍睹呢！

我的第二次化妆不幸失败了。但是还顾不得伤心，我就立刻想起来，要是妈妈发现了被我毁容的"点子"，那才是真正的恐怖呢。我想来想去，把"点子"藏在一堆脏衣服的最底下。这下我可松了口气：这将永远是个秘密了。可是我竟然忘了定期把那堆脏衣服抱去洗的人，正是我的妈妈。

妈妈很快就发现了"点子"。没想到的是，她无奈地笑了，然后摇摇头，好像我根本没犯错误一样！

妈妈问我："你为什么这么想给人化妆呢？连个娃娃都不放过？"

"我……"可能我就是觉得有意思，可能我以后能成为化妆名师，可我也不知道到底为什么，所以我什么也没说。

"好吧，好吧！"妈妈大概是觉得我可怜，她笑着说，"你不就是喜欢化妆吗，那妈妈就让你用化妆品吧！没准我们女儿就是有这天赋呢！"

我惊讶万分："真的？？妈妈？"

妈妈含笑点头。

"谢谢妈妈！妈妈最好了！"

说来也奇怪，那以后我还真用妈妈的化妆品给爸爸化了几次妆，反而觉得越来越没意思。渐渐地，我完全把妈妈的高级化妆品忘在脑后。我的兴趣很快就转向了别处，比如看童话，我长久沉浸在每一个"从此以后王子和公主幸福地生活在一起"的美好故事中。

现在我二十岁。

妈妈总是说我该从电视里或者杂志上学学怎么自己化妆，工作以后用得上。但是那小小的化妆狂热者已经长大，早已不觉得化妆神奇有趣。可是我一直都在想，对一个女人来说，从内到外，什么才是真正的美。我相信自然为美，所以我更加注重追求内心之美。真正的美绝不仅仅是表面文章。

有一天我真的成为一名职业女性了，可能我会学着化妆吧。当我终于学会当窗理云鬓、对镜贴花黄，给自己化出美丽精致的妆容时，再想起当年爸爸那红苹果脸颊和哪吒辫，一定还会笑出声吧。大人们化妆是为了掩盖青春流逝、童真不再的疲惫，我年幼时的化妆狂热却是为了实现自己童趣甜美、五彩斑斓的梦——这两者怎能相提并论？

我还记得，在 2007 年 1 月的作品朗读会上，Charlotte 读的《小小化妆师》引起了一阵又一阵欢乐的笑声，尤其是读到她给爸爸化妆那一段：爸爸的脸被描画成了两个红苹果，还一个大一个小，但是都那么红那么圆！最后，她把爸爸塑造成了一个可爱的大哪吒！我们全体听众都和她一起在创造力的高峰自由飞翔，充分体会到了童年的幸福和快乐。

然而，小小化妆师的魅力不仅仅是在给爸爸化妆那一刻才展现出来的，那只是高潮。而在这之前，我们看到了小姑娘的心怎样被化妆品在自己脸上展现的神奇魅力吸引，她是多么希望别人也能变得这么漂亮，而她又恳求过妈妈多少回，等待了多么久，最后才下定决心冒这个险——这一系列的描写让我们看到小小化妆师对化妆的热爱是发自内心的对美的热爱，而且它如此强烈，以至于小姑娘必须"冒险"给爸爸化妆来表达这种热爱。

在小姑娘给爸爸化妆的整个过程中，我们能充分感受到她的快乐，一种创造美的快乐，一种她从未经历过的快乐。虽然眼影画得有深有浅，腮红涂得不对称，但她总是很能接纳自己，很能自得其乐，最后，还按照爸爸发质的特点给他扎了三根彩色的哪吒辫——大功告成啦！小姑娘美美地看着自己的"艺术杰作"绝望地冲向了镜子，而爸爸之后的鼓励更是让她自豪：哈，作为艺术家，我成功了！妈妈回家之后的捧腹大笑不也证明了我是一个可爱的孩子吗？

然而，紧接着妈妈的大怒将小姑娘一颗火热的心一下子打入了"冷宫"：浪费了那么贵的化妆品！不准再胡闹了！小姑娘默默地接受了这一切，却依然在布娃娃脸上化妆，可是失败了，还把娃娃弄得那么丑，但还顾不得伤心，又得想办法把娃娃藏起来，没想到又被妈妈发现了——对一个五六岁的小姑娘来说，这是多么胆战心惊的事！

所以，故事里虽然有很多欢乐，但是小姑娘经历的痛苦也同样真实。本来她只是有一个最单纯的、创造美的心愿，可是在妈妈的眼里这却是浪费钱的胡闹——而且妈妈永远是对的！所以，小姑娘只能委屈自己接受妈妈的决定，并且接受后来一系列的失败和痛苦。孩子默默承受的心和欢乐创造的心是相通的：为了创造美，她愿意默默承受痛苦和一切可能的后果。

在和 Charlotte 一对一的工作坊中，我鼓励她完全回到当年的情景当中，用儿童的语言和视角来讲述这个故事，充分享受童心的自在和快乐，充分体会当年的无奈和害怕，不要从成人的角度来看待当年的自己，因为她的爱美之心是最可贵的。Charlotte 的修改非常成功，从内容和语言上生动传神地体现了一个小姑娘爱美并勇敢追求美的个性。

回忆录：《成长的爱情》

当年的小小化妆师没有继续热衷于化妆，而是把兴趣转向了王子和公主的爱情故事。那么现实生活中的爱情又如何呢？我们可能都在心里默默珍藏着那些回忆，但是却没有勇气把我们的回忆写下来。

现在，就让我们一起来看回忆录《成长的爱情》，作者是我的学生高山。

成长的爱情

这个世上最难对付的事情是什么？我觉得是情感。更准确地说，是爱情这种东西使人身心疲惫。现在的我还是不知道，爱情究竟意味着什么。但是，潜意识当中我却一直在梦想着，甚至在渴求着一段美好的爱情，虽然我并不愿意承认这一点。

五岁的时候，我开始了我的幼儿园生涯。继承了父母的聪明基因，我从小就是班上最优秀的孩子。那时候班上有一个男孩儿，虽然只能朦胧记得他的样子，但是他的聪明还是让我印象深刻。一个骄傲如我的女孩儿，对周围所有的小伙伴都嗤之以鼻，但唯独他，在我眼里是唯一配得上我的人。我就这样把这个小秘密静静地藏在了我小小的心底。

在我家的胡同里住着六个和我年纪差不多的小朋友，最大的不过八岁，我是最小的。但是，她们却总把自己当成大人，认为我这个小不点儿什么都不懂。当我们聚在一起的时候，她们老是谈论班上哪个男生最帅啦、自己喜欢谁之类的话题，而我却很少有机会插嘴。她们觉得我太小了，不可能明白她们的对话。

一天，我们中的老大让我们每个人说一个心中的秘密，我终于有机会讲了，就迫不及待地把我的故事讲了出来。她们惊讶极了，在我这个小不点儿的内心竟然也有一个"他"。虽然我很愿意分享我的这个小秘密来加入她们的谈话圈子，可是我真的没料到她们会如此重视我的小小的心动——老大竟然向那个男生发出了邀请，邀请他来参加我们的游戏"过家家"！

于是，那天下午，我有了人生的第一场"婚礼"。我的两个小伙伴用手搭成了一个轿子，我就坐在她们的胳膊上，像古代新娘出嫁一样"嫁"给了那个小男孩儿，只是没有征求那个可怜的小男孩儿的同意。我还强迫那个可怜的小男孩儿对我说"我喜欢你"。

虽然那只是几个小孩儿的一场游戏，却成为我儿时最甜蜜的一段记忆。但是，甜蜜的感觉总是很容易消逝的。上了小学之后我和这个男生被分在了同一个班，但是那份互相吸引的感觉却没有了踪影，或许应该说是我不再喜欢他了。

记忆本应停在这里，但不幸的是，内心的嫉妒总是控制着我的一举一动。

一天，当我听说另一个女孩儿请他去她家吃午饭的时候，我想都没想就飞奔到了那个女孩儿的家中，我一定要把那个男生劝走。

"近朱者赤，近墨者黑……一针见血……"

我用了尽可能多的词儿来让我的话显得有道理，当然几乎没有一个从我嘴里说出来的"大词"是我明白的——我只是从电视里或者爸爸妈妈那里听到过。他听后似乎也觉得我说的特别有道理，毕竟我用了那么多他也不明白的话。最后，就像我计划中的那样，他还是回了自己的家。

其实，我都不明白我到底为什么要这样做，他去哪里吃饭关我什么事？我又不像原来那么喜欢他了。但是，我就是有着这样的感觉，我不能拥有的东西，别人也不可以拥有。

我的小学生活就这样快乐地飞逝而过了，其中还夹杂着其他的男生以及其他的故事，但是，没有任何事情给我留下像他一样深刻的记忆。在一个 12 岁的小女孩儿的眼里，爱情意味着甜蜜和难忘。

很快，我开始了我的初中生活。我的初中生活可以用"完美"两个字来形容，如果不算上那段失败的恋情。

那年我上初二。有一天，我从班上的一个男生那里收到了一枚玻璃做的戒指。他说他非常喜欢我。在那一刹那，我感到不知所措。他为什么喜欢我？是因为我的成绩一直都是全班最好的吗，还是因为我是班长，可以管理整个班级？我不知道为什么他会喜欢我，可是我清晰地感觉到了自己内心的雀跃。从来没有一个男生真正喜欢过我，现在这个人终于出现了！

我多么希望能够有一段完美的童话故事般的恋情！我是如此欣喜，完全沉浸在个人的激动之中，却忘记了大多数男生喜欢小鸟依人的女朋友，而不是一个像我这样掌控一切的女超人。

一天下午放学的时候，我们几个人一起回家。走着走着，一个女孩儿"旁若无'我'"般地让他把一本书放进她的背包。我已经很不高兴了，为什么她不能让其他人帮她放书？为什么偏偏是他？但是我什么也没说，而是装作不知道，继续和别人说说笑笑往前走。但是，我怎么能控制住自己不朝他们那边看？我看似不经意地朝他们那里瞟了一眼，他特别地笨手笨脚，竟然连书包的拉链都拉不开。然后，那个女孩儿回过头来，一脸媚笑地对他说："可真够笨的。"我简直要气疯了，更可气的是，他竟然还冲她笑。我再也控制不住自己的怒气，狠狠地朝他瞪了一眼。

这以后，我开始毫不掩饰地在他面前表现出我的嫉妒。只要他和其他女生说说笑笑，我就会很直接地打断他；他在我面前称赞了另一个女孩儿，我就会一天不理他。我知道我太过分了，但是，嫉妒就像我内心深处一团难以熄灭的火，我根本压制不住，只能任其蔓延。于是，我们彼此的好感最终变成了相互的仇恨。

就在我们关系的最低谷，不知道是老师有意还是其他原因，我被安排坐在了他的旁边。你可以想象我们两个坐在一起是多么痛苦！彼此甚至连看一眼都不愿意，话更是根本没有。对这样的关系，我非常伤心。在一节自习课上，我再也控制不住心中的委屈，静静地落下了眼泪。

不过，我们的关系最终还是有所好转，因为他在考试时需要看我的答案。就这样，生活第一次教会了我——知识就是力量。

到现在我都还记得那段感情，因为毕竟，那是我第一次为一个男生掉眼泪。对一个初中的女孩儿来讲，爱情可能是眼泪。

初中毕业之后，我顺利地进入了人大附中（中国人民大学附属中学）学习。这可能是全中国最好的高中了，所以，自从进入这所学校的第一天起，我就下定决心，一定要过好自己的生活，不能被任何人打乱节奏。然而，有些时候，只过好自己的生活是不够的，因为有些事情和有些人注定要出现。

有一天，我们都站在教室外面，等着上英语课。班上的一个男生突然跑过来跟我说："S说他要和Y争高山。"我当时对这毫无准备，就随口说了一句，以应付当时的尴尬："叫高山的人多了。"听我这么说，这个男生跑了回去，站在S的身边，好像在和他说着什么。之后，S从我身边安静地走过，脸上的表情怪怪的。

我才不在乎呢，我可不想开始一段恋情。

第二天，我的一个正好坐在S前面的室友跟我说，S在她椅子后面发现了一行字"I love you Gao Shan"（我爱你高山）。我室友觉得就是S写的。我觉得又好笑又好气：男生们就是这么讨厌，老是开女生的玩笑，他们就是想扰乱我的生活！我才不管到底是不是有男生喜欢我呢，我要继续过我自己不被打扰的生活。

第三天，班上的英语课代表在早读的时候让每个人朗读一段课文，然后随便叫一个同学的学号，被叫的同学继续读课文。我的学号比较特殊，是1号，每个人都知道。我坐在自己的座位上，看着周围的同学一个个被叫起来，感觉挺好玩儿，却绝对没有想到，正在这时，S读完了他的那一段，就毫不犹豫地把我叫了起来。我顿时感觉到心跳加快，都不太清楚当时我到底是怎样读完了那一段，只记得自己的脸通红，旁边还伴随着班上其他男生起哄的声音："诚心的吧你?!"然后，一阵哄笑……

真的是他！是他说要和Y争高山，很可能就是他写的椅子上的那一行字。他为什么要这样做？他是真的喜欢我吗，还是这只是一个玩笑？他为什么要针对我？从我坐下来的那一刻开始，我知道，我的内心将在很长一段时间内不再平静。整个上午，我都十分紧张不安，不过还好，已经是周五了，我需要一个周末，来好好调整自己的心态，把这一切都平和地处理好，我要我一个人的生活。

周一到了。学校要在周一的上午举行升旗仪式，全体学生都要站在操场上，以每个班为单位，男生一队女生一队。S和我旁边的男生换了位置，站在我的身旁。我在整个周末所做的努力全在那一刻化为乌有。我们小声聊着天，虽然已经不记得到底说了些什么，然而感觉是那么甜蜜。到升旗仪式结束，我知道，我也许已经开始喜欢他了。然而，吸引我的是什么，我到现在都不知道。或许，我实在是太渴望被爱了。

接下来的几周就在一种诡异而又快乐的气氛中度过。我想他是喜欢我的，他也应该能感觉到我对他的好感。然而，美好的事物总是不能长久，这几乎已经成为一个常识。至少在我身上，这一点是得到了多次验证的。

不久我就发现，他和许多女生的关系都非常好，甚至是暧昧，我当然会不高兴——即便他从未当面和我说过他喜欢我。我开始了对他的惩罚，我坚持不和他说话。两天以后，当我认为惩罚已经足够了的时候，我发现我们那美好的感情竟然已经消失了！那时候我还不知道他又看上了其他的女生。当我看到他故意把头转开，即使看见我也狠心地装作不认识的时候，我的心真的感到切实的疼痛：原来心痛不是一个形容词，而是一种真实存在的伤痛！

我想知道这是为什么，为什么他突然就不理我了？如果是这样，他当初为什么那么费尽心思地要引起我的注意？难道真的只是一个玩笑？难道我是一个如此失败而又丑陋的女孩儿，他认为开一个玩笑也无所谓吗？我需要一个答案。

但是我的骄傲不允许我这么去做。被甩了已经是一件很丢脸的事情，我怎么能再找他去要一个苍白无用的答案呢？完了就是完了，结束了就是结束了。我不在乎，这不会也不能伤害到我。我开始采取一种极端的方式来结束这一切：在任何场合，不管周围是谁，有多少人在，我都拒绝和他有任何交流，完全屏蔽他的存在。就这样，我收拾好了自己的心情，回到了一个人的正常生活。爱情，对于一个"压力山大"的高中女孩儿来说，意味着忘记。

可是，现在的我还是觉得，我们可以对任何事物都不抱信心，但是应该永远对爱情充满期待。

再回头看看自己所走过的爱情路，我突然发现，也许我不曾真正爱上过任何人，但是我爱上了爱情本身。

爱情。多么美好而又忧伤的爱情！让我们真实地心痛，又激发我们的灵感。我们总是渴望被人爱慕，被人珍惜。

我还记得在我们的小组工作坊里，我告诉高山我特别喜欢她写的"过家家"的甜蜜回忆，高山羞红了脸，不好意思地问道："真的吗？"当然是真的了，高山在这里所描写的童年恋情真的是触摸到了每一个小女孩儿内心深处最甜蜜的愿望。

在工作坊里，我们确定高山对爱情本身的追求是故事的核心，也是故事最美好的部分，而在追求爱情的过程中她真实地经历了人性的软弱和不完美——这两者看似矛盾，却存在于很多真实的爱情故事中，非常值得写下来，让生命真正成长。所以，在修改中，高山有了更多的勇气，愿意敞开自己的心去描述每一段失败的恋情，尤其是高中那一段惨痛的恋爱。

在终稿中，高山坦言她的嫉妒就像是"内心深处一团难以熄灭的火"，她"根本压制不住，只能任其蔓延"——非常形象而深刻地描述了嫉妒对她的掌控。因为她长时间的嫉妒，初中时一个原来喜欢她的男生最终成为她的"仇人"。但到了高中，她虽然还是会嫉妒，但是却只持续了两天，可万万没有料到那位曾经刻意追求她的男生会在两天之后就如此冷落她。她感到真实的心痛和羞辱，她多么需要倾诉、需要安慰！但是她只能选择忘记这一切，因为还要面对严峻的高考。

在回忆录里，高山终于能尽情地表达自己的伤心、愤怒和困惑，让当年这颗受伤的心得到安慰和医治。这篇写爱情的回忆录里没有我们想象当中的美丽文字和很多的浪漫情节，每一句话都是那么纯朴，却真实地描述了作者的爱情经历——不是完美浪漫的，而是每一步都要面对人性最软弱的地方。

令人欣慰的是，高山告诉我，写完回忆录后，她终于可以平静地面对她写过的这些男生，也可以接受他们做她的朋友了，包括高中时的那位男生。

在 2007 年 5 月的作品朗读会上，高山读了她的故事，她是那样有激情，又是那样温柔。她是那样诚实，不隐瞒心里的嫉妒、愤怒和痛苦，让每一位在场的听众和她一起走过那段最难的日子，还依然对爱情充满期待。

我钦佩高山的诚实和勇气。对女孩子来说，感情是最难去面对的，尤其是失败的恋情，但是她却做到了。愿我们和高山一起学习成长！

回忆录：《阳光下的定格》

2022 年秋季学期，是我从拉美回来后第一次在线上给人大的同学们上创意写作课。我特意提前了十多分钟到线上课堂。没想到，Mike 同学随后也到了，他是我在线上创意写作课堂上见到的第一位学生。屏幕上的 Mike 热情开朗，让我倍感亲切，感觉自己好像从来没有离开过人大。聊天中，得知 Mike 二外学的是西班牙语，于是我们说了几句西语，我感觉自己又回到了哥斯达黎加，好开心啊！当天我们就加了微信。Mike 说，他在我的讲课中感受到了那种"长期浸润在那里（指哥斯达黎加）而特有的幸福感"。

可以说，我和 Mike 一见如故。

下面，我们就一起来看 Mike 写的回忆录《阳光下的定格》，感受一个少年人对爱情所怀的最赤诚的心。

阳光下的定格

在我心中，爱情永远保持着最初的样子。单纯虽然不多，但我还是好好带在了身上。我知道这只是因为我遇到的人大都善良，我吃到的苦头还不够大。

喜欢一个人，就是会梦里全都是她，我会尽我所能对她好，她是一切美好的总和。

我初一就见过 A，在一节体育课上，她高高的个子在人群中非常显眼。阳光洒在她笑容洋溢的脸上，那一瞬就莫名其妙在我脑海中定格。

青春期的我很丑，丑倒是其次，最要命的是气质猥琐。我个子不高，身材臃肿，满脸痘痘，两撇绒毛，偏偏父母还不让剃。我没有什么才艺，只知道闷头学习，像个老干部。

初二那年暑假末，武汉市有一个赴台湾交流活动，我们学校需要选四名同学。我因为担任班长，承蒙班主任老师厚爱，得到了这个稀有的名额。开说明会时，我惊讶地发现她也在。

赴台交流需要准备节目。我那会儿刚刚学吉他，只会一首《童年》，她准备了英文朗诵。她来自外小（武汉外国语学校小学部），那里的孩子英语一般都远超同龄人水平，我一直是哑巴英语，听着她朗诵，既自卑又美慕，觉得她遥不可及。

排练的日子飞快，转眼间到了寒冷的冬天。有一天，我们四个在去排练室的路上，A突然说："我发现了一个取暖的方法，别人校服帽子下面那一块特别暖和，我上课时总是把手放到前桌同学的帽子下面，就像这样！"说着，她把手放在了我的帽子下面，贴在我背上。我仿佛触了电，短短的一秒变得非常漫长，只觉得呼吸急促，瞳孔缩小，整个人从脚底到头顶打了个颤，定住了。她问："咋了？"我赶紧说："没啥！"

没过多久我们坐上了去台湾的飞机。这也是我第一次坐飞机，离开父母去远方。我们五天内访问了好多所学校，也参观了好多景点。一日下午，我们在一家超级豪华的酒店落脚，行程安排不那么着急，我们得以在酒店里好好休息。我们聚到一个房间里聊天，聊到天南地北，而我默默地听着，很少说话。

话题不知怎么就聊到了扎辫子上，说着说着，她和另一个女生突然说教我们扎辫子。我们这两个短头发的男生怎么办呢？她取下皮筋，捋了捋及腰的长发，说："你可以拿我的头发练手，你看，就这样抓住，一圈，然后再一圈……好了，快，现在你试试！"她显得非常激动，说着就背对我抱腿坐在了我跟前，头发刚好在我触手可及的地方，伴随着馥郁的香。我一下子又慌了，扎，还是不扎？我从来没扎过辫子，更没这样碰过别人的头发。我极想去试，但我心里想的却是：万一扎坏了怎么办，她不会因此讨厌我吧？短短的几秒内我经历了无数的纠结，最后我冷冰冰地来了一句："我真的不会。"她笑了笑，说："真的很简单的。"然后便自己又把头发扎了起来。

聊天累了，口渴了，她说感觉有点感冒，想喝可乐，可是这个酒店里恰好没有可乐。当时已是深夜，我立马带上几枚硬币，来到大厅，问前台接待员哪里能买到可乐。那个接待员是新来的，对周围也不熟。他告诉我后门外边的花园里好像有自动贩卖机，说完还双手合十谢谢我。我在花园中绕来绕去，总算找到了自动贩卖机，焦急地按按钮投硬币。可乐是冰的，我小跑回酒店，乘电梯上楼，然后把可乐倒入电热水器加热。我一秒一秒数着，感觉够热了，再把可乐倒进杯子里给她，她笑着说了一句："谢谢你。"

不一会儿我们又玩起了真心话大冒险，我之前没玩过这玩意儿，觉得还挺新奇。第一次我选择了大冒险，他们要我去敲对面房间的门，然后我就真的毫不犹豫地去敲门，他们笑我傻愣，所幸对面房间没人住。第二次轮到我，我选择了真心话，但我没想到的是，她问："你有喜欢的人吗？"

我耳根开始发烫，眼神开始迷离，下意识点了点头，又摇了摇头，然后又点了点头。大家开始笑："到底有没有啊？"我最终还是点了点头。

"是谁是谁？不用说名字，说首字母就可以！"她追问。

一个声音在我内心大叫："就是你！"可我结结巴巴，最后嘴边不知怎么飘来了一个早就不联系的小学同学的名字，那个名字还比较好听。

A长长地噢了一声，我听不出那长长的一声中包含的是什么感情，也许什么也没包含。A继续问那个人的情况，我心不在焉，随口描述着那个根本不存在的心动对象。

真心话大冒险结束，我们才发现已经很晚了。大家回到自己的房间准备休息，而我在心中反复经历着刚才的那个耳根发烫眼神迷离的瞬间，夜不能寐。

第二天一早，我们提起行囊准备离开。她行李太多，塞不进箱子，便请我帮忙。我默默地走过去，蹲下来，帮她把衣服塞进箱子，拉上拉链，表面上波澜不惊，内心却波涛汹涌。当我站起来时，我内心的声音终于冲破了阻碍："A，如果真心话大冒险没有说真心话会怎么样？"她盯着手机，随口说："不知道，会遭雷劈吧。"我踌躇了几秒，然后说出了那句令人尴尬到脚趾抓出五室一厅的话："那，如果我喜欢的人是你呢？"

她尴尬地笑了笑，说："啊……你在开玩笑吧。"这个回答让我的心直接坠到了地下，而我没法弯腰再把它捡起。我只能说："哈哈哈哈，我是开个玩笑。"

我有点不甘，又不知怎么才能正式表达我的心意，陷入了苦闷。我的同伴察觉到了我的异常，关心地问道："你怎么了？"我的愁绪瞬间找到了发泄口，他听完后，提议和另一个女生一起帮我去试探一下 A 的想法，我同意了，抱着一丝希望焦急地等待。第二天，另一个女生告诉我："她知道了你喜欢她。"之后就没有了下文，A 表现得和平时没有任何区别。

于是我内心开始不断重复"她不喜欢我"这个声音。我好像《天龙八部》里的段誉碰见了王语嫣，情根深种无法自拔。从未了解过人家，自己却悲伤上瘾。

赴台交流结束之后回到学校，同学们好奇地凑过来问东问西，我的心思却仍停留在离开台湾那天的早上。

她知道了我喜欢她，但她表现得和往常一样，见面了仍然主动和我打招呼，而我仍是不敢直视她的眼睛，甚至想逃跑。每天晚上与我相伴的，除了作业，除了日记本，就是一把吉他和唱不完的悲苦情歌，于是我的吉他技术突飞猛进。

有一天下了晚自习回家，我在百草园书店买书。百草园离学校很远，离外小很近，离我家也很近。我寻寻觅觅，没找到想要的书，却在转身时突然碰见了 A。我惊呆了，A 怎么会跑到这么远的书店来买书？噢，她是外小的，习惯了在这里买书。

我结结巴巴地说："你你你……你怎么在这儿？"

"怎么，看到我很不高兴吗？"

"不是不是……我就是……就是……很惊讶。"

于是挥手作别，我逃跑一般回了家，心中不断想着这奇怪的偶遇。"她知道我喜欢她，可是她不喜欢我。"这种爱而不得的感情在心中不断发酵，我想见她又怕见她。

我每天都会不自觉地花很多时间想她，无法自拔。我上课总是走神，会在课本上将她的名字反复写很多遍；课间十分钟，我总盼望她的身影会从窗户边一晃而过。

语文课本上有一首《卜算子》，"我住长江头，君住长江尾。日日思君不见君，共饮长江水。"教室门前的走廊就仿佛那条长江。

后来有一天，好像是圣诞节，我祝她节日快乐，随后我们在对方发信息后半小时回复一句，尬聊了一下午。最后她给我发了一条很长的信息，大意是：你真的很优秀很优秀，但我对你缺乏那种感觉，对不起，祝你找到喜欢你的人。

我感觉我失掉了整个世界，仿佛被关在一个大纸盒子里，一切声音从外面传进来，一点儿也不真切了。

"我到底哪里不够好？不喜欢我，就是我很差劲吧……"我不停地这么想。

我不知恋爱到底是怎么回事，心中只有一个单纯的喜欢和不喜欢。喜欢而不得最为难过，在无尽的自卑与失落中，我还要面临中考的升学压力。

本以为我们初中毕业就会各奔东西，没想到，我们竟然都幸运地考上了武汉外国语学校高中部（简称"外高"）。我在高一（8）班。她在高一（5）班。

我本来已经感到十分满足，因为我又可以继续看见她了。我高中的第一位同桌是个"狠人"，性格豪爽，恋爱大师，乐于助人，我姑且称她为 B 吧。有一天聊天聊到喜欢的人，我只说她在另一个文科班，而且是外小的。

没想到 B 直接问："A？"

我十分震惊，来不及掩饰，下意识地问："嗯？你怎么知道？"

B 哈哈大笑道："真的啊？这世界也太小了，她是我小学时特别要好的朋友。"

"哈哈，完了。"我想。

在"乐于助人"的 B 的撮合下，我和 A 终于开始了正常的沟通。我也不再像以前青涩得那么离谱，话匣子打开了，我发现原来我们可以很聊得来。

B 知道我非常喜欢 A，我和 A 聊了一段时间后，她帮我问 A 的意愿，可是 A 犹豫了。于是 B 说："你如果喜欢人家就和人家在一起，不要吊着人家。"A 又犹豫了一天之后，终于答应和我在一起了。

她答应我的那一天，我看见的所有人，脸上似乎都和我一样挂了笑容。所有的课程都那么有趣，如果有老师批评我一顿，我也会想告诉老师："她答应我了！"

我等待这一刻实在是等了太久，我内心实在是经历了太多爱而不得的煎熬。这个梦做了如此久，以至于我一时分不清是梦还是现实，幸福握在手里太不习惯。那一刻，我决心要倾我所有让她成为世界上最幸福的人。

第二天我参加学校的乐队选拔，她来听我唱《南山南》和《小幸运》。课间，我看到她在对面走廊上，漫不经心地和同学讲着话，目光却隔着老远和我相撞，而现在，我再也不会闪躲。

那天晚上下了晚自习，我兴冲冲地走到她们班，准备送她到校门口。

但是我怎么等也等不到她。拿出手机一看，两条长长的信息，读到开头"抱歉"两个字，我的心便凉了一半，大意是这样的：真的真的很抱歉，我反悔了，你真的真的很好，祝你找到更适合你的人。

我站在原地，呆若木鸡，眼泪没有立马流出来，悲伤的速度赶不上惊愕的速度。很久之后我空白一片的大脑才认清事实：我的第一次"恋爱"，一天就结束了。

我的好朋友安慰我，把他的索尼MP3借给我，我第一次听到了赵雷的《南方姑娘》，那晚我在走廊的桌子上泣不成声。外高的松树依旧挺拔，草坪上空的星星依旧朦胧，蛐蛐依旧不知疲倦，自习的同学依旧认真，只是此刻世界上多了一个伤心的人。

哭过之后，那个萦绕在我心头一年之久的影子突然就消失了，她身上的光芒全然不见了。

没想到，后来她又再次反悔，尽管我有点心软，但我没有再答应她。我们的位置互换，她变成了卑微的那一个。

她在空间里写："曾经有一个人很关心你，捧在手里怕摔了，含在嘴里怕化了，等到他离去时，才追悔莫及。"我内心为之一颤，可是就像她曾经拒绝我一样，我对她已经"没有那种感觉"，我告诉她，她会遇到更适合她的人。

在那大半个学期里，她变成了会害羞地躲闪的那个人，而我明显感觉到我的身上多了一道目光。做操时她会看你，路过她们班门口时她会看你，路上偶遇时她会故意大声讲话但又不看你。所有的这些，全和过去的我所做的一模一样，而我却变得异常"无情"。

学校文化节，她来听我唱歌，我既是工作人员又是表演人员。站在门口检票时，我接过她的票轻轻画了个圈，她拿到检过的票，异常激动，我感觉得到她攥得很紧。当我站在台上唱歌时，我也能感受到，有一个人是在用心听。

我也开始恐慌，我不能这样对别人，我很希望她喜欢上别人，而我也开始我的新生活，这会儿我才领悟到她曾经有怎样一种心理。

很快到了年底，2017 年的 12 月 31 日，她说："我想把我们之间的事儿说清楚。"我也觉得该说清楚。她问："我们以后算什么呢?"我仔细想了想，不能留念想，最后我说："过客吧。"

屏幕的另一头没有立马回应，我仿佛能听见她哭泣的声音，许久，她说："好，过客就过客。"我这才明白，被人伤时很痛，原来不得不去伤人的时候也这么痛。我是先受伤的那一个，到头来也没成为被治愈的那一个。

尽管做了这样的道别，但那种单纯的喜欢怎么会轻易消失?

很长一段时间里，我身上依然有她的目光，直到后来，她转到了武汉外国语英中（简称"武外英中"），准备将来出国留学，我们平时就见不到了。

又过了很久，我听说她找到了很爱她的男朋友，那时我衷心为她感到高兴。

对方过生日时，发一句"生日快乐"，回一句"谢谢"。我想，这过客也挺不错的。

两年后的毕业舞会上，武外英中的同学也回母校了。我在前排拍照，挡到了她，她喊："田忠明，你到边上去一点，挡住了。"我内心当然早已毫无波澜，回头看到她时，我们相视一笑，随后我挪到了一边。是的，我长高了，比她都高了。

那是我最后一次看见她，她最后一次叫我的名字。

后来便没有她的消息了。看她很少更新的空间，她好像出了国，过得挺不错。她瘦了，在许多不同的地方，穿漂亮的衣服拍照，她有没有男朋友我不知道，但她的笑容似乎还是和我初一的模糊的记忆中的笑容一样纯净。我一厢情愿地认为，她应该仍保有当初的单纯善良。

而这，正是我现在最怀念最珍视的东西。

很少有人会在阳光下再露出那种纯真的笑容，而我，也更难再有那个莫名其妙的瞬间，将那笑容定格在脑海。

记得我第一次看到 Mike 这篇回忆录的时候，我就被他的火热和坦诚深深打动。他鼓起勇气表达爱情却得不到回报的纠结和痛苦，他终于等到的爱情却在第二天晚上就离他而去，他痛哭之后终于放下了，没想到之后他又成了被对方追求而不得不拒绝的那一位……在经历了这么多之后，毕业舞会上，我听到当年的她叫他的名字：田忠明！我感觉自己的心都被震动了：他们终于可以坦然面对彼此，还能相视一笑！虽然他们双方都曾经受过那么多的情伤。

在这个故事里，我感觉 Mike 就是没有遇到朱丽叶的罗密欧。但是，无论是否遇到了朱丽叶，罗密欧永远有一颗光明纯洁的心。这颗心是诚实的、敏感的，愿意默默忍受爱而不得的煎熬，愿意张开双臂倾其所有地去爱对方，愿意将自己的眼泪完全倾倒出来。当他真正将这段感情放下后，他也不会去伪装爱情，尽管他很不忍心让对方痛苦。因为 Mike 有这样一颗光明坦荡的心，才会有这一刻"阳光下的定格"！在这样的定格中，她和他都是纯真的，值得珍惜的。

Mike 的一稿有一万多字，里面有一些自己对人生的感慨，还有现在的自己对当年的自己和当年的她的评价，虽然都是有感而发，但最后都删去了。读者希望看到的是故事本身：终稿的故事更加紧凑，也有充分的空间让读者去思考。

爱情到底是什么？为什么最后定格的还是初见的那一刻？我们追求爱情，到底是追求什么？相信我们每一个人都会得出自己的答案。

如何完成你的回忆录作品

亲爱的朋友，我们希望读到你的回忆录，一个只有你的心灵知道怎样讲述的故事，一个让你一生都会珍惜的故事。

你从哪里开始写都可以。如果你写的是地震，你可以从发生地震的那一幕写起，那会更加适合你的故事。本章的几篇回忆录都有一个概述性的开头，然后才是具体场景，这是由故事本身的特点和作者的选择决定的，但这并不是每一篇回忆录都必需的。

在修改的过程中一定要尊重自己故事的独特性。本章的四篇回忆录的题材、内容和语言风格都大不一样，但每一位作者都写出了自己心灵深处的故事。也许你要面对的回忆更有挑战性，你所要做的就是尊重这段回忆，让回忆自己来说话。

当你在写过去的事情时，请专注在那段时间里。你完全可以用孩子的语言来描述童年的记忆。如果你把成年之后的批判性眼光加在孩子身上，只会削弱故事的感染力——当年的那个孩子需要的是温柔的爱，需要的是你耐心听他倾诉。

至于回顾与反思，你可以写也可以不写，千万不要硬加上去。当然，作为成人，我们肯定会反思我们的过去，但是我们的反思更多是通过讲故事的方式来传达给读者的——比如，我到 90 岁时再来讲我的签证故事，很可能会和现在讲的不一样。多年后的回顾必须是自然流露出来的、发自内心的，不是一定要逼着自己明白"我应当从这件事上得到什么教训"。如果读者觉得我们是在教训他们，那我们最好把这样的回顾和反思删掉，或者写一段更诚恳的话。

写完一稿后，写下你的写作过程。

写完三稿后，写下你的修改过程。

然后，买一个文件夹，右边放上你的三稿：终稿在上，一稿在下。左边放上你的写作过程和修改过程：写作过程在上，修改过程在下。在封面上你可以有自己的设计——这是你的回忆录作品，一件融入你的生命体验的艺术品！

我的学生中有很多自己设计整本作品的，我印象最深的一个封面上贴着一件纸质的红玫瑰花瓣的毛衣——真是太美了！里面的回忆录也是极其震撼人心的，写的是幼儿园的小孩子怎样集体欺负作者，把她精美的红毛衣上的珠子拽得一颗不剩——人性可以那样残酷丑陋，但那红毛衣的美丽依然顽强地留在了作者的记忆中。

我鼓励你大胆地做自己。你是美丽的，就让这个世界被你的美震撼；你为死去的朋友哀悼，就让整个世界为你哭泣。在作品的封面和封底你都可以表达你的主题。

这样，你的回忆录创作就告一段落了。结束是为了一个新的开始，你可以真正轻装上阵，开始新的生活！

庆祝你的成功

现在，是庆祝的时候了。去看一部精彩的电影吧！如果你喝酒，不妨来一杯香槟！如果你跳舞，那就尽情地跳吧！如果你唱歌，就去卡拉OK 或者任何你觉得舒服的地方放声高歌吧！

对我而言，一旦生命中完成一项大事，我就忍不住要唱歌。当我们2007 年在中国人民大学举行完第一次作品朗读会后，《彩虹之上》（*Over the Rainbow*）这首歌就来到我心中，我忍不住唱起来——那旋律是那么美，我的心和我所有勇敢的、天才的学生们的美丽心灵一起高飞、一起歌唱。

现在，亲爱的朋友，让我们一起来唱吧！

> Somewhere over the rainbow way up high
> （彩虹之上高高的地方）
> There's a place that I heard of once in a lullaby
> （有一个我在摇篮曲里听过的地方）
> Somewhere over the rainbow skies are blue
> （彩虹之上天空很蓝）
> And the dreams that you dare to dream really do come true
> （你敢于梦想的梦在那里真的会成为现实）
>
> Someday I wish upon a star

1991 年夏，兰达夫人（中）和我们全班女生在青岛大学的草坪上
（我在第一排最左边）

2008 年夏，同学们和我在出版社录制厅
（后排从左至右为高山、栾力夫、Martin、张精升，前排从左至右为雯雯、我和 Shirley）

2011 年 10 月，原创中英双语话剧《神奇的大手》演出海报

2011 年 10 月 14 日晚，原创中英双语话剧《神奇的大手》
在中国人民大学如论讲堂演出后全体演职人员大合影
（第一排手捧鲜花者是扮演兰达夫人的加拿大外教 Cheryl 和我）

（有一天我对着一颗星星许愿）

And wake up where the clouds are far behind me

（醒来后发现云朵远远地在我身后）

Where troubles melt like lemon drops

（烦恼像柠檬糖一样地融化了）

Away above the chimney tops

（在高高的烟囱顶上）

That's where you'll find me

（你会在那儿找到我）

Somewhere over the rainbow blue birds fly

（彩虹之上青鸟在飞翔）

Birds fly over the rainbow，why then，oh why can't I?

（鸟儿飞过彩虹，那为什么，哦为什么我不能?）

If happy little blue birds fly beyond the rainbow

（如果快乐的小青鸟能飞越彩虹）

Why，oh why can't I?

（为什么，哦为什么我不能?）

如果快乐的小青鸟能飞越彩虹，

为什么，哦为什么我不能?

为什么我不能?!

为什么你不能?!

我们天生就要飞、要唱，要自由欢乐地高唱!

第七章
采访与报道

本章指南

热身练习　一次即兴采访

　　两两自由组合，现场写下 10 个采访问题。谁的出生月份在先就可以先采访对方 10 分钟，然后再交换角色。互相采访之后，两人交流一下采访和被采访的感受：你更喜欢哪一个角色？

我们为什么写报道

　　报道听上去像个新闻名词，不那么浪漫也不那么令人神往，但是，我们完全可以写一篇浪漫的报道，一篇令人神往的报道，甚至是一篇发人深省的报道。

　　我当然不是指你在语言上要尽善尽美，或者只选择看到美好的一面。而是说，当你尽最大努力去真实地描述某人或某事，而被采访人又愿意和你讲真话时，你们会一起发现一些东西：一开始可能是不愉快的、丑陋的，但是越过这些表象，你们会看到一些真正美好的、永恒的东西。我们生活的世界不是完美的，问题到处都是，代代相随。但是，只要有两个人愿意一起来面对真实的生活，我们活着就有希望，就有更大的力量。

　　当我们还是婴儿时，我们对周围的世界和人都分外好奇。在成长的过程中，我们的好奇心似乎渐渐消失了，我们被圈在学校里，在那里，我们学的更多的是跟同学竞争，而不是去关爱同学——当然啦，老师总是教育我们要友爱团结，但是不得不承认，我们对自己的分数和排名的关心程度是第一位的。就这样，我们从大学毕业了，进入社会，我们希望共建和谐社会，但常常做的却是彼此争斗、互相伤害。

　　我们真的能彼此相爱，生活在和谐社会吗？我相信我们能，但是我们必须学习做一个虚心的学生。

写作回忆录是第一步。当我们自己得到释放，像一只自由鸟一样放声高歌时，我们就可以真正欣赏大自然的美妙，关心身边的人。我们会怀着更多的爱心来看身边的人。我们能觉察到每一个人心头都有伤痕，而这些伤痕是可以被疗愈的。

如果我们自己心里的伤痕可以通过写作得到疗愈，那么我们可以为身边的人做些什么呢？我们身边的人可能没有能力或者没有时间来写作，但是他们需要倾诉。如果我们能耐心地倾听他们，和他们一起悲伤一起欢乐，那也会给他们带来疗愈！

也许你从小就很幸运，同学和老师都非常爱你，你知道如何自然地与人建立起融洽的关系，相信你也能很自如地去采访别人。如果你没有那么幸运，人际关系对你来说一直是个挑战，那么采访人、写报道会给你一个机会，让你学习建立真诚的人际关系。

你可以采访一个人，就这个人或与他有关的事写一个深入的报道；你也可以采访不同的人，询问他们有关某人或某事的问题。你的报道可以以人为主，也可以以事为主，当然了，你只能采访人。对被采访人要有一个完全开放的心态，从他们的回答中去学习、去体会。如果有可能、有必要，你可以不止一次地采访他们。

以自由写作开始

让我们从自由写作开始。

以"谁是我感兴趣的人？"开头，自由写上 20 分钟，什么人都可以，一个真实的人、一尊雕像、死去的人，都可以。如果没人让你感兴趣，你也可以真实地表达自己的想法。

过一两天，再以"什么让我感兴趣？"开头，自由写上 20 分钟，让你的想象力自由飞翔，宇宙飞船、考古，什么都可以。

让你的兴趣歇上一两天，然后从任何一个你喜欢的人或喜欢的东西开始，自由写上 20 分钟。比如，你对某人一见钟情，你可以尽情描述对方有多么美好。

再过一两天，从任何一件深刻影响你却往往不那么愉快的事情开始，自由写上 20 分钟。比如，你患有的某种慢性病，你朋友遭遇的车祸。

这样自由写作一周，你对自己的兴趣很可能会有一个全新的认识，对自己的采访对象也会更加心中有数。

我们可以采访谁

我们可以采访谁呢？我们的同学、老师、同事、家人、街上卖艺的乐手、我们景仰的人、我们赞叹不绝的人、远在千里之外的人——都可以是我们的选择。唯一的要求就是我们真正对他们感兴趣，真心对他们有美好的祝愿，他们也同意被我们采访。

我在南加州大学学习创意写作时，采访了我的好朋友晓言。在晓言 18 岁时，她的妈妈因心脏病突发去世，后来晓言成了一名基督徒。我对晓言的信仰很感兴趣，于是采访了她。直至今天，我还是很感谢晓言跟我分享了她生命中那么宝贵的经历、那么深的痛苦和之后的平安。

我写完那篇报道后，常常会想起自己的妈妈。我的妈妈也是在 18 岁时突然失去了她的母亲。那时，39 岁的外婆在一个深夜突然去世，留下 8 个孩子，最小的才刚满月。我很少想过，外婆这样的猝然离世对妈妈来说意味着什么——我想当然地以为，因为她是我妈妈，她就能够承担一切痛苦。采访晓言时，我能充分感受到她在 18 岁失去妈妈时是多么震惊、多么痛苦，我开始理解为什么我妈妈常常欣慰地叹息：她现在再也没有什么遗憾了，因为她最小的孩子，就是我，都已经长大成人，独立了——妈妈不希望她的任何一个孩子经历她当年所经历的痛苦！

你看，写报道真的能让人以一种更深的方式彼此相连，你得到的收获很可能是你之前想都没有想到的。

2006 年秋，我采访了我回到中国后认识的朋友瑞萍。瑞萍嫁给了一位哥斯达黎加人——他们的爱情故事可真的是现实生活中的浪漫喜剧！他俩都不年轻了，在很多人看来，早都已经过了结婚的最佳年龄，而且他们是在网上认识的——网恋的风险多高啊！再说，中国和哥斯达黎加那时还没有建交，准新郎 Marco 历经周折才申请到来中国的签证。

令人激动的是，他们的爱情终成正果！2006 年 5 月，我有幸参加了他们的婚礼，见证了这一美丽浪漫的时刻，婚礼现场演奏的不是《婚礼进行曲》，而是《献给瑞萍》（*Para Ruiping*），是新郎 Marco 献给新娘瑞萍的爱情之歌。原来新郎不仅是电脑专家，还是作曲家呢！当我在婚礼现场听到这美丽动人的音乐，看到新娘走向新郎时，觉得自己就是在看一部最精彩的浪漫爱情片！

在人大校园采访瑞萍是我至今难忘的美好经历。瑞萍是那么诚恳，她告诉我，她有过令她心碎的故事，和 Marco 能走到一起，对他们两个人来说，是上天特别的安排。我感谢瑞萍能如此真实地和我分享她的故事。她的勇气和真诚至今还鼓励着我。瑞萍也很高兴她的故事能被我倾听并记录下来。

他们婚后几个月，中国和哥斯达黎加建交，后来，瑞萍也终于飞到了那个美丽的国家。

2018 年 3 月，我飞到了美丽的哥斯达黎加，担任哥斯达黎加大学孔子学院的中方院长。瑞萍和 Marco 带着两个可爱的女儿来机场接我。这真是人生的幸福时光啊！虽然我飞了将近三十个小时，但我的喜悦丝毫不减！

我在孔院工作期间，瑞萍也来到孔院教汉语，实现了她一直以来的心愿。Marco 在音乐和电脑方面都给了我很多的帮助。我还去看了他们两个女儿演出的音乐会——当年的浪漫爱情片已经演变成一部温馨家庭片！

2022 年 3 月我离任时，哥斯达黎加的疫情一浪高过一浪，又是瑞萍和 Marco 把我送上了回国的飞机。他们就是我在哥斯达黎加的家人。

瑞萍的故事像童话一样美好，而且真的发生了——当然，跨国婚姻是有很多挑战的，过日子都是不容易的——但是，真实的生活中就是有美好的事情发生。这就是非虚构创作的魅力所在。采访这样的朋友是多么幸福啊！

我们如何准备采访问题并进行采访

根据你的采访对象，你可能需要准备不同的问题，采用不同的采访方式。你可以通过电话或网络进行采访。如有可能，我鼓励你还是面谈，找一个咖啡馆或公园，一个被采访人和你都觉得舒服安全的地方。如果需要花钱，你要埋单表示谢意。如果你的采访对象可以接受录音采访，你可以录音；如果那样做反而不自然，那你就带上纸和笔，主要是认真地倾听，必要时记笔记，但你一定要记得，倾听和目光交流比记笔记更重要！因为首先你要听进去，而且要听到你心里去。

一般这样的采访需要两个小时左右。

我们应当准备怎样的问题并如何去采访他们呢？有一位学生在参加时装秀的时候认识了一位男生，后来听说他常有"一夜情"，她很想知道他为什么要这么做。她问这个男生那些女孩的情况，他说了；她问他是否孤单，他说不孤单。我的学生就茫然了，不知道该如何将采访进行下去。

我们在课上讨论了这个问题。的确，像一夜情和同性恋这样的话题是敏感话题，我们很好奇，很自然就将问题聚焦在我们感兴趣的事情上，而忽略了被采访者是一个全方位的人。还有，尽管对方愿意接受采访，他还是会有防范心理。

所以，我们要问自己：我为什么要做这个采访？我真的关心这位朋友吗？我看他是一个和我自己一样不完美的人，还是一个有不道德问题的怪人？如果你在内心把你的被采访人看成异类，那你就不能去采访他——你有你的局限性，你也要接纳自己。如果扪心自问后，你能真正尊重你的朋友，并真诚地希望听到他的心声，那么，你和被采访人心中就都会有充分的安全感，采访才有可能顺利进行。

如果我是这位学生，我在采访时首先会问一些很可能引向正面答案的问题，帮助我和被采访人建立起一种友好的、正向的关系。既然我们是在学校时装秀上认识的，我会首先表示对他的欣赏，这在男生中可不常见。我会问他是如何开始对做模特感兴趣的，做模特感觉如何，这个爱好和他将来的事业是否会有任何联系。

接下来，我可能会过渡到一些有可能导向正面也有可能导向负面的问题。我会问他小时候最喜欢做的事情是什么，他喜欢什么，不喜欢什么，他对女孩子印象如何，有没有童年的浪漫故事。

然后，我会将采访引导到一夜情上。我会问他一些开放性的问题，比如他是怎么开始的，他对这些女孩子感觉如何。我会让他说他想说的话，不管我们的采访有多艰难，也不管他的答案多么出乎我的意料。

在采访结束时，我会真诚地感谢他，并祝福他。

对以上的采访，我可能会准备以下这些问题：

（1）我很欣赏你在时装秀上的表演。你是怎么对做模特产生兴趣的？

（2）将来你想做什么工作？和时装模特会有关系吗？

（3）你小时候最喜欢做的事是什么？那时你最不喜欢的是什么？

（4）当你是小男孩时，你对小女孩感兴趣吗？经历过童年的浪漫故事吗？

（5）对你来说，一个完美的爱情故事是怎样的？有没有你很喜欢的爱情片？

（6）谢谢你对我的信任，愿意接受对"一夜情"这个话题的采访。你可以告诉我，这是怎样开始的吗？

（7）在这件事情上，你对自己感觉如何？你对那些女孩子感觉如何？

（8）你理想的生活是什么样的？你对事业和感情之间的关系是怎样看的？

（9）你觉得你生命中最特别的事情是什么？你自己有没有特别想说的话？

我当然不能保证我的问题就一定能在采访中派上用场，但问这些问题的目的是让我的朋友感受到我真的很尊重他，并且我衷心希望他的人生是最有价值的。

在现实生活中，我的学生怀着一颗真诚的心又进行了第二次采访，感到很满意，也得到了释放——并不是因为她找到了解决她朋友问题的答案，而是因为她学会了以诚意和尊重来面对她的朋友。

我们要再一次回到这个问题：我们为什么要采访人？因为我们想表达我们心里对他人的爱。我们不是在这里判断并分析他们说的到底是真话还是假话，表达得如何——我们在这里就是用心聆听，和他们一起欢乐，陪他们一起流泪。渐渐地，我们的朋友会越来越敞开心扉，因为他们能感受到我们的爱。

当两个人都能以坦诚的心来看待生活时，会发现真的没有过不去的坎，会发现生活总是有希望的——即便身处绝境，倘若有一个朋友愿意在这里全心全意地聆听你，也会给你带来安慰的。我们的采访目的不是要帮对方解决问题，而是以诚意和尊重让对方感受到生命的高贵和美善。

结束采访后，趁着记忆还清晰，尽快写下报道的一稿，可以用一个小时左右的时间，不必在意格式问题。

写完一稿后，可以和你的写作伙伴分享彼此的故事，怀着爱心来读对方的故事，彼此支持。当你作为读者来提建议时，请一定要看到对方故事的亮点，并且要提具体的建议。当你作为作者来聆听读者的回应时，希望你对读者从不同角度提出的不同意见要有开放的心。我相信这样的同伴工作坊一定能让你的修改更有动力！

Shirley 的写作过程和修改过程

我的学生 Shirley 写了一篇关于她姥姥的报道，以下是她的写作过程：

　　学期的一开始，Linda 告诉我们要采访一个人，写一篇报道，我当时就很激动，因为这可是我第一次做这样的事啊！有一些人的面孔开始在我的脑子里闪现，但那时我并没有想到我姥姥。

　　在我们真正开始进入采访阶段时，姥姥成了我的首选，我的心告诉我，她是我应当更多去了解并去写的那个人。我实在不能说我有多么爱她，因为我对她知道得太少了。但有无数声音告诉我，她是值得我去爱的，所以我决定去采访姥姥。

　　在开始采访前，姥姥问我为啥不去采访我的教授、大城市里的名人和成功人士，而是选择了她这样一个老太太。我告诉她因为我对她的人生很感兴趣，而且我很想知道她对过去和将来的真实想法。

　　在采访中，好几次我都想哭，但我知道如果我让眼泪流出来的话，姥姥就会有更多的眼泪流出来，所以我努力控制自己的情绪，试着开个玩笑，尽量笑着，姥姥也是。

　　结束采访后，我觉得自己这些年太对不起姥姥了。我小时候对她太冷淡了。我从来没有关心过她的感受。我总是想着我自己。在我们这次采访中，姥姥说起很多伤心的往事和痛苦的回忆，我想这可能会唤起她心中一些更深的伤痛让她更悲伤，我开始有点担心了。但是过了一会儿，我记得老师告诉我们当一个人把痛苦向另一个人倾诉时，痛苦就减轻了，而且另一个人的倾听能医治痛苦——于是我很高兴能成为姥姥的倾听者，帮助她走出痛苦的阴影。

我们接着再来看 Shirley 的修改过程：

　　我觉得我的同伴工作坊特别棒！我们不是把自己的故事写完扔给读者就走了，我们同时也是耐心仔细的读者。当我看到同伴的一稿时，我意识到自己一稿里的短处。我真不明白以前的老师为什么就没有让我们做这样的工作坊练习呢？我在工作坊特别开心。当我给同伴写建议时，我觉得自己是一个非常认真负责的老师，又是一个充满爱心的朋友——我非常努力地去理解他们的感受，从字里行间去揣摩他们的心理。当我们三个坐下来，在课堂上讨论故事时，我们一同笑翻了好几次，这说明我们真的很享受这样的工作坊，也的确把同伴当成可以信任的好朋友。

写这篇报道让我对姥姥有了更多了解，我开始爱她；也让我对同学更加了解，可以跟他们更深入地沟通。我希望将来能有这样的机会做和真实生活有关的工作。

我的同伴 Echo 给了我很多帮助，她建议我多描述我对姥姥的感情的转变，我觉得这很有必要。Snow 找了好几处语言方面的问题，帮我省了不少时间。不过，我觉得他们说了太多的优点，但不足之处说得太少了。我希望我们彼此更熟悉之后，不必太拘泥于礼貌，可以更具体地指出问题，对彼此有更直接的帮助。

我读了我同伴的回应，又读了我的一稿，几遍之后，我决定接受他们的建议，补充一些重要的部分。

我加上了采访前对姥姥的感受：我小时候和她在一起是多么别扭！这可以让读者看到这次采访和这篇报道对我的意义：现在的我，终于看到姥姥是多么需要我的爱和理解。采访不仅仅是一场谈话，记些笔记，然后写篇文章，它还是你和一个你真正感兴趣的人敞开心扉的沟通过程。我和姥姥谈到死、来生、恨和爱，我们谈到生活，怎么过我们的日子。这样的谈话在人的一生中可能都不会有很多次，但每一次都是珍贵的，是可以指引我们未来的方向的。

我答应姥姥等我写完报道后，会把故事翻译成中文，并且读给她听，因为她不识字。光是想象那样的场景都能让我又兴奋又紧张！我已经译了一半了，真是特别有意思。当姥姥听到她的小外孙女读姥姥自己的人生故事时，一定非常开心！

上周，我为姥姥买了一套大红的内衣裤。因为妈妈告诉我明年就是姥姥的本命年了，按传统她要穿红色。当我送给姥姥时，她非常开心，不停地说："谢谢，谢谢你，我的小姑娘！"看到她幸福的脸，我心里感到十分温暖。在我眼里，她不是一个有着悲惨身世的老太太，而是一个天真的小姑娘。我忍不住拥抱了她。

又及：我改了题目，没人给我提这个建议，但我自己读了这个故事后，觉得题目应该改成《一只小小鸟》。在我的眼里，我的姥姥是一只能飞得很高很高的小小鸟！

人物报道：《一只小小鸟》

你一定等不及了吧，现在，我们就一起来看《一只小小鸟》。

一只小小鸟

我的姥姥中等个儿，有一点点发福，总是穿着深色的衣服。这么多年来，我每想到她，她那一头银发，那双因干活而有些粗糙的大手，还有她那张总是挂着些许忧愁的脸，就会在我的脑海中出现。其实以前我对姥姥并不是很了解，因为我从小是由爷爷奶奶抚养长大的，而且一直住在离姥姥家很远的地方。一年当中，我只是在过节的时候和爸爸妈妈一起去看望姥姥。直到最近，我才知道她的全名叫王素兰；也是在不久前，我才从妈妈口中得知，姥姥今年七十二岁了。

小的时候我总觉得姥姥是个很严肃的人，因为我很难从她脸上找到笑容的影子。或许是因为我不常去她家，她每次见到我都对我格外热情，总让我觉得她把我当客人，这令我很不自在。说实话，小的时候我觉得跟姥姥很疏远。

在最近这几年里，爷爷奶奶还有姥爷都相继永远地离我而去了，我才渐渐地意识到姥姥在我人生中是个多么重要的角色。所以我经常去看望她，并且想了解更多关于她还有她生活的往事。

　　几个星期之前，我给姥姥打了个电话，非常兴奋地告诉她，我想采访她并且写篇关于她人生历程的文章。她起初被我的话吓了一跳，并且以"我的人生有啥值得写的啊"为由拒绝了我。但是我没有放弃，不停地劝说她老人家。最后她终于答应了。但是姥姥很严肃地警告我说："你知道，姥姥我可是个大文盲，你别对我期望太高啊。我要是让你失望了，你个小丫头可不许来找我哭啊！"

　　就这样，我们商量好接下来的那个星期六我去她家采访她。

　　在去姥姥家的路上，我心里很高兴，因为我要跟姥姥心贴心地聊天了，这可是我们人生中的第一次啊！但是与此同时，我心里也不停地在打鼓：姥姥会不会因为太过紧张害怕而什么都说不出来呢？脑子里想着这些，我迈进了姥姥家的大门。

　　姥姥早已准备好了我最喜欢吃的饺子，坐在木椅上等我呢！美美地吃下饺子后，我和姥姥舒舒服服地坐在她的床边，开始聊了起来。

　　姥姥出生在1935年，在家中的四个孩子中排行老三。生在旧社会，她深深地受了它的影响。她告诉我那个时候，她的父母根本就没有能力挣钱养活一家人，更别提送她去学校念书了。有一阵儿城里办了个扫盲班，但是姥姥因为买不起笔和本便没能去学习读书写字。

　　姥姥十五岁的时候，她爹妈再也养不起她了，于是她成了包办婚姻的受害者。更糟糕的是，她嫁的男人比她大六岁，是一个脾气很不好的孤儿——也就是我的姥爷。她一进门成了小媳妇，所有的家务活儿就全落到了她幼小的肩膀上。"我啊，我简直就是个奴隶。"她半开玩笑地说。她的丈夫不仅脾气很坏，还爱喝酒、打老婆。

　　事实上，她的丈夫还是个精神病患者。姥姥说姥爷去世前两年，行为变得极其异常，甚至到了有些危险的地步。他要么疯狂地把屋子里的家具砸坏，要么就毫无原因地辱骂邻居们，甚至有一次还动手打了我二姨，并把她从家里赶了出去。

"哦，他就是在那个时候被送进精神病医院的？"我问道。

"嗯，"姥姥接着说，"我们跟他说去看望亲戚，把他骗上了车，然后就直接去了精神病院。医生诊断他得了狂想症，精神分裂症的一种，他就被留在了医院接受进一步治疗。"

"他怎么会得那种病呢？姥爷年轻的时候难道不是好好的吗？"我继续问。

"哎，他从来就没有正常过。我嫁给他的那天起就知道他有毛病，但我还是跟这个疯老头过了几十年。这就是我的命呀！"她说着，望着自己的手，露出了一丝苦笑。

1976 年正是"文化大革命"的末尾，姥爷被判刑 20 年，因为他不停地给中央政府写信，表达他对当时一些政策的不满。直到吃了近 3 年的牢狱之苦后，姥爷才被释放出狱。

我问姥姥："姥爷在监狱的那段日子，您和孩子们是怎么挺过来的？"

姥姥紧紧地皱着眉头，沉默了好久才轻轻地说道："我们是怎么过来的？我们是怎么挺过来的？……"然后她看着我，说："街坊们都不跟我们说话，所有的邻居和亲戚都装作不认识我们，跟我们保持距离，断绝来往，因为他们不想惹上麻烦。那样的年代，我能理解他们。但是苦了我的孩子们，在学校被人看不起，被大家孤立。我们在大街上都抬不起头来……"

在她告诉我这些之前，我只知道妈妈一家在"文化大革命"中遇到了一些麻烦，但是我从未想到竟会是这么惨的遭遇。姥姥以颤抖的声音讲完这段苦涩的往事后，又低下了头，眼睛凝视着地板。过了一会儿，她又开口讲起来，似乎她没跟任何人说话，而是在跟自己述说往事。

"你姥爷以前做买卖经常特别晚才回家，每次他回来的时候我都已经睡下了。他才不在乎我累不累，马上叫醒我，让我去做饭。然后他喝醉了，要是在外面受了气，就拿我当出气筒。骂我，打我，身上、头上、脸上，逮着哪就往哪打。直到他七十岁他才不再打我了。哼！不是因为他可怜我，而是他打不动了。他死了，我没为他流一滴眼泪。我还觉得高兴呢。我觉得我终于解脱了，就像是一个从大狱里放出来的犯人。他死后我经常梦见他，全都是噩梦。哎！我就知道，就算是死了，这老头也不会让我活得安宁。"

我问姥姥恨不恨姥爷，她叹了口气，然后说："哪能不恨他呢?! 可这就是我命中注定的呀！我什么也改变不了。恨不恨他又有什么关系呢。这就是命!"我忽然明白，命运是姥姥唯一的信条。她用命运来解释她所有的痛苦，她用命运来安慰自己那颗受伤的心。

我在心里悄悄地问自己：如果我是姥姥，我会怎么做呢？我一定会被生活中巨大的压力和痛苦所击垮，或者更糟糕……我也许早就一死了之了。

是什么力量使得她——一个弱小的女人、一个受伤的妻子、一个无助的母亲，顶住那样的压力并活到了今天呢？难道她就从来没有过自杀的念头吗？我迫切地想要知道答案，但是"自杀"一词对像姥姥这样一个保守的人来说实在是太过敏感了。我应该不顾一切地去问个究竟，还是打消这个念头呢？我不知道该怎么办，我的思考陷入了僵局，我们的谈话被沉默包围。

姥姥聪明得很，她居然知道我脑子里在想些什么。她告诉我其实好几个人都曾问过她我正好奇的问题，她的答案是：我怎么会没想过去死呢？而且不止一次呢！

"那时候你姥爷还在狱里，一天夜里孩子们都睡着了。我就想把自己勒死算了。我拿出一根麻绳，一头绑上一个挺沉的枕头，在另一头系个圈然后套在了我的脖子上。我躺下，把枕头甩到床下。悄悄地等着阎王爷来接我。可是突然间，我的小女儿，也就是你妈妈开始大声哭起来，一边哭一边大声地叫'妈，妈妈！'。我一下子就把绳子从身上拿下去，把孩子紧紧地抱在怀里，哇哇地在夜里放声哭了大半天。"她又像刚才那样叹了口气，不同的是，这次叹得更长了。

我傻傻地听着，无言以对。

当时我的脑子里全都是她所描述的那些场景，它们是那么清晰，那么真实：她在众人面前低着头，不敢看别人的目光；她被丈夫无情地殴打；她在漆黑的夜里放声地哭泣……我的嗓子哽咽了，眼泪开始在眼眶里打转。

姥姥一看我要哭了，就笑了起来。她拍了拍我的肩膀，说："嗨，傻丫头！哭什么呀！那都是过去的事啦！你看姥姥现在不是挺好的吗！"

她告诉我她现在过得随心所欲，每天下午都跟几个老伙伴打麻将，而且现在也有时间种她最喜欢的蝴蝶花了。"你舅舅，姨妈，还有你妈妈都经常来看我。还有你呀，你不是来陪我聊天了嘛！我过得多好，一点儿都不孤单……"姥姥神采飞扬地说着，极力想要向我证明她对现在的生活是多么满意。我看得出来，姥姥所说的一切都是发自肺腑，我看见了她对生活的希望和热情。但是当我们都去忙各自的事情，把她一个人留在家里的时候，她就不会觉得孤单吗？我想这只有姥姥本人才知道答案。

"姥姥，您怕死吗？"我试探着问。

"不怕。死还离我远着呢！我的新生活才刚刚开始，我还没享受够呢！"她兴致勃勃地答道。

然后我问她对来生怎么看。

我说："要是人会有来世，您下辈子想当什么呀？"

"小鸟！"她想也没想就立刻答道。

　　"小鸟？为什么要当鸟呢？"我好奇地看着她。

　　姥姥笑着说："鸟多好呀！鸟会飞啊，想飞到哪就飞到哪。一扑扇翅膀就飞老远，多好呀！"她接着唱起了台湾歌手赵传那首脍炙人口的歌——《我是一只小小鸟》。

　　"我是一只小小小小鸟，我想要飞，飞呀飞得高……"一开始姥姥因为害羞，只是轻轻地唱，不知不觉改了歌词。我不由地开始和着她唱，她便放开了嗓子。我们祖孙俩大声地唱了起来。唱到结尾的时候，我们都哈哈地笑了。

　　到了下午我离开姥姥家的时候，她还是像往常一样把我送出门并陪我走上一段路，我好几次跟她说别送了回去吧，她都不停下脚步，硬是坚持再送送我。最后我停下来，转过身看着她。我跟姥姥说保证过几天还会来看她。她这才点点头，停下了脚步，跟我挥手再见。"天冷了，多穿衣服。照顾好自己啊！"她冲我喊。我点点头，然后我们就都转身向相反的方向走去。

　　转身的那一瞬间，我又好想哭。她小小的背影在那宽广却又空旷的大街上告诉我，她其实是多么孤单，她是多么需要有人陪伴，她是多么需要我。我想跑回去，紧紧地抱住她，告诉姥姥她是我心中最勇敢、最伟大的女人，告诉她我会陪伴她，跟她一起去面对生活中所有的困难和挑战。但是，我知道，那样做会使我们这两个内向的人都感到尴尬的……

　　曾有人说人生是一场战争。在我心中，我的姥姥不仅是人生的胜利者，还是个大英雄。

在 2007 年 5 月的作品朗读会上，Shirley 哭了，我也流泪了，很多在场的观众被故事深深地感动了。每次我读这篇报道，都会落泪。姥姥是一个真正的英雄！她的故事对我们每个人都是一个极大的激励——生活可以那样暗无天日，但是她最终依然是那只高高飞翔的小小鸟！

Shirley 在终稿中对一稿做了一些改动，使整个故事更加生动流畅，在整体上，她保留了一稿的框架。这和 Martin 回忆录的终稿很不一样。和回忆录相比，报道更加客观一些。回忆录的作者常常陷在自己痛苦的回忆中整理不出头绪，而报道的作者却往往能旁观者清。报道其实是采访人和被采访人共同创作出来的，从这个角度来说，的确是两人的智慧胜过一人。

但是，这并不是说采访人、写报道就很容易了。其实，Shirley 从学期一开始就在考虑这件事，而且她是一位非常敏感和善解人意的作者，这些都是她能写好这篇报道的原因。因为 Shirley 对姥姥有着真实的爱，所以这篇报道读起来非常自然且有感染力——哪里概述，哪里具体引用姥姥说的话，哪里停顿、反思——这些表面上看起来都用到了写作的技巧，但是我认为，Shirley 之所以能表达得这么好，关键是因为她对姥姥的爱，是这份爱让她知道姥姥的故事在哪里是最有分量的，是需要我们停下来深思的，而绝对不是套用了写作理论上的条条框框。另外，《一只小小鸟》的题目也表达了作者从心灵深处对姥姥最美好的祝愿，非常适合这个故事。

根据你的被采访人的不同情况，你的报道会有不同的风格。在 Shirley 的这篇报道里，她的姥姥走过了 72 年的艰难的人生道路，终于获得了心里的安宁，清楚地知道了自己想要什么。如果你采访的是一个年轻人，他很有可能还在寻找人生，还不清楚自己想要什么，那么，你的工作就是诚实地描述这种困惑，这同样是有价值的。

请永远保持一颗开放的心。当你在写一个人的时候，你是在写一个充满神秘的故事。千万不要以为你能够理解被采访人的一切，你看到的永远只是一部分。这会让我们清楚自己的局限性，更加尊重并爱护身边的人。

事件报道：《地震之后》

作为作者，我们不仅对人感兴趣，也会对我们生活的这个世界感兴趣。

近年来，中国发生了好几次大型的自然灾害，我们在电视上看到令人心碎的场面，看到战士们奋勇抢救生命，听到生命出现奇迹的故事。我们举国为在灾难中丧生的同胞默哀。

那么，作为作者，我们能做什么？请看我的学生媛媛在 2008 年 6 月写的《地震之后》。

地震之后

2008 年 5 月 12 日，下午 2：28，一场 8 级地震袭击了四川省汶川县。

2008 年 5 月 12 日，下午 2：28，我在上英国文学课，刁老师正在深入分析英国作家奥斯卡·王尔德的作品，同学们都在全神贯注地听讲。

2008 年 5 月 12 日，下午 2：28，我的手机响了。是我的妈妈。我随手就关掉了，根本没想到这是通信中断之前她能打出的最后一个电话。

下午 2：38，我的同学石川发来短信，"成都地震了"——我盯着手机屏幕，又看了一遍短信——地震？她真的是在说地震吗？

下午 2：50，我冲出了教室，分别拨打了爸爸妈妈的手机号码，拨了一遍又一遍，一直没有信号。"他们一定不会有事的。他们一定不会有事的。"我不停地告诉自己。

下午 3：27，爸爸从他的办公室给我打来电话，说妈妈和外婆正往他工厂里去，大家都很安全。我终于坐到了地板上，出了一口长气。

5 月 12 日午夜，我无法入睡，在黑暗中躺着，静静地等着成都的消息。所有和汶川及其附近地区的联系都被切断了。

5 月 13 日凌晨 1：23，我在半清醒状态中接到了妈妈的电话。他们还在广场上，好在都安全。

5 月 13 日早上 7 点，我生命中最长的一夜终于熬过去了，但是我知道，对很多人来说，噩梦才刚刚开始。成千上万的人在地震中丧生了，受伤了，失踪了。

地震以来这 12 天 20 小时 56 分，我一直密切关注着灾情。每次听到死亡人数的增加，我的心就疼痛；每次看到废墟、看到人们在那儿绝望地寻找着家人的时候，我的眼泪都会落下来；每次看到埋在水泥下的尸体时，我就埋怨上帝："如果是你赐予了我们这样一块丰饶之地，为什么你要毁灭它？"

我从来没有这样强烈地感觉到：我必须做点什么。很多人和我有同感。在这些日子里，我看到了那么多感人的场景，听到了那么多真诚的话，感受到了无数颗善良的心灵。人们都在竭尽全力地帮助受难者。

5 月 15 日晚 10：11，我接到了好朋友 Ray 打来的电话，他在澳大利亚上学期间休假回国，现在正在成都一家做电子产品的公司短期工作。

"昨天我去了汶川。"他的声音疲惫不堪，但这却是我听到的最令人激动的消息。我一下子从椅子上跳起来，马上决定把他的经历写下来，作为地震之后的一个真实记录——既是为地震中遇难者的哀悼，也是献给志愿者的一份礼物。他同意了。几秒钟的准备之后，我就迫不及待地开始了采访。

"你是怎么去那儿的？"

"哦，我开车去的。"他平静地说道，"昨天，我在办公室，在网上看地震的最新消息。当我看到最新的照片和消息时，突然有了一个想法：'为什么不去那儿做点实事呢？'所以我马上就叫了两个朋友，买了两千元的食物和别的救灾物资，昨晚 8 点就开车去了绵竹。那时候我们不知道我们还能去汶川。但是后来我们在绵竹遇到了一个私人车队，他们正在往汶川运送物资，所以我们就在午夜一起出发了。本来一个小时的车程我们开了将近 3 小时，后来还是在汶川附近的一个小镇停了下来。路已经封了，所以我们把车停在大坝上，决定走到汶川。我们走了几公里，然后又坐船坐了一小时，然后又走了几公里。因为昨天下过雨，路特别难走，我们花的时间就更长些。最后走到的时候，已经是早上 5 点了。"他说完了，声音里还带着一丝疲惫。

"情况怎么样？"我有点犹豫地问道，不太确定他或者我是否真的能承受可怕的灾难之后亲眼看见的那些痛苦场面。

"情况……情况很糟糕。我只能这么说。比我想的还要糟糕得多。"他的声音有一些颤抖，好像他还在现场。我在犹豫，我们的采访还要进行下去吗？但只是过了几秒钟，他又说话了，我听到他深深地吸了一口气，好像在竭力地控制着他的思想和感情："我们越往汶川走，情况就越糟糕。路越来越挤，越来越多的人从灾区涌出来，聚在临时搭建的简易棚屋里。有一些卡车被山上滚下来的岩石砸坏了。道路都是支离破碎的。最后我们停下来，都下了车。走出车门的一刹那，我完全呆住了。一开始我以为这趟旅途会是非常有价值、有意义的，在别人那么软弱绝望时能帮助他们是快乐的。但是，在走出车门的一刹那，所有这些乐观的感觉全部消失了。悲伤、恐惧、困惑、同情，没有语言能确切描述我那时候的感觉。当我听到令人心碎的哭喊，看到绝望的脸和令人恐惧的废墟时，我的眼泪忍不住流了下来。我们很多人哭了。没有一个声音会让你这样受伤，没有一个场景会这样震撼你的灵魂。"他的声音越来越弱，好像陷入了自己的回忆。

然后他继续说下去："完全混乱了。蒙着白布的尸体就随意地放在路边。到处都是人。有些人在死去的家人身边哭，有些人躺在简易棚里接受治疗，有些人在寻找失踪的家人。战士们迅速地搬运着救灾物资，分发给人们。很多人在收集大桶的水，准备送去汶川。整个地方的味道难闻极了。没有简易厕所，卫生条件特别差。又加上前一天下过雨，这个地方看上去就更不堪入目了。一开始我尽量屏住呼吸，可是后来，我不得不用外套的袖子捂住鼻子和嘴，因为我还要去给人们分发食品。但是后来，当我想到这些人明天、后天、下个星期甚至下个月都还得待在这个地方的时候，我把我的袖子放下了。"

他突然沉默了。我可以想象那些难闻的气味、撕心裂肺的哭喊和无助的脸，但我不能想象这些场景是如何捶打着他的心。

"其实，对我来说这是好的。"他继续说道，语气有了一丝变化，更坚定、更凝重了。

"好？你是说好？"我震惊了，也被他的话搞糊涂了。

"是的。至少，你还能感觉到人们的生命和那片土地的活力。你还能看到他们活着。但是在汶川，什么也没有，只有死亡。整个县城在废墟中，是灰暗的。很难想象这死寂的废墟在两天之前还是一个繁荣的、充满活力的县城。我在路上走的时候，两边都是废墟和简易棚，有些挖掘机轰鸣着把建筑物残骸里面的剩余物挖掘出来，有些营救队还在找幸存者、照顾抢救出来的人。在灰蒙蒙的天空下，城市如此安静，偶尔可以听到几声微弱的哭声，但是和我们去的第一个充满混乱和噪音的地方相比，这里真是太静了。这种恐怖的寂静让我感觉像死了一样，让我们每个人都在那里痛苦。但是谁也没有说话，我们就是默默地在那儿分发我们带去的东西。食物之前早就发完了，我们带去那儿的只剩下水。我走进一个简易棚里，给那儿的人们一瓶一瓶地发水。他们看上去都很焦虑很茫然，似乎还是不能相信这一切都是真的——现在的砖头和泥土就是他们以前的家。一个小孩在垫子上玩，她的妈妈坐在后面，脸上还挂着泪痕。她不停地央求身边的人帮忙找找她失踪的丈夫。小孩子不知道爸爸失踪了，还在拽妈妈的衣服，让妈妈和她一起玩。在简易棚的另一边，我注意到有一位老太太躺在地上，身下只有一床薄薄的毯子，她的头发是灰色的，凌晨的天气还是有点冷的，但她只穿了一件薄薄的衬衫和一条深色的裤子，光着脚躺在那里，一动不动。她跟别人不一样，总是朝着棚外看，盯着她面前的大楼的废墟。我很困惑，问护士这是怎么回事。护士说，老太太凝视的这片废墟的底下，埋着她的两个儿子。自从老太太被救出来之后，两天了，她就一直躺在那里，不哭，不说话，也不动。她一定是太悲痛了，这是她能哀悼她孩子的唯一方式。我跪在她身边，递给她一瓶水，她慢慢地伸出手来接。她是那么虚弱，手都在发抖。当她终于拿到水时，她看着我的眼睛，嘶哑地说了声"谢谢你"。她太憔悴了。从她疲惫的眼睛里，我看出她严重缺乏睡眠，我能想象她一直躺在这里，每时每刻都盼着儿子出来，只要一有动静，她马上会坐起来，仔细地查看。当她知道不是她儿子时，她会再躺下，继续等待。我想说点什么来安慰她或者鼓励她，但是我什么也没说。在这样的时刻，说什么都是苍白无力的。我默默地离开了。"

我们都陷入了沉默。他的话在我脑子里不断重复——荒凉的废墟，老太太虚弱孤单的身影，还有人们空洞迷茫的眼神。

几秒钟之后，他继续说道："今天早上大约 11 点，我们回来了。在回来的路上，谁也没说话。我们直接就开回来了。没有语言能表达我们当时的感受。回到家里，我无法入睡。所有的废墟、哭喊和一张张脸都已经刻在了我的脑海中。我一闭上眼睛，他们就在我眼前浮现，那么真实，活生生的，令人窒息。所以我给你打了电话。"他长出了一口气，好像重担终于从肩上卸下了一样。"现在我感觉好多了。我可以去睡觉了。"

"谢谢你跟我分享这一切。"我在电话这头微笑了。

"我们是好朋友，对吧？"他也笑了。但是突然，他的语气又变了，有点严肃起来："我和你分享，因为不是每个人都值得我和他们分享。这次旅途中我实在看到了很多，听到了很多，也学到了很多。当我们看到同样的灾情时，人们的反应很不一样。有些人笑话一个老头说，唐山大地震和这次地震他都躲过了，但是上一次死了爹，这一次死了儿子。有些人认为地震跟他们无关，完全把这件事置于他们的生活之外。有些人觉得自己比别人更重要，应该优先得到照顾。有些人牺牲自己去救别人。对其中一些人，我真的很愤怒，虽然我自己也不是那种舍身救人的英雄。但是这场灾难教会了我一样东西，那就是学会珍惜，珍惜你的家庭、你的朋友、你现在拥有的一切。这一切可能随时都会从你身边消失。所以，要慷慨，要感恩。不要把任何事看成是理所应当的。"

　　5月15日午夜，我们结束了谈话。当我关上电话时，我坐在黑暗里，又想起他说的话。在可怕灾难的表面下到底隐藏着什么？是一次毁灭还是一次机会？生活总是美好的，但我们却常常忽略生活的美，盲目地走自己的路。有些时候我们需要一些事情提醒我们。这次地震给了我们一个最好的机会停下来思考。

　　5月16日晚10点，当我放飞孔明灯时，我愿天下人都平安幸福。

　　我还记得，在2008年春季那个学期，我们刚刚开始准备写报道，汶川大地震发生了，我们都非常悲哀，教室里非常安静。我的学生们觉得他们再也没有心情去采访任何人了，特别是从四川来的学生，于是我问了他们一个问题：

　　"除了战士、医生和护士，谁是第一时间赶到灾区的？"

　　"记者。"他们说。

　　"那你们为什么不能做那样的记者呢？"

　　媛媛勇敢地接受了这个挑战，而且成功了。当她在课上朗读一稿时，她的故事抓住了每个人的心：每一分钟都是重要的！后来她的终稿没有大的改动。因为故事本身的主题是如此集中，所有强烈的感情都得到了充分、自然的表达，而媛媛从恐惧、痛苦走到平安、感恩的情感变化也是那么真实、深刻。

　　我相信你一定读过其他关于汶川大地震的报道。对我来说，媛媛的这篇报道是最特别的。因为我认识并了解媛媛，她是一位富有才华和激情的作者，她采访的又是一位她所信任的好朋友，他们俩都对灾区有着那样深切的爱心——所有这一切，使得这一篇报道在我的心目中有了特别重的分量。

现在，你可以做一名独特的记者，告诉我们一个只有你才能讲述的故事。我们很多人曾梦想过成为一名记者，是不是？也许你通过采访朋友和写报道，真的爱上了这一行呢！

来自哥斯达黎加的报道

2018 年 3 月，我的人生开启了一个全新的篇章：我来到了世界上最幸福的国家之一——哥斯达黎加，在哥斯达黎加大学孔子学院担任中方院长。

哥斯达黎加常年气温在 15～25 摄氏度，一年分干湿两季，是典型的热带雨林气候，旅游资源丰富，有大海有森林有火山。哥斯达黎加人民非常友善，他们最喜欢说的一句话就是"¡Pura vida!"，意思就是"幸福生活"。在这样幸福的国家工作和生活，岂不是最幸福的人生？

幸福是真实的，但对我们全体中方老师和志愿者来说，挑战也是真实的：孔院不只是教汉语的学院，更是开展各种有创意的中外合作和交流的平台，我们如何在这方面有所突破？

2018 年 4 月，为了激发大家的创意教学能力和沟通能力，我为全体中方老师和志愿者开设了汉语创意写作工坊。我们从孔院窗外一棵郁郁葱葱的大树开始自由写作，然后每个人开始写自己的回忆录。志愿者思萌曾经是那个可爱的采茶小姑娘，陈黄超老师曾经是那个宁可走长路也要把坐公共汽车的每一分钱都省下来的小学生，志愿者姜旭曾经是那个对人性有深刻洞察力的中学生……大家朗读各自的童年故事时，我们仿佛看到了每个人一路走来，一直到我们此刻在哥斯达黎加大学孔院成为同事——这种感觉真的好神奇！负责孔院高级班汉语教学的周微老师，更是通过这样的创意写作工坊找到了灵感，教学热情和写作热情一发不可收拾：周老师的得意门生保罗同学在当年荣获了"汉语桥"世界大学生中文比赛二等奖，创造了哥斯达黎加奇迹。

下面，就让我们一起来看周微老师写的人物报道《保罗：为促进中哥友好关系而努力》，发表于《人民日报》（海外版）2018年8月17日第9版。

保罗：为促进中哥友好关系而努力

周 微

2018年7月，保罗（右一）进入第十七届"汉语桥"
世界大学生中文比赛美洲组前三名

日前，以"天下一家"为主题的第十七届"汉语桥"世界大学生中文比赛在长沙落幕。来自哥斯达黎加大学孔子学院的保罗表现出色，获得了本届"汉语桥"比赛的二等奖，创造了哥斯达黎加选手自参加"汉语桥"比赛以来的最好成绩。

这位高大帅气的汉语"学霸"，为人谦和、彬彬有礼，不但汉语说得好，舞也跳得出神入化。更重要的是他胸怀大志：从来到孔院汉语高级班的那一刻起，就立下宏愿，要做一名促进中哥友好关系的哥斯达黎加驻华大使。

我还记得保罗第一次来孔院上高级汉语班时的情景。那是2016年8月一个星期二的晚上，也是我到哥斯达黎加孔院工作的第一年，身高1.92米的保罗，让人感到很亲切。保罗自我介绍说："我平时喜欢唱歌、跳舞和踢足球，而且喜欢穿衬衫和西裤，因为我学的是经济和法律专业，穿着正式比较符合我的专业气质。我在中国学了一年汉语，从一句中文都不会说到现在可以跟中国人自由交谈，不过，我对中国的历史和文化还不太了解，需要进一步学习。"

学习仅一年，保罗的汉语说得如此地道流利，这让我吃了一惊。说到学汉语的原因，保罗说："一是喜欢汉语和中国文化；二是有一个梦想，那就是有一天可以做哥斯达黎加驻华大使，架起中国和哥斯达黎加友谊的桥梁。"当时，我想："小伙子口气不小嘛！"正所谓："听其言，观其行。"在之后学习汉语的日子里，他果然一步一个脚印地往前走，为了自己的梦想踏实努力。

2018年5月，保罗报名参加第十七届"汉语桥"世界大学生中文比赛。在哥斯达黎加赛区预赛中，擅长演讲和表演的保罗在老师的指导下，很好地阐释了他个人对"天下一家"的看法并展示了自己在表演上的天赋。演讲中他提到了动荡不安的世界局势，描述了他去中国留学学习汉语而结交的中国朋友，以及通过汉语这座桥收获的情谊，从而阐述了"天下一家"不只是美好愿景，更可以通过每一个人的努力而实现。

最终，保罗凭借精彩的表现获得了哥斯达黎加赛区的冠军，成功地拿到了去长沙参加总决赛的入场券。

接下来，保罗为去长沙参加比赛开始了紧锣密鼓的准备。"老师，我通过了过桥比赛，进了决赛！""老师，我进入了15强！"——从晋级30强到晋级15强，保罗不断刷新历史，听到消息时我的那种兴奋、喜悦之情，真是"千言万语也难以表达"。

7月27日，"汉语桥"第八场比赛的竞争异常激烈，保罗最终未能晋级全球5强。但他说："我很荣幸代表哥斯达黎加走了这么远。"

保罗虽未获得这届比赛的冠军，但他通过参加"汉语桥"比赛，收获了丰富的知识和深厚的友谊，为实现他的梦想又迈出了一步。

两年多来，我一直担任哥斯达黎加大学孔院汉语高级班的老师，能够遇到像保罗这么优秀的学生，我感到非常幸运。我看到他在汉语学习中的每一个进步，看到他在"汉语桥"比赛中收获成功，看到他能通过汉语展示自己的才华……我由衷地为他感到高兴和骄傲。这也许就是作为一名对外汉语教师最大的快乐吧。

明年2月我将离任回国。但我相信保罗对中文的热爱会一直保持下去，也祝福他实现梦想！

（寄自哥斯达黎加）

周微老师的这篇报道，综合了她对保罗的回忆和现场的采访，饱含着热情，写得真实、生动。看过以后，相信你也一定记住了保罗这位出色的哥斯达黎加帅小伙！也许未来的某一天，保罗真的实现了他的梦想，成为哥斯达黎加驻中国大使呢！也许你还有机会在北京见到他呢！

接下来，我们来看另一篇来自哥斯达黎加的报道《教与学"非凡之旅"上的里程碑》，这是《中国日报》记者赵睿楠对我的采访报道，发表于《中国日报》2021年6月21日第10版。在这里，你会看到我和老师们遇到的又一大难题：我们不会说当地的语言——西班牙语。我们是怎样应对这个挑战的呢？

教与学"非凡之旅"上的里程碑

赵睿楠

李华（右一）在哥斯达黎加圣何塞的中文创意写作
课上指导她的学生们

2018 年，当李华刚到哥斯达黎加的时候，她基本还不会说西班牙语，她只知道说 hola，意思是你好。

三年后，她计划把她在哥斯达黎加大学担任孔子学院中方院长的故事记录下来——用西班牙语。

"如果你想要人们理解你，你就必须说他们的语言。"李华说。当她鼓励孔院的中方老师一起学西语的时候，她就这么告诉他们。

但即便是对李华这样能说汉语、英语和法语三门语言的人来说，学一门新的语言也不是容易的事。

"西语的语法比英语和法语都要更加复杂，因为西语传承了古希伯来语、古希腊语和拉丁语的语法特点。"她说。

"所以学西语对我和这儿的中方老师都是一个很大的挑战。"

李华和老师们通过教材学西语，也通过和当地人、学生互动来学西语。随着他们西语的进步，李华发现这对他们教汉语有了很大的帮助。

"有一位老师想到，可以请学生们在课堂上用汉语解释西语语法，来帮助大家更好地理解汉语，甚至还能更好地理解他们的母语西语。"她说。

"有趣的是，这种'我也在教我的老师学习我的语言'的感觉也提升了学生们对学习汉语和沟通的热情。

"语言学习是一个彼此交流的过程。从这个意义上来说，我不仅是一名汉语老师，也是一名学生：我从我的学生们身上学到了很多。"

李华发现，和当地学生的互相交流给她打开了一扇窗户，让她以一种不同的视角去看待中国文化和西方文化。

有一次在课上，李华很惊讶地听到一位哥斯达黎加学生在课堂报告中说到，中国古代的著名诗人李白，一生结过四次婚。

"在学生告诉我之前，我从来没有想过李白的浪漫史，"她说，"那个时刻给我一个启示：哥斯达黎加学生经常会以一种浪漫的方式去看待一种文化。这可能是我们在学母语时常常忽略的一个视角。"

李华之前在中国人民大学教英语创意写作，也曾在哥斯达黎加教创意写作课，不过是用汉语。

学生受到鼓励

在 2018 和 2019 年，她鼓励很多学生"从心里"来写作，她说。尽管学生的词汇和短语都很简单，但是深埋于他们心中的情感却可以浮出水面，从这些故事中流淌出来。

李华记得有一位哥斯达黎加华裔女生写了这样一个故事：她小时候特别想学骑自行车，但是父母都太忙了，没有时间教她。在小女孩眼里，父母从醒过来就在干活，没有一小时的空闲。所以她决定自己来学，每天，她都坐在自行车座上，一只手扶着墙保持平衡，然后一点一点地往前挪。不知道摔了多少次，但最终，她学会骑自行车了。

"像这样的故事就会把你带进学生们的世界，马上让我们在情感上产生共鸣。"李华说。

自从哥斯达黎加2020年初开始新冠肺炎疫情，创意写作课就暂停了，李华希望能尽快恢复。

李华说她在哥斯达黎加这三年来的经历是"一次非凡之旅"。

"我觉得这些年的经历真是特别精彩。我们想在孔子学院做的不仅是教汉语，还要从心里和学生交流。语言是连接人们心灵的桥梁，让不同的文化可以彼此融合。"

亲爱的朋友，看了这篇报道之后，相信你对我们在哥斯达黎加的工作一定有了更多的"看见"。我特别高兴的是，报道中提到的这本书，也终于在我离任之前在哥斯达黎加出版了，书名就叫《哥大孔院幸福之路》，是我和孔院的三位中方老师一起用汉西双语创作的。这真的是我们这次"非凡之旅"中的一个里程碑！

有趣的是，在2023年上映的动画片《长安三万里》中，我终于看到了诗人李白的浪漫史：果然，李白结了不止一次婚。当我看到李白在婚姻里的无奈，我忽然觉得李白更亲切了：他是一个天才的诗人，也是一个有血有肉的凡人。我忍不住又想起了我的哥斯达黎加学生：谢谢你让我看到一个更真实的李白！

很巧的是，采访我的记者赵睿楠，毕业于中国人民大学新闻学院，她说她还买了《写出心灵深处的故事》第一版，觉得非常受用呢！所以，我在接受采访的时候，觉得非常自在，就像和老朋友在聊天一样。

睿楠说，她特别被我的热情感染。希望这篇报道也让你感受到我对孔院的满腔热情！也许有一天，你也会去海外的孔子学院教汉语，成为一名传播中国文化的民间大使呢！

当报道成为回忆录：《稚心震影》

2022年秋季学期，我在线上给同学们上创意写作课时，读到了焦子悦同学写的2008年地震回忆录。我的心为之一震：当年的报道已经成了今天的回忆录！14年过去了，留在孩子心里的，会是什么样的记忆呢？

现在，就让我们一起来看子悦的回忆录《稚心震影》。

稚心震影

我记得五岁的夏天，2008年大地震后那个漫长又快活的夏天。

爸爸的幺妹——我的小孃孃在北川遇难了，一起遇难的还有她的儿子——我的小堂哥。听到他们的噩耗，我开始号啕大哭，但我的眼泪里没有痛苦，很快就干了。我的父母沉浸在失去亲人的悲伤中；无忧无虑的我，却开启了童年最快乐的时光。

我们家在绵阳。因为害怕余震，我们不敢住楼房，只能住帐篷。帐篷搭在妈妈的学校里。大人搬来学生宿舍的铁床，搭上厚大的塑料布，用钉子固定。四川的夏天潮湿闷热，暴雨如注。雨水在平整的塑料布上聚集，形成一个个小水池，我从塑料布下面往上推，水就哗哗地飞流下来——这是我的小爱好。有时候半夜醒来看见大人们也在这样做，但他们在排水，积水太重会导致塑料布移位，甚至被撕裂。不管怎样，帐篷给了我们一方安全的庇护所：家人彼此守护在一起，天花板不会砸下来，不再有人受伤，亲人不再分离。在帐篷里，每个人泪中都含着笑。

那个夏天常常炎热高温，蝉总在树影中嘶鸣，人们在树下聚集，低头静默，哀悼死去的亲人。里面有一位叔叔，神情极为虔诚，他肃立不语，满眼悲伤，也不出一口大气，非常可怕。有几次我也和他们一起哀悼，但我总巴望着三分钟走得快些，我好去溜冰，或者骑自行车。在那个夏天，我们一大群小孩，却只有一辆自行车。我们整天地骑，夏天过去，自行车也坏了，不过好在所有人都顺利学会了。除此以外，我还穿烂了八双凉鞋。但要怪就怪假期太漫长——暑假因为地震提前了一个月，父母要照顾从四处来避难的亲戚，没有闲暇来管我，这才让我无拘无束。

大堂哥一家从北川过来投奔我们。大堂哥地震当晚从废墟中爬出来，和父母连夜赶到我们这里。我常常跟玩伴们讲述他的英雄事迹：灾难降临的时候，跑在他前面和后面的同学都遇难了，他奇迹般地活了下来，虽然后背被掉下来的砖头砸伤了。我为大堂哥感到骄傲，以至于每次讲起这个故事，我都觉得自己也沾了光。大堂哥是个很内向的人，地震后，他变得更安静了。

十岁的大堂哥逃出来了，可是，和我更亲近的小堂哥，却再也见不到了。小堂哥只比我大两岁，以前我们常在一起玩，我们喜欢扮演猫和老鼠，他皮肤白皙，瘦瘦小小的，跑起来又轻又快，机敏得就像杰瑞鼠一样。他会找来一块小手帕当作杰瑞的尾巴，而我会扮演憨厚的汤姆猫，去揪他的"尾巴"，但每次他都能巧妙地避开我。有时我怎么也抓不到他，急得哭起来。他脾气很温和，从来不气不恼，他会模仿杰瑞鼠跳芭蕾的样子，逗我笑得前仰后合——他是我最好的小哥哥，我们一起玩耍多么快乐！可是他再也回不来了……

地震后每一年过春节，都冷清了许多。时间一年一年过去，大人们总是感慨着，"要是幺妹还在，该多热闹啊。"又说起小堂哥："现在小玉儿都长成大小伙了""他该上大学了吧"。听他们这么说，我也会猜想，小堂哥现在该是什么样呢？会不会变得又高又壮？那得多惊人！我们情愿相信他们只是在地震中失忆了，不能和我们团聚，他们一定被新的家人爱着，甚至有一天，他们还会平安归

2008 年春天，小孃孃、小堂哥和子悦在老家爬山踏青

来⋯⋯

2008 年暑假结束我就上小学了，新生活让我暂时抛却了关于地震的记忆。但随着时间流淌，那些记忆却逐渐清晰，变得更加真实可感了。长大了才知道，大人们度过了怎样残酷的一个夏天。地震是笼罩我亲人们多年的深夜梦魇，是不时刺痛他们的永恒伤疤——我很幸运，在黑暗的灾难时刻年纪尚幼，免受了精神的摧残，从未感到极度恐惧和不安，更不懂得失去一切的绝望。地震改变了我亲人们的人生轨迹，他们搬去了新家，找了新工作，组建了新的家庭⋯⋯而我逐渐长大，懂得了世事无常，才知道他们多么顽强勇敢！时间抚平了他们的伤痛，而我的心灵却出现愈来愈深的裂痕，不知何时才能愈合⋯⋯

我特别感动的是，在回忆录的最后，子悦和我们分享了她和小堂哥、小孃孃的合影。在照片中，小孃孃搂着她和小堂哥，两个小孩就像亲兄妹一样：这美好的一幕在我们的心里定格了。

我还记得，2008 年，我的学生媛媛在教室里朗读她写的报道《地震之后》时，是怎样深深震动了我们每一个人的心。而现在，子悦的回忆录又一次让我们的心为之震动：2008 年的夏天，对童年的子悦来说是一个漫长又快活的夏天；对长大的子悦来说，却是一个深深的裂痕⋯⋯对我们每一个从 2008 年走过来的人，无论是否在地震现场，我们都不能忘记那样深重的痛苦，我们要珍惜每一个平安度过的日子，爱护身边每一个亲人、朋友和路人。

回忆录就是一个现在的我对过去的我的访谈，一个成年的我对童年的我和童年往事的报道。无论是地震当年我们写下的报道，还是多年后我们回忆往事写下的回忆录，地震的故事都会永远刻在我们的心上，让我们永远记住曾经拥有的美好，让我们珍惜身边的每一个生命。

我相信，我们用心写下的报道，有一天会成为我们最宝贵的回忆录。

第八章
想象力写作

本章指南

热身练习 10 年以后再重逢

两两自由组合，想象一下，10 年以后，你们俩突然意外地重逢了！你们会有什么变化呢？你们会说什么、做什么呢？请即兴表演 3 分钟。

我们还能想象吗

在我们不识字的时候，也许我们的父母会在临睡之前给我们讲个故事。我们上小学后，可以自己读《安徒生童话》、《格林童话》、各种民间传说，然后是科幻小说、武侠小说，读得不亦乐乎。那时候的我们，还可以常常沉浸在想象的王国里。

但是，随着我们日渐长大，升学的压力、工作的压力、生活的压力接踵而至，我们似乎再也没有想象力了，我们陷入了所谓真实的世界里，日复一日，年复一年，压力不断，但是真实的欢笑和幸福却越来越少。

我们出了什么问题？我们努力想把日子过好，不去"空想"，我们这么拼命，为什么还不幸福？

也许我们应当给自己留出想象的空间。

你有没有想过你可以给自己放 10 分钟的"黄金假期"？在这 10 分钟的黄金假期里，你可以有绝对的自由和快乐，无论是在校园、在公园、在海边——在一个真实的环境里，还是在一个想象出来的环境里。你想试试吗？

找一个你喜欢的地方，尽量什么也不要带，除了回家的钥匙。把一切烦恼都抛在脑后。如果你正面临毕业，担心找不到好工作，那就想象你已经找到了最好的工作，正在享受成功的喜悦；如果你担心将来碰不到一位合适的爱人，那就想象你已经遇见了这样一位爱人，你的爱人希望你尽情享受这 10 分钟的美好假期，还等着你来分享呢；如果你为以前情感上的挫折而痛苦，那就想象有一天，每个人都会看到你的心灵有多么美好，以往所有的眼泪都会成为最终的祝福。总之，无论是过去的、现在的还是将来的事，都不能让你忧愁。

走在路上，放松你的肩膀，有意识地放慢脚步，体会你的呼吸，看看树，看看草，就像你第一次看到它们一样，如果看到小鸟仿佛要跟你说话，你可以和它打个招呼。如果在路上想到任何人，就只去回忆你们在一起的美好时光；如果想到任何伤痛时光，就想象这样的伤痛会得到医治，你会变得更加成熟美好。总之，这 10 分钟是完完全全为了给你带来益处，让你的身体和心灵完全放松、欢畅。

然后回来，坐到桌前，感觉是不是不一样了？有什么东西被改变了？重担似乎被卸下一部分，我们开始感觉到些许自由，甚至欢乐。

原来我还可以有 10 分钟的自由！

主题一：如果我能拥有完美的一天

在《相约星期二》里，快要去世的莫里和他的学生米奇分享了他想象中完美的一天：在林中散步，然后游泳，吃面条，和可爱的舞伴们跳舞，跳累了，最后，美美地睡上一觉。这些事情都很简单、很真实，却让我们感动得落泪——因为生命的实质就是如此简单而又美好！

如果你能拥有完美的一天，这一天会是怎样的？也许你在现实生活中一直盼着这一天的到来，也许这完全就是你的幻想。让你的心带上你去自由遨游吧！

如果你愿意，可以写一首诗，不用担心是否押韵，只要有愿意写诗的心就行。

你可以给自己一小时来写。

写完之后，让我们一起看看我的学生雯雯写的故事——《如果我能拥有完美的一天》。

如果我能拥有完美的一天

我总觉得感恩之心是每个人都应该有的美德。只要你有感恩的心，生活就不会那么难，就会更幸福、更平安。每天我都会对上帝说一声谢谢你，因为我还活着。但是，在我心灵深处，有一个伤痕却总是难以愈合，那就是我的爷爷突然去世留下的伤痕。

爷爷在 2002 年 11 月 20 日因心脏病去世了。他走得那么突然，没有人在他身边，他死在街上。当我听说他去世的消息时，我震惊了，我实在不能相信他已经死了。我相信我能把他唤醒，因为我是他最钟爱的小孙女。但是，我知道那只是一个梦。

如果我能拥有完美的一天，我只想对上帝说："请把我的爷爷还给我。"

我会很早起来，尽快洗脸刷牙。爷爷 7 点钟就要出去晨练，所以我必须在 6：30 之前到他家。我会把前一天为他做的馒头给他带上。爷爷是山东人，爱吃馒头。到爷爷家里后，我会把早餐递给爷爷，然后看着他吃。确切地说，在爷爷吃早餐的时候，我会目不转睛地注视着爷爷，我想记住他的脸，我想记住他皮肤的颜色，我想记住他的眼睛、他的鼻子、他的嘴巴和他脸上的每一根线条。他看到馒头一定会开心地笑起来。不管我送什么礼物给他，他都是心满意足、喜笑颜开的。

吃完早餐后，爷爷会出去晨练。我会目送他，直到他的背影消失为止。我想记住他的背影。他出去后，我会帮他收拾房间，给他洗衣服。他总是不让我做那些累人的活，所以我会悄悄地干，不让他知道。他总是会在 8 点回来，所以我必须在 8 点前结束打扫卫生和洗衣服的工作，然后我就去大院里等他。太阳在空中照耀，小鸟在歌唱，温暖而宜人的一天。多么完美的一天！我是多么幸福而又幸运的小孙女！

爷爷喜欢读书、讲故事。他总是想跟我讲他妈妈的故事和他在战乱年代里看到的那些故事，但是我总是觉得很烦，不能集中注意力来听他讲故事。如果我有完美的一天，爷爷晨练回来后，我会坐在他身边，听他讲他的故事。我还会给他剥一些水果，是我给他买的水果。我以前从来没有给爷爷买过水果，但是在这一天，我要给爷爷剥一个我买的橘子，也要给自己剥一个橘子。我小的时候特别爱吃橘子。在爷爷的心目中，我总是那个抓着一个橘子的小姑娘，笑得那么开心。我还要给我们俩剥几根香蕉。爷爷常常给我买香蕉，因为他觉得这对我身体好。尽管我不喜欢吃香蕉，可是，今天我要和爷爷一起吃。

时间过得真快。10点钟了。我们要做午饭了，我们要一起做。吃什么呢？当然是饺子！这是我们俩最喜欢吃的。爷爷和面，我弄饺子馅。我们要在厨房里包饺子，在那里，我们有过那么多美好的回忆。爷爷总是喜欢给我包饺子，然后看着我吃，如果我吃得多，他就会很高兴。但是今天，我们要一起包饺子、吃饺子，互相看着，聊着天。这是天底下最好吃的饺子！

午饭之后爷爷会睡个午觉。我会为他铺好床，看着他睡下，睡着，看着他睡。我希望他能睡一个很香甜的午觉。他总是在听收音机的时候，不知不觉地就在椅子里睡着了，醒过来的时候，他总是头痛或者背痛。但是今天，我可以看着他在我铺好的床上睡着。我是多么幸福啊！

爷爷总是会在下午1点醒过来。那时候我会为他准备好毛巾和水让他洗脸。午觉睡醒后，他喜欢读报纸。我就给他买好当天的报纸和他一起读。他常常告诉我要博览群书。看，爷爷，我正在读报呢！读完报纸后，我会给爷爷读一篇作文，是一篇我写的作文，一篇老师和同学都夸奖的作文。上小学和中学时，我的作文总是被老师表扬，爷爷很自豪，因为他的小孙女是这样有天分！

然后我们做什么呢？走路，沿着街道、小河，走遍我们小镇的每一个角落。爷爷是一个精力充沛的老人，走路是他最喜欢的活动。我真不明白他为什么这么喜欢走路。他走路的时候会把回家的事都给忘了。他甚至死在了路上。所以，尽管我讨厌走路，只要爷爷高兴，我就要跟着他走。我要用我打工挣的钱给他买他喜欢的东西；我要告诉爷爷，我现在能挣钱了。我知道他并不关心钱，但是他关心我，他希望看着我长大成人，独立生活。我们会在外面吃晚饭，会在一个餐馆里吃面条。几年前我请爷爷在这家餐馆吃过面条，后来奶奶告诉我说，爷爷那晚高兴得一晚上都没睡着。所以，今天，我们要再来这里，一起吃面条。

我们可不能回来晚了，因为爷爷喜欢看电视。他喜欢看我们的地方戏。这是老辈人喜欢、年轻人不感兴趣的东西。但是今天，只要爷爷高兴，我要坐在他身边和他一起看电视，和他一起欢乐。

爷爷睡得早，他总说早睡早起身体好。小时候我听爷爷这么说，总觉得爷爷是最聪明的人，当然现在我知道这是流传已久的说法了。我会给爷爷准备水和毛巾，也会给自己准备好。我是个夜猫子，但是今天，我要和爷爷一起睡下，我会躺在他身边，把我的右手放在他的胸膛上，来感觉他的心跳。我小时候常常和爷爷一起睡，但是长大了就不再一起睡了。爷爷和一个已经长成年轻姑娘的孙女怎么能睡在一张床上呢？但是今天，谁还在乎这个呢？他是我的爷爷，我最亲爱的爷爷；我是他的孙女，他最钟爱的孙女。我们属于彼此，谁也不能把我们分开。我们会说一会儿话，直到他睡着为止。但是我，整个晚上都不会睡着。我会一直醒着，回忆着这一天，在心中默念我说了多少遍的"爷爷，我爱你。"——在这一天的每一个小时、每一分钟、每一秒钟，我都在默默地说："爷爷，我爱你。"

雯雯的故事是在我们期中考试的课堂上写的，如此深情、质朴，一气呵成，让我们感受到她对爷爷最真挚最纯洁的爱。在这一天里，从早到晚，每一个钟点的每一个安排都是那么自然、那么美好，实在是太完美了，尤其是最后的彻夜无眠和心中默念。我相信，雯雯的心一定得到了极大的安慰。

雯雯的故事让我看到，真正的爱是完全放下自己的喜好，和爷爷一起做爷爷喜欢做的事；真正的爱是全心全意地去照顾爷爷，全神贯注地欣赏爷爷的每一个细节，在心里深深地记住爷爷。这是我从雯雯身上学习到的最宝贵的东西。

每次看雯雯的故事我都会感动：我要像雯雯这样去爱还健在的父母和家人！不要留任何遗憾！每一个笑容都是最美的！所以，我常常会在繁忙的工作中来一场说走就走的旅行，回到青岛大学，和当年的大学室友一起去海边；回到杭州，和父母一起去看樱花；在小姐姐生日这一天赶到她身边……每一个这样的日子都是最完美的：在这样的日子里，每一个时刻都是最疗愈的。

亲爱的朋友，假如你能拥有完美的一天，那么这一天是怎样的呢？也许是你从小就憧憬的婚礼那一天；也许是你成为父亲或母亲，给孩子讲童话故事的那一天；也许是你在树林里和小鸟自由交流的那一天；也许是你可以痛痛快快地大哭的那一天；也许是你和勇敢的朋友们一起去探险的那一天……

无论那一天是怎样的，它都是你心里一个深深的愿望，在你的写作中，这个愿望得到了满足。我真诚地希望这完美的一天能医治你心里的伤痕，让你更加坚强，更加智慧。

主题二：我最喜欢扮演的角色

在想象力写作里，我们唯一需要做的就是放飞我们的想象力。我们不需要事先设计情节和人物，这些不重要——我们只要飞到那个我们的心愿意飞去的地方，一个远离现实生活的地方。

令人惊讶的是，往往在那样的地方，我们发现了更多关于我们自己的真理。

这是真的吗？我仿佛看见你怀疑的眼神。想象力写作真有这么大的力量吗？那毕竟只是想象而已。

我相信，你在写属于你的"完美的一天"的时候，已经体会到想象力写作的神奇。当然那只是一天。我们的人生很漫长，本来充满了祝福，但是我们常常看不到祝福，看不到我们人生的全景。我们常常陷在眼下的某个困境当中，看不到出路：可能是抑郁症；可能是工作没有意义；可能是体重失控；可能是找不到心上人；可能是你马上就要大学毕业了，可是对自己要干什么还一片茫然——虽然我已经过了这个年龄，但是我在 30 岁之后遇到的挑战更多。40 岁之后，甚至 90 岁之后（如果我们有幸活到那个岁数），我们会发现，只要活着就不容易，就可能面临极大的挑战。

我相信，每一个挑战都会让我们更深刻地认识自己，看到自己人生的真相，拥抱真正的美和真理。

想象一下：在一生之中，你最喜欢扮演的角色是什么？

5 年后，10 年后，20 年后，甚至更多年之后——你可能为人父母；你可能做了一名老师、一名作者、一位公务员、一位外交官、一位律师、一位企业家；你可能到了当祖父母的年龄，却发现了很多意想不到的事，开辟了一个全新的领域。

或者，如果你愿意回到从前，你想回到什么年龄，回到哪个地方？也许你想回到高中阶段，但那将是一个让你快乐成长的阶段，你将充分体会到少年时的向上和美好，而不再是高考的巨大压力；也许你想回到幼儿园阶段，你那样小，却有一颗那样敏感的心。

你可以在时光的隧道里自由穿梭，选择你最喜欢的时间和地点，还有你最喜欢扮演的角色。

你可以想象那样的生活并且将其写下来。我希望你在写的时候能够发现你真心喜欢的东西。

你可以给自己一小时来写。

主题三：一百年之后

让我们把以上的想象延伸到一百年之后——感觉是不是有些不一样了？很少有人能活过 100 岁，活到 120 岁以上更是奇迹。所以，客观地说，一百年之后，我们当中的绝大部分人已经离开了这个世界，如果是这样，还会有人记得我们吗？我们曾经的奋斗是否留下任何意义？

以"一百年之后"为开头，自由自在地写，你可能会写一篇哲学思辨的散文，也可能会写一个生动的故事。让你的想象力带你去到那遥远的地方！

写作时间：一个半小时。

写完之后，我们一起来看我的学生 Alexis 在 2007 年 1 月写的《幽灵，2107》。

幽灵，2107

一百年之后。

2107 年。

在一个初冬的清晨，我睁开眼睛，发现自己置身于西湖边的一张长椅上。

这个早晨之于杭州，再平常不过。穿过柳树稀疏的枝条，微温的阳光洒在我身上。空气凉爽清新，在眼睑上留下湿润的抚慰。一切都与我住在这里时别无二致——唯一不同的是，那时的我，还是人类。

对。现在的我已经不再属于人类。你可以称我为鬼魂或者游魂，我无所谓。

作为幽灵的我（我比较喜欢这个称呼），已经在这座城市游荡了二十多年——正好与一百年前的自己是一样的年纪。

还是人类的"我"一百年前在这里做什么呢？啊，想起来了：她早上六点去上学时，西湖还被朝露和雾气锁着；她骑着自行车，心无旁骛地直奔目的地——吴山脚下的学校。那里是她的战场，她全力战斗的地方。有一天她会离开那里，到一个全新的地方过一种全新的生活。

"愚蠢的女孩啊，从来不知如何享受生活的乐趣。"我对自己说，就好像我在怜悯另外一个人。

不如去做多年前做过的事，去看看多年后有了什么改变？这个想法浮现在我的脑海里。

嗯，听起来不错。

于是我立即行动。

我开始飞行，更确切地说，是在空中飘浮滑行。没有人看得见我，每个人都在忙自己的事。当然，飞行对一个幽灵来说是再简单不过的事；不需要躲避骑车和步行的人，甚至不必去注意那些柳树。是的，记得一百年之前，睡眼蒙眬的我曾在骑车时撞到了其中一棵柳树，结果结结实实地从车上摔了下来，胳膊受了很重的伤。

伴着清爽的晨风，我来到了一百年之前我奋斗过的地方。我的战场，我知道它还在那里，但它还是原来的样子吗？通体铁灰色的建筑群沉默地矗立在阳光下，冷酷而无情。那些粉红色带白边的房子呢？曾经那么像一个对众生甜美微笑的少女，既不高大也不冷酷的房子呢？

一切都变了，而在这个工业受到疯狂崇拜的时代，这一点也不新鲜。然而我还是怀念我的战场，尽管朴素，却更为亲切。

变了就变了吧。我一边咕哝着一边踏进学校的大门。学生们走着、交谈着，正如我多年前那样。我靠近他们其中的一个，听他在说些什么。这算是在偷听吗？也许吧。不过我不在乎，而且我敢说他也不会在乎。

"这个星期会有一个展览，展示我们学校过去所有优秀毕业生的简介、照片和其他的一些东西。"他说。

"所谓的优秀有标准吗？"另一个男孩问，"我认为我们学校没有什么优秀毕业生，哈哈。"

"我同意。没有国家主席，没有高官，没有明星，没有诗人，没有……"第一个说话的男孩点着头。

"哦，得了，又不是来真的。你知道，就是搞搞形式主义。"另一个男孩笑嘻嘻地说。

"不管怎么说，我还是得去帮忙布置展览。"第一个男孩耸耸肩。

"回见，摩西。"他走开了。

于是这个名叫摩西的男孩和他的朋友道了别，慢慢踱步到展览室。成堆的箱子放在那里，还有上千卷名册，上面有很多陌生人的名字及他们的照片。我就站在他身边，猜想那些堆放在墙边的名册中是不是有我的名字，下面还注着"2004 届优秀毕业生"或是别的什么称号。摩西和另外一些学生开始给这些名册分类。我坐在那里看着，等着我的照片出现，等着我的名字被大声念出来。

"我的名字被大声念出来？"这句话真熟悉……让我想想我何时何地听过这句话……想起来了，当老师在班里表扬考试得了高分的学生时，我希望"我的名字被大声念出来"；当老板在会议上宣读"明星员工"的名单时，我希望"我的名字被大声念出来"；其他我希望别人注意我、记住我的时候，我希望"我的名字被大声念出来"。一百年之后的今天，作为一个透明的幽灵坐在这里的时候，当不再有人会以羡慕的眼光看我的时候，为什么我仍然希望"我的名字被大声念出来"？听起来很荒唐，不是吗？

是的，十分荒唐，而且荒唐得悲哀。

我开始回顾我人生的目标。事业有成？发家致富？出版自己的作品？是的，这些都是。但这些都指向同一个目的：让更多的人知道我。我从一开始就清楚这一点。已经不记得从何时开始有这种欲望了。是从幼儿园的老师将一朵小红花别在我身上以示奖励的时候开始，还是从高中时我在考试中独占鳌头，校长将赞扬的目光投向我的时候开始？

"毕南怡。"有人在读我的名字。

但既不是"念出来"，也并不"大声"。

声音平淡，波澜不惊，如同上司在读他下属的名字。

我看到摩西从一份旧档案上捡起一张纸，上面有我的照片。

"她是谁啊？"

"她做过什么？"

不同的声音在房间里响起，也在我的心里低语着。

"她在 2004 年的高考中考了全校第一。"摩西读着我的简介。

"噢，又是个'第一'。"有人耸耸肩，耸掉了我先前的全部希望。

"所有这些都是白日梦。"我对自己说。

这不仅是白日梦，而且是妄想。

我对一百年后的他人已经没有什么影响了。他们甚至不肯将羡慕的眼光投向我的简介。如果我的目的不过是吸引他人的注意，那么我辛苦工作又有什么意义？多年之后我们将被遗忘，至多引起些微的注意。

仅此而已。

事实上，我只是一个幽灵。

我突然记起那个女孩，她骑车骑得太快，结果撞到了路边的柳树，还有她挑灯夜战准备考试的许多个夜晚，还有她看到优异成绩时脸上的微笑。

仅此而已。

对一个幽灵来说毫无价值。

然而这还不是结局，因为我并不生活在一百年之后。我意识到了这些，于一百年之前，此时此地，2007 年。

会改变的，我知道，并深信不疑。

多么精彩的故事！我听到了那个敏感的天才女生的声音——她是那个会飞的幽灵，幽默、悲伤、智慧的幽灵。我和她一起飞到了一百年之后。我和她一样开始想这个问题：一百年之后，什么是我真正的价值？别人的评价真的那么重要吗？什么是我真正在意的？

你呢，亲爱的朋友？一百年之后，如果你能在空中自由飞翔，你想看到什么？

我希望，无论这篇文章的作者 Alexis 现在在哪里，她的生活都是令 2107 年那个游荡的幽灵深感自豪的；我希望她有时间停下来欣赏身边的美；我希望她骑车或开车时一定要注意安全；我希望她清楚地知道她的价值远不止考第一名；我希望她自由地呼吸着，成长着，写着她喜欢写的东西，过着她喜欢的日子。

我记得 Alexis 在学期初给我写的第一封信中提到"长期的过度谨慎已经使我们的翅膀僵硬，我们想象力窒息了，最悲惨的是，我们甚至都不想飞了！……"

但是现在，她在自由飞翔，来去自由，她已经变成一个会飞的幽灵，并且带着我们的心跟她一起飞——好开心啊！

Alexis 的写作梦在创意写作课上终于成为现实，从写回忆录到写报道，她卸去了很多以前的重担，重新成为那个诚实无伪的孩子，开始关注身边的世界和每一个寻求梦想的人。于是，在想象力写作中，她开始尽情飞翔，尽情歌唱！

现在，让我们来听听一百年之后的另一个声音，题目是《无人永生》，作者是我的学生栾力夫。

无人永生

一百年之后，你们都死了。一百年之后，我还活着。我安静地坐在我的扶手椅里面，这是我在 122 岁这个年龄唯一能做得不错的事了。我是否应该对发达的医疗心存感恩？要不然我哪能活这么大岁数？我不知道。这个问题对我这上了年纪的大脑来说真是太复杂了。

我做什么呢？我就坐在那儿。我还能吃。是的，我特别爱吃。

我从来不是为了活着而吃饭。我是一个愚人，我活着的一部分目的就是吃饭。不管你多老了，能吃总是一件好事。我坐在我的扶手椅里面，感受着从窗户射进来的阳光。阳光真温暖。我感觉她在亲吻我。白天总是好一些。我喜欢白天。

人们照顾着我。我真的很老了。就算在2107年，活到122岁也不寻常。我啥都不需要操心。总有人在为我服务。他们穿着白大褂，脸上挂着机械的笑容。他们尽最大的努力来表达他们对我和我银行存款的爱。我知道他们在想什么。我也不在乎。我就假装是被爱着的。这是很容易做到的。Carol每天早上到我房间来为我打开窗户。上帝祝福她。她给我带来阳光。或者，更确切地说，是她允许阳光来触摸我。白天的时候阳光亲吻着我。白天总是好一些。我喜欢白天。

我现在没有亲戚了。他们都去世了。我留着照片和视频，让我记得父母的样子。但是我不敢去看。有时候我真恨这些高科技。只有黑白照片的时候，照片里的一切看上去就是历史。你能感觉到照片的年头。你知道它们是很久很久以前的。但是彩色照片里的人物是那么生动，总让我想起以往的好时光。录像就更糟糕了。看了它们我就没治了，一整天都得哭。哭对我的健康可不好，你知道的。录像里的每个人都在那里动，还在说话，好像他们都还活着，好像一个电视屏幕就把我们隔成了两个世界。所有的人都去了那儿，只有我一个人留在这儿。这让我觉得好冷啊，我讨厌冷的感觉。我喜欢温暖的感觉。我喜欢阳光，因为她让我觉得温暖。我喜欢白天，因为白天给我阳光。白天总是好一些。我喜欢白天。

我母亲曾经告诉我永远不要说谎。这一课太宝贵了，所以我一生都在努力学习。现在我的母亲不在了。她和所有的老师一样都走了。也许我现在可以说谎了，因为他们都不会知道了。可是我不能这么做。我母亲告诉我不要说谎。所以，保持诚实就是我和她连接的方式。这个对我来说太宝贵了。我已经没有太多和家人的连接可以让我来浪费了。所以现在我必须讲真话。是啊，就在这儿，就是现在，在阳光里，在我所爱的白天的光阴里。

说实话，我并不喜欢白天。我说我喜欢白天是因为相比于黑夜，我觉得白天好一些。光总能让你感觉不那么害怕，特别是当你发现只有光是你熟悉的而且感觉好的东西了。我更憎恨黑夜，因为黑夜太让人害怕了。晚上我必须睡觉，睡觉就会做梦。它们从来不是噩梦，而是美梦。我看到我的父母和其他亲人。我看到我的朋友和敌人。我看到我最恨的儿子，因为他拒绝传宗接代，还胆敢死在我前头。我看见我曾经追过的女孩。我看见我曾经发誓要杀死的人们。现在我感觉不到仇恨或悲伤了。我想和他们在一起。我想和他们说话。我想和我梦中见到的每一个人说话，不管他们活着的时候对我做了什么。他们微笑着，等着我走得更近，我就走向他们。我走，然后我开始跑，我努力向他们跑去，伸出手臂去触摸他们。就在那个时刻，他们都消失了。

我醒了。我害怕得不能再想。我抓起电话，告诉自己，我打个电话就好了。但是当我拿着电话时，我不知道该拨哪个号码。所有我记得的号码都属于我不认识的人了。号码的老主人都走了。电话在笑我。所有的键都在笑我，用一个诡异的声音在问我："我们能帮助你吗？"不能，它们不能帮我。谁也不能帮我。

人们总是想长命。我不知道这种理想有什么错。你活着的时候，你可以说话、吃喝，可以笑，可以哭，可以体验。这些都让我感觉很好，很享受，直到我越来越老。不知道从什么时候起，活着对我来说变成了一种痛苦的折磨。我一直想搞明白这到底是怎么一回事，因为我实在不能再忍受下去了。这种痛苦太煎熬了。

当我还是一个小孩子的时候，我希望我会成为一个伟人。我知道伟人会被载入史册，被永远纪念。当我逐渐长大，我渐渐放弃了这个理想。我发现我就是一个普通人。一开始，我感到很沮丧，因为童年的梦想破灭了。后来我就习以为常了，因为我知道，放弃儿童时代的梦想是成长过程的一部分。我一度相信，长大成人的我比那个我记忆中的小男孩懂的东西多多了。但现在我不太确定了。98 岁的时候，我参加了我最后一个亲戚的葬礼。我发现葬礼上，我一个人也不认识，除了那个躺在那里的人，一个死人。从那时候起，除了银行和其他服务公司，就再也没人给我打过电话。我被遗忘了。不是因为人们没有记忆，而是所有认识我的人都死了。我从来没有想过这个。我知道我不会被载入史册被人永远纪念，但是我没想到我还活着的时候就被遗忘了。这真是太悲惨了。现在我知道，没有人会被永远纪念的，包括那些记录在史册里面的人，因为认识他们的人——我是说真正认识他们的人——会死。当你身边的人都死了，你也就死了，不管你的鼻子里是否还有进出的气息。然后你就成了一个活死人，只有记忆才能刺痛你，让你痛苦。和你同时代的人、在你身边的人给了你真正的生命，所以请你一定要爱他们。

　　静静地，我坐在我的扶手椅里。对我来说，你们都死了，但对你们自己来说，你们都还活着。对你来说，我还活着，但对我自己来说，我已经死了。因为无人永生。

力夫的声音是安静的、幽默的、诚实的。他所描绘的画面是如此真实，让我不得不想：到那个年龄，我会想要什么？他和母亲的连接是如此真实。"白天总是好一些。我喜欢白天。"听着很抚慰人心，其实却是一个谎言。然后他说了真话：一个人孤苦伶仃地留在世上太可怕了，因为身边没有一个人真正认识你。

我喜欢力夫这句话："和你同时代的人、在你身边的人给了你真正的生命，所以请你一定要爱他们。"我们常常在抱怨这个时代有各种问题，现在的人不如先前的人，身边的人都不可爱——听听我们 122 岁的老人家说的话吧——我们必须彼此相爱，不然我们就都会"死"，甚至在我们的身体还没有死之前，我们的心灵就已经死了！

主题四：我想写信告诉你

写了"一百年之后"，我相信我们对自己有了更清晰的认识，知道了我们的心灵真正渴望的是什么。

当然，就如 Alexis 所说，我们不是活在一百年之后，我们生活在此时此地，我们在地球上的平均寿命大约是 80 岁——从一百年之后再穿越回来，我们看待此刻的自己和他人是不是和之前不一样了？

曾经令我们纠结的人际关系、自己的失败，这一切都不重要，只要还有一颗诚实的心，我就可以活得坦坦荡荡。

122 岁的力夫不会再憎恨他的儿子，虽然儿子没有如他所愿去传宗接代；中年的力夫也可以更自得其乐，并给儿子更多的自由空间去探索人生。

现在，你有特别想沟通的人吗？也许这个人曾深深地伤害了你；也许这个人非常爱你，但你们之间有很深的误会，而现在这个人已经去世；也许这个人是你一直在等待的爱人。你可以写一封信来说出你的心里话。

写作时间：一个半小时。

下面，让我们一起来看我的学生 Grace 写的一封信。

致我最难忘的老师

孙老师：

我不知道您是否还记得我。高中毕业后，我离开学校已经三年了。我想努力忘记所有关于您的事情，还有那极其痛苦的一年，但是我做不到。当我看到我们高中的 BBS 上有一篇题为《谁是你最喜欢的老师》的文章——其中有人提到您的名字时，您又来到了我的脑海中。

我相信，我永远都不会在现实生活中面对面地把我信里写的告诉您。我没有这样的勇气，我也不想在平静的生活中再掀起什么波澜。但是在这封信里，我要说——

您不是我最喜欢的老师，绝对不是。

但是我确定，我这一生都不会忘记您，因为我对您有复杂的感受。

第一次上您的课时，我们都听说了您浪漫的爱情故事。为了爱情，您放弃了第一份工作，跟随您的爱人来到我们的高中，最终你们结婚了。我们都很钦佩您，把您看成是爱情的楷模。您从来没想到我们会因为这个原因而由衷地敬爱您吧？

那是我对您的第一印象。但是后来发生的事却是我从来没有料到的。上大学后，我从来没有去看望过您，只是在进大学之后的第一个元旦给您打了唯一的一次电话。并不是因为我是一个不尊重老师的学生，忘记了您无私的帮助，而是和您见面总会让我想起一件我永远都不想提起的往事。

一个周末，我们正准备离开学校回家，您把我叫到办公室，说您想让我帮您办点事，希望我那个周末不要回家。我毫不犹豫地答应了，尽管我并不知道要做什么。我知道您那时候不是很喜欢我，因为我不善沟通，不会和老师搞好关系，所以我努力想让自己有所变化。

离开学校后，我们去了一家餐馆，有一桌晚宴在等着我们。一个男人、一个女人和一个打扮入时的女孩站了起来，向我们微笑。您把我介绍给他们，晚宴就开始了。到那个时候，我还是不知道我的用途在哪里，只是听到您在那里表扬我多么聪明，学习多么好，多么尊敬老师，在学校的各方面表现多么优秀——这些表扬我的话以前我在您口中从来没有听到过。我感到很羞耻，感觉像是一个卖东西的在夸他的货品如何如何好，然后他的买主就会出钱买下来。我真不知道该干什么，只希望地下有个洞让我可以钻进去，藏起来。房间里的热气让我的脸和心都在发烧。听到这些话我应该微笑还是不应该微笑？我应该继续埋头吃饭还是正襟危坐？我应该把手放在桌子上还是膝盖上？——我从来没有这么紧张过。明亮的房间就像一个阴暗的地狱，每分钟对我来说都是折磨。

最后，我终于熬过了晚餐，然后，遵照您的命令，像个傻丫头一样，被那家满意的买主带去了他们家。他们要把我带到哪儿？他们究竟要我做什么？在他们的车里，我就像一只受了惊吓的小鸟，急着想飞出去，可是又无能为力。然后，在他们美丽的豪宅里，他们告诉我，他们想让我替他们亲爱的女儿去参加一个重要的考试，这样的考试对我来说是非常容易的，但是对他们亲爱的女儿来说太难了——在我眼里，她只知道关心衣服和化妆品，一路上她还一直咬着我的耳朵说您是一个多好的老师。我困惑极了。我觉得我好像是在一个梦里，那时我唯一能想起来的事就是我被"拐卖"了。在这种情况下我能做什么？午夜，孤身一人，在一个陌生人的房子里，而且是我的老师下的命令！我别无选择，只有接受他们的安排。

我想您不会知道我是怎样度过那两天的。第二天早上，按着那女孩的照片，我被化了妆。您还记得您甚至说过，之所以选我而没有选其他人，就是因为我长得很像她吗？多么残酷的笑话。我一直喜欢自己自由明亮的眼睛，但是她的眼睛呢？我们是完全不一样的人！他们把我送到了考场，告诉我：不要抬头，尤其是教育局的干部进来的时候。管我们考场的老师事先就被他们买通了，什么也没说就让我进去了。这些都是我尊敬的老师啊，在课堂上口口声声告诫我们千万不可以作弊的！可是他们下了课做的又是什么事呢？他们到底想教我们学会什么？考完这次试，我不知道我该怎么去面对他们、信任他们？他们知道该怎么面对我吗？他们知道该怎么继续教育我考试不要作弊吗？

我考完了。考试那天，那位母亲告诉我不要考得太好，不然可能会引起别人的怀疑，以及这次考试对她亲爱的女儿的工作又是多么重要。我听了这些话都恶心。

如果没有接下来的事，也许我不会那么深地恨您。当我考完试回到学校，您警告我，不能跟任何人讲起这件事，甚至连父母也不能讲，然后塞给我 200 元钱。那时我真是愤怒了，是的，我家里是穷，但是我不是一个您想利用就可以利用的人，按您的意愿被您指使，然后把所有的事情用 200 元钱来了结！我为您和我感到羞耻！

您知道我为什么对这件事记得这么清楚而且把它看得如此严肃吗？对您来讲，这可能是一件简单的、过去了的事，但对我来说，这是我第一次看到社会的黑暗，而且是在最纯洁的学校。从那时候起，我不再是一个天真的女孩了。我梦想中的纯洁世界从那时候起就消失了。

三年了，我从来没有提起过这件事，甚至对父母也没有提起过。就像您说的，这对您对我都不好，再说还有其他牵涉的人。现在，我只是想说：请您千万千万不要再以老师的身份对学生做这样的事了。请让他们在学校保留他们纯洁的梦，尽管社会其实并不像我们曾经梦想的那么完美。

祝好！

Grace

Grace 是我们班上一个很安静的女孩，不太说话。学期当中有一次我和她聊天，问她对创意写作的看法，她轻声地说了句"不容易"。

当我读到 Grace 在期末考试时写的这封信时，我的心被极大地震撼了。恐惧和愤怒充满了我的心。我好像看到一只天真的小羊羔被牵到了屠宰场，被谁呢？就是被那位牧羊人，那位老师——那位本该爱护她、引导她走正路的老师！

读完之后，我有了更深的感恩之心。尽管 Grace 曾经走过这样的漫长黑夜，而且还被威胁不准讲出这件事，但最终，在想象力写作里，Grace 终于能把平时没有勇气说的话写出来，这就是胜利！Grace 在信中真实有力的描述，让我们看到她终于胜过了那黑暗的力量；她对老师最后的劝告，以最温柔也最有力的语言让我们看到她的心灵业已成长，她以温柔的爱的力量胜过了那一切邪恶。

　　亲爱的朋友，我希望 Grace 这封宝贵的信也能鼓励你写出你真心想写的事情，讲出对你来说至关重要的真话！

第九章
疗愈写作

本章指南

 **热身练习** 放一首或唱一首最能疗愈你的歌

两两自由组合，一人播放歌曲，一人闭上眼睛聆听，然后再交换角色。听完两首歌后交流一下，如果你能创作歌曲，你最想创作一首什么样的歌？

为什么创意写作能带来疗愈

自从《写出心灵深处的故事》第一版在 2014 年 1 月和读者见面以来，常常有朋友跟我说，这本书非常疗愈。我听了很高兴，也很欣慰。一开始，我只是觉得这是一件很自然的事情，因为每个人的心灵深处都会有伤痕，能写出来，自然就会得到疗愈。渐渐地，我开始体会到为什么创意写作能给人们带来疗愈，而通常意义上的写作却往往会给人们带来压力。

从自由写作、回应写作、影评写作，到回忆录和报道的创作，再到想象力写作，你会发现，创意写作关注的一个最重要的方面，就是你内心的情感世界。你的情绪和感受，无论是负面的还是正面的，都需要通过自由写作的方式自由表达出来，这种自由释放，就是一种心灵的疗愈。

传统意义上的写作，往往是以外在目标为导向的，不是去发现自己内心深处的声音，而是去冥思苦想怎么样才能自圆其说，让别人满意。这样的写作往往给作者带来压力和痛苦，写完之后，任务也就完成了，很可能作者这辈子都不想再去看第二遍了。

2023 年春天，我给人大的同学们上了三次疗愈写作的微课，目的不是写出任何作品，而是使大家得到疗愈。每次都是傍晚时分上课，大家都又累又饿，说实在的，一开始我真有点担心，这个时间上课，

能有好的疗愈效果吗？

真是没想到，在一个小时的微课堂上，我们师生的状态越来越好，我们的心好像都活过来了！而且因为心活了，我们的头脑和身体也不那么累了。我们写出来的文字都是从心里流淌出来的，无论是忧伤还是喜悦，都是真诚的。这些文字不仅疗愈了自己，当我们分享出来的时候，还疗愈了身旁的听众！每次课程结束时，大家都容光焕发并且恋恋不舍："时间过得真快呀！我们已经开始盼望下周的疗愈写作课了！"

你一定很好奇：我们在课上到底做了什么样的事，能起到这么好的疗愈效果？

下面，就让我们一起，踏上这条疗愈之旅吧！在疗愈写作里，你不需要考虑写出什么作品，作品是副产品而已。我们的写作时间通常比较短，就是5～10分钟。之前的回忆录、报道和想象力写作都是要出作品的，而且写作时间都比较长，现在，你可以给自己放个假啦，随意写写就行！不亦乐乎？

让时光来疗愈你

首先，让我们以"去年的这个时候"开始，自由写作五分钟。如果想到去年的这个时候你心里就很纠结，不想写去年的这个时候，你就可以写"去年的这个时候，我实在不想去想"，然后你就写你想写的就可以了！写完之后呢，请你花一分钟时间默读一下自己的自由写作，并保存好自己的作品。

我想跟你分享我和两位同学在2023年春天的疗愈写作微课上写下的片段。确切地说，我们是在2023年4月6日晚上6：05—6：10，一起写下了以下的文字。

我是这样写的：

去年的这个时候，我在厦门，脚和臀部都有不适，但终于回到了祖国的怀抱，时差也倒过来一些了。得到通知说我是"密接"，一下子又觉得愁云惨淡，得做好最坏的打算，万一有事，救护车晚上八点钟会来酒店接我。于是我一到晚上七八点钟就开始想：会不会有事？当然，还要经常被捅鼻子，医护人员一副高度紧张的模样……俱往矣！那时候的我，无法想象一年以后的我会是什么样的情况；也无法想象疫情真的会过去，我们可以这样自由自在地坐在一起，面对面交流，还能上线下课，还能自由自在地呼吸！简直是奇迹！

Marisa 同学这样写道：

　　去年的这个时候，我在一家传感器公司实习。我每天都会带一本书去看，如果没有活儿，我就边看书边做摘抄。我在做兼职的时候总是比在家无所事事的时候效率更高，大概是当我出卖自己的时间时，我才意识到时间是值钱的吧。我并不喜欢那份实习的工作，但四月已接近我两个月实习的尾声，想着是第一份实习，也就坚持了下来。我的工作大多无须动脑，不需要任何知识就能做，虽然我至今不知道我想做什么，但我知道我不想从事这样的工作。

Frank 同学这样写道：

　　去年的这个时候，我在操场看阿航推荐给我的《走在蓝色的田野上》，一本气质上有些阴郁又清冷的爱尔兰文学作品。那天下午还是去了学校的东区图书馆吧，就从东区图书馆的自习区拿着ipad边走边看，一直走到了操场。由于那个学期其实没有开学，那天操场上的人很稀少，四月初的风还有些微凉的味道，吹得我有些冷。我花了一整个下午把七个短篇全部看完，好像很久没有这样酣畅淋漓又聚精会神的体验了，坠入文学的纯粹世界，去摩挲一片遥远又陌生的土地。

　　因为微博"那年今日"的提醒，所以记得比较清晰。感觉那时候的确比现在清闲几许。

看完我们三位写下的"去年的这个时候",不知你的感想如何?当我在 2024 年的春天再一次重温我们师生三人在 2023 年春天写下的文字,我们共同回顾的 2022 年的春天,我忽然觉得世界又宽广了许多。我两年前的紧张和忧虑在现在看来就像是一个喜剧的前奏:当时有多难受,现在就有多幸福! Marisa 同学的这句话,"大概是当我出卖自己的时间时,我才意识到时间是值钱的吧",就像一句经典的台词。她的文字非常朴实,自带幽默,真是文如其人。Frank 同学是我们班上的文学青年,跟随他的脚步我也沉浸到了那种"酣畅淋漓又聚精会神的"阅读体验当中,"感觉那时候的确比现在清闲几许",原来疫情期间还有那样的美好时刻!

我不知道去年你经历了什么。也许有很艰难的时刻。有身体上、经济上都面临挑战的时刻。甚至有面临生死考验的时刻。感恩的是,你已经走过来了。看到我们写下的这三个片段,也许你的心里也得到了更多的安慰。

让想象力来疗愈你

明年的这个时候,你会是什么样的呢?那时候的你,可能和现在的你大不一样了,你希望一年以后的你是什么样的呢?你看到一年以后的你,脸上是什么样的表情?一年后的你,穿着什么样的衣服?和谁在一起共度美好时光?每天的生活中,最开心的事情会是什么?

顺着这条思路,再想到未来的某个时候,你内心最深处的愿望已经实现,你容光焕发神采奕奕,充满信心充满希望,从内而外地散发出美丽和光彩,你的确比现在年长了一些,但无论年龄多少,你的心已经完全地被疗愈了,完全自由了……你希望有这样一天吗?你能想象这个美好的时刻吗?

接下来,让我们展开想象的翅膀,飞到明年的这个时候,以"明年的这个时候"开头自由写作五分钟。然后，再以"未来的某个时候"开头自由写作五分钟。

现在，让我们来看看 Frank 同学写下的未来：

> 明年的这个时候，如果一切顺利、心愿成真的话，那么它将和去年此时产生一种非常微妙而神奇的化学反应。我可能真的就会栖身于爱尔兰的土地上，在文学的阅读和与当地人的交谈中，对那一片土地的文化拥有更加切近、更加具体的体验，而不再是此前只是看一些文学或传记作品，诸如詹姆斯·乔伊斯、萨莉·鲁尼等，又或者是在网上刷到了圣帕特里克节而已。想想真的非常美好，也要为此努力一些吧。昨晚还和小盛聊到了出国交换，可能在和异域居民的接触中，在和不同民族、身份、背景的留学生的日常闲谈中，观念的确会发生很多改变，视野会拓宽，心智也会不断地健全。在我当下这个年纪，我还是更加期待并且希望从狭窄走向更广阔的空间。

> 未来的某个时候，我内心最深的愿望已经实现。我可能会像麦克劳德一样在海边的小屋里写作，又或者像海明威一样保持一些奇特的写作习惯。我会常常和一些最亲近的灵魂在"存在主义咖啡馆"式的流动盛宴上保持我们卓越的表达能力与灵敏的感官，尽管这些字眼已经被我使用过太多次，但依然适合。我可能会习惯"旅行写作"的方式，但我会在每年某一个节点、某一段时间，大概是在春天，回到我开满花朵的小屋，像赫尔曼·黑塞那样去查看很多读者的来信，然后认认真真地回复它们。

现在已经是 2024 年的春天了。最近我还在校园里见到 Frank。他骑着自行车从我身边经过，还特意转过身来和我打招呼。他并没有去爱尔兰交换，但是我在他的脸上看到了春天。相信日后他一定有机会走向更广阔的空间！

想到未来的某个春天，在开满花朵的小屋里，Frank 在书桌前认认真真地回信，这一幕让我特别感动。也许未来的某一天，我会写一封信给 Frank，然后，会在某个春天，收到他的回复呢！

下面，我想和你分享我写的"明年的这个时候"和"未来的某个时候"。我是这样写的：

明年的这个时候，我就住在自己的新房子里啦！淡绿色的墙，绿色的窗帘，窗前有绿色的树。客人来了，我在阳台上就能看见。哦对了，阳台有洗衣机，洗衣服、晾衣服可方便了，还有洗手池、洗头床，我的朋友们来了之后就可以躺下来享受洗头床的按摩。我会在客厅里安放适合坐的、站的不同高度的桌子，我的腰和臀部再也不用受累啦！我还有三面环绕我的大镜子，可以从各个角度看到自己的侧面和背面，让自己更好地认识自己！啊！人生第一次拥有了属于自己的新房子！当然，我会有非常多的客人，厨房有烤箱、有洗碗机，一切的一切都是那么完美！窗前的绿树郁郁葱葱，客厅白色的地砖何等明亮！多美呀！朋友们终于可以欢聚一堂了！

未来的某个时候，我心里最深的愿望已经实现，我终于不再为年龄、单身、健康、经济担心，我知道我要离开这个世界，我也不再被别人的评价而影响，因为实在没必要。我看着窗前的树就很高兴，小鸟又在树上唱歌了，又一个春天来临了，生命是多么神圣美好！我的学生们都和我成了朋友。我们彼此鼓励和扶持。也许我并没有办向日葵山庄，也许我办了，但最终，我知道，我的平安不是来自山庄，我真的可以没有忧虑和牵挂，早这样活着多好！

此刻，我就在我的新房子里，楼上传来装修的声音，好在还比较柔和。我面前就是淡绿色的墙。我的右手边就是客厅的大窗户。我家在二楼。楼门口有两株紫丁香。花儿已经开到我窗台的高度了。我往右一转头，就能看到楼下的花园，安静美丽如同伊甸园一样。因为是新小区，入住的人还很少。我感觉自己比《瓦尔登湖》的作者梭罗还要幸运，不仅享受着宁静，还有专人为我打扫卫生、打理花园。不过，由于新房子在河北廊坊大厂，到北京有两个半小时的车程，我并没有接待很多的客人，因此每次有客人来访，我都格外高兴！

我在 2023 年春天写下的对一年以后的展望，基本上都实现了呢！我有可以坐下来工作的桌子，也有可以站立工作的桌子。我累了就可以躺在电动的洗头床兼按摩床上按摩 20 分钟。哈哈，我发现按摩功能更实用呢！三面环绕的大镜子也有啦！每次朋友们来参观的时候，都非常惊讶地看到他们自己的各个侧面！

我的腰部和臀部再也没有两年前那种难受的感觉啦！当然，久坐和久站都是要避免的。我可以随时下楼去我美丽的"伊甸园"里散步，听着手机里播放的肖邦的夜曲，或是《挥着翅膀的女孩》，这一切都让我感觉那么美好，美好得像要飞起来一样！

看到两年前的我，在厦门的港湾大酒店隔离，可是看不到港湾，被病痛困扰，被疫情隔离。我真想抱着两年前的我，说一声："谢谢你！因为有你的坚忍，所以有我的快乐！"

而未来的某个时刻，我内心最深的愿望已经实现，我再也不忧虑，只是尽情享受生命和自然的美好，我多么希望这一刻早日来到！也许你会问：什么是刚刚提到的向日葵山庄呢？这是我的一个梦想，希望为所有热爱学习、愿意终身学习的朋友，尤其是长辈朋友开办的一个充满创意和疗愈的山庄；在那里，你再也不用为分数、为金钱、为名利、为他人的认可而学习，你可以学习做一个自由、舒展的人。也许有一天，我们会在向日葵山庄见面呢！

在低谷中疗愈

可能有的朋友会说：李华老师的生活中好像都是阳光，估计是个富二代，没有吃过什么苦，早早地就有机会出国留学，又在中国人民大学教书育人，一切都太顺利了；疗愈写作对李华老师这样的人来说就是锦上添花的好事，可是对很多朋友来说，病痛、抑郁、失业、负债甚至死亡的阴影都是他们要去面对的，如果一个人的生命已经进入倒计时，他又怎么能展望未来？疗愈写作对这样的朋友来说能有什么益处呢？也许他们在黑暗里待了太久，看到这样明媚的阳光反而会觉得很刺眼，他们会受刺激，而不是被疗愈。

亲爱的朋友，也许今天，你就在这样的一个人生低谷中，看不到希望。那么，今天，我想和你讲一讲我自己的故事。

在我24岁生日那天，我的男朋友因为车祸意外丧生。当时他才只有29岁。谁也没有想到这样的飞来横祸会发生在他身上。但是当时的我，都没有时间悲痛，参加完葬礼就要回来工作，因为我必须工作才能养活自己。只是我每天很早就会醒来，醒来之后就会感觉到心痛。半年之后，我梦见了他。在梦中，他在我爸妈家里吃饭，他的确经历了一场车祸，但是没有大碍，他在慢慢地恢复；在梦中，我盛了一碗饭递给他，他微笑着接过去，我的心得到了极大的安慰。醒过来之后，我忽然想明白了一件事，的确，人都是要离开这个世界、要离开亲朋好友的，只要我们还有时间好好告别，彼此珍重，这个伤痕就会愈合。这个梦，就是给了我这样一个表达的机会，让我能对我的男朋友表达我的爱，还让我看到了他脸上的微笑，真的非常疗愈我的心。

但是，从24岁到30岁，整整6年，我的嗓子每天都在疼痛，早晨一醒过来就会疼，直到晚上睡着了才不疼。我在美国留学第二年年底的时候，这种疼痛已经达到一种白热化的程度，感觉有一把刀在割我的喉咙。当时，我还有一万美元的债务，但是我也知道，我必须去看医生了。美国的耳鼻喉专科大夫建议我去看发声专家，一个我从来没有听说过的领域，而且还得全自费！当时我真的很犹豫。幸好没过多久，我就申请到了南加州大学的全额奖学金。我想，该花的钱一定得花，一定要照顾好自己。几经周折之后，我终于找到一位特别好的发声专家，她的名字叫 Sheryl。当我和她讲述完我漫长痛苦的病史之后，我记得她和我说的第一句话就是 "There is hope"（你是有希望的）。

Sheryl 教我学习打哈欠来放松自己的喉咙和下巴，教我学习像婴儿那样用腹部来呼吸，教我慢慢地说话，有意识地停顿，还让我写日记来记录自己嗓子的疗愈之旅，包括最疼痛的时候，有好转的时候，等等。虽然我嗓子的疼痛并没有马上缓解，但我心里的确感受到了希望。继 Sheryl 之后，另一位发声专家建议我去了南加州大学之后一定要学习戏剧学院的发声课、表演课，音乐学院的声乐课等。所以，从 2001 年 8 月开始，我就认认真真地学习各种和发声有关的课程。

一年以后，我嗓子的疼痛就明显减轻了。又过了一年，我的嗓子再也没有任何疼痛了。我还因祸得福地学会了正确的发声，也因此能更好地说话、唱歌、表演。嗓子长达 6 年的病痛加上 2 年的疗愈之旅，是我个人的 8 年抗战。我在南加州大学学习的专业是创意写作，在创意写作中，我的心灵更是得到释放。我的整个生命都在被疗愈。现在，我在中国人民大学教的课不仅有创意写作，还有戏剧表演。能够把自己学到的东西和同学们分享，让他们不再经受那种嗓子和心灵不能健康发声的痛苦，能够自信地表达自己，无论是在文字中，还是在口头表达中，这是我最大的快乐。

2023 年的春季学期，我和研究生戏剧表演课上的同学们一起改编了美国经典小说《小妇人》，在中国人民大学艺术学院的莫扎特小剧场演出。当三女儿贝丝奇迹般地康复，马奇先生和马奇太太也平安回到家中时，我们全体演员，也是剧中的全体家人，在台上一起合唱了《平安夜》，这一幕是我们师生共同的高光时刻。

我还在微信上开了一个视频号，就叫"琳达在歌唱"，第一个视频就是我人生中录的第一支 MV：在哥斯达黎加唱的《圣善夜》。当我走到一个美丽的地方，就会情不自禁地唱一首心里的歌。我还为著名的《婚礼进行曲》填了中文歌词并在我学生的婚礼上演唱呢！因为歌声是上天给我的一份礼物，我特别希望能祝福更多的朋友。如果你对唱歌感兴趣的话，欢迎关注"琳达在歌唱"！盼望我的歌声能给你带去一份美好的祝福！

如果回到从前，看到那个 24 岁的我，今天的我会对她说什么？如果我告诉她，你的未来非常好，你的病痛、你的心痛都会得到疗愈，而且，还有很多学生、很多朋友都被你鼓励了！很可能那个 24 岁的我不敢相信。这怎么可能？但是这样美好的事情真的发生了！

虽然我现在每天的工作和生活也有很多挑战，但是我可以自由表达、自由歌唱，这简直是 24 岁的我不敢想象的美好人生。

现在，我已经到了知天命之年，想到未来的 60 岁、70 岁，好像都不是特别光鲜亮丽的数字，未来还有什么可期待的呢？但是我相信，生命永远是有希望的，也许向日葵山庄有着更美的风景呢！

亲爱的朋友，今天和你讲了我的故事，感谢你的聆听。如果你愿意，请你花 5～10 分钟的时间给我写一封短信，说说你的心里话。希望我们成为彼此的祝福！

在幸福中疗愈

什么是最有疗愈功效的呢？我想，一定是幸福的生活吧！你可以想象自己要去的或者回忆自己去过的一个最幸福的地方，让自己沉浸在幸福中：有幸福的色彩，有幸福的味道，有幸福的美食，有幸福的人们……当你在关注幸福的时候，你就会感受到更多的幸福！你心里原来的劳苦愁烦在不知不觉间就会消失了！

自由写作 5 分钟，写下你对幸福的感受。

现在，我想邀请你和我一起飞到哥斯达黎加——这个世界上最幸福的国家之一去看一看。我们要一起回到 2018 年 3 月 14 日，我上班的第一天。欢迎你和我一起踏上哥斯达黎加幸福历险记的第一站！

小白院长第一天上班

今天，2018 年 3 月 14 日，星期三，是我第一天正式去哥斯达黎加大学孔子学院上班。想到要和全体中外方同事正式见面，我特意穿上了一件有青绿色盘扣的红色旗袍，并配了一双崭新的黑色平底皮鞋，确保行走方便。为了不迟到，我特意提前四十多分钟就出发了，确保自己早上八点半之前一定能到。之前外方的莱赛院长和同事罗瑞高已经带我到孔院走过两次，二十多分钟就到了。所以，我信心满满地上了路。

我喜欢跟着感觉走，一路走一路享受微风拂面初夏来临般的凉爽。哥斯达黎加的气候真是太宜人啦！啊，还有这满眼的热带色彩！树叶都特别透着明亮的绿色，还有那紫色、艳红色的花儿，盛开着热情和美丽！

该过马路了。我和大家一起等着，估计大部分是要去哥大的师生。大家的衣着色彩鲜艳，尤其是男生，还穿着亮蓝色，真是让我眼前一亮。而且，我忽然发现：我竟然能看到一些男生的头顶！哇，原来我这么高啊！其实我只有 1.63 米的身高，而且只穿平底鞋，所以我从来没有觉得自己是高个子。这个发现真是让我喜出望外，就像哥伦布发现了新大陆一样！

欢欢喜喜地过了马路，正对着我的就是哥大图书馆，我认出来了，因为有一尊雕像，而且这尊雕像个子也不高。我知道我已经进入哥大校园了。首战告捷！记得从图书馆走到孔院就五分钟的路，应该很快就到了。我的时间还是很充裕的。

可是，接下来我是往图书馆方向走呢，还是沿着别的方向走？

我不确定。反正很近了，那就先往图书馆方向走吧！走到了图书馆，我还是不知道下一步该往哪儿走。问了五六个人，大家都很热情，英语基本也能交流，可是他们好像都不知道孔子学院在哪里，我又不知道孔子学院附近有什么建筑物，所以后来我都快走到一个工地上去了。我穿着旗袍和皮鞋感觉真有些不方便，而且还有点心惊胆战。我肯定是走错了。怎么办？时间一分一分过去，已经快到八点半了。更糟糕的是，我的脚后跟越来越疼，新鞋不合脚，估计磨破皮了，好像已经磕出血了，还黏糊糊的，每走一步都像小美人鱼在刀尖上跳舞一样……不行，我一定得打电话给莱赛院长求救了！

但我还得找到一个相对安全的地方才敢拿出手机打电话。我怕有人抢我手机。虽说哥大校园应该是比较安全的，可是谁知道呢？这可是在拉美，谁能保证没有坏人进入哥大校园呢？……终于，我看到了一个小卖亭，附近有坐的地方，我可以坐在那儿打电话，万一有坏人抢我的电话，至少小卖亭的营业员还在附近可以"营救"我。我问了营业员，得知我现在所处的地方是在哥大现代语言学院附近。

我小心翼翼地取出手机，拨通了莱赛院长的电话，还好，没人抢我的手机。莱赛院长说她马上开车过来接我，我终于松了一口气，一看脚后跟，哎呀，真的磨破皮了还出血了，有些惨不忍睹啊……真没想到，不惑之年的我，竟然还像灰姑娘的傻姐姐一样，愣是穿上了一双不合脚的新鞋，还付出了血的代价……

好在莱赛院长迅速地开着她的大 SUV 来"营救"我了，我终于不用走路了！一到孔院，我们的信息技术员司贝娅马上给我拿了两个创可贴，我赶紧贴在脚后跟上，疼痛终于缓解了！

终于到家了。在孔院一楼的会客厅里，我坐在橙红色的沙发上，又找到了幸福的热带感觉。祖国的亲人们听说我这位小白院长上班第一天就挂彩了，纷纷从二楼下来慰问我。我第一个看到的就是周微老师，她真是一位热情美丽、落落大方的东北姑娘！以前一直在网上联系，现在终于见到了真人，真是开心呀！周老师已经在这儿工作了两年，是哥大孔院的"老革命"了。紧接着见到了我们的三位志愿者，俊雅、思萌和姜旭，都是人大汉语国际教育专业的研究生，一个个都看着那么亲切！最后见到了我们的两位帅哥：山东小伙公方梁老师和上海小伙陈黄超老师——都是超级优秀的栋梁！在来哥大孔院工作之前，公老师和陈老师都曾经是海外不同国家的汉语教师优秀志愿者。

说来惭愧，我这个小白院长，从来没有学过汉语国际教育专业，西班牙语也是来之前才学了两三个月，来哥大孔院做中方院长，我可真是捏了一把汗！可是，一坐在大家中间，我就觉得特别踏实特别温暖，感觉我们就是一家人！

忽然，外面响起了美妙的音乐！莱赛院长过来请我们大家一起去孔院门外欣赏乐队的现场演出，说这是我们哥大孔院今年十周年院庆的第一场活动！真是太惊喜了！走到门外一看，我们家门口还真是一个天然的演出场地！已经聚集了好多观众。罗瑞高正在用西语主持，可惜我完全听不懂。好在音乐是超越语言的……咦，这首曲子怎么这么有中国风、这么熟悉？这不是《瑶族舞曲》吗？2011年春节，我曾经作为主持人和中国人民大学民乐团一起赴非洲的孔子学院演出，我还特意用英语说，《瑶族舞曲》表达的就是中国的罗密欧与朱丽叶在月光下翩翩起舞的浪漫场景——真没想到，七年之后，我第一天来哥大孔院上班，就听到哥斯达黎加当地乐队演奏这首优美的舞曲，看来音乐真的是超越国界的最美的语言……

今天真是个好日子！我们的外方同事罗瑞高正好过38岁的生日。他是我们负责公关媒体的同事，黝黑憨厚的脸上总是洋溢着善良和耐心。我们用西语、汉语和英语三语为他唱了生日歌，送上三重生日祝福！

最后，我们全体中外方同事，拍了一张喜气洋洋的哥大孔院全家福。站在最中间的是我们的司机 Joan 和清洁阿姨 Isa，右边这四位帅哥就是外方同事罗瑞高、公方梁老师、陈黄超老师、外方同事白朗（他曾经荣获哥斯达黎加"汉语桥"比赛全国冠军），左边这四位靓妹就是外方同事司贝娅，志愿者思萌、俊雅和姜旭。左边坐着的三位是周微老师、本土老师 Jenny 和莱赛院长，右边坐着的三位就是我、外方的前台接待 Andrea 和本土老师 Tina。我特别喜欢这张全家福，每个人都笑得那么美，而且大家的颜色——红色、蓝色、黑色、白色配得特别和谐，感觉像油画一样！我的红旗袍和黑皮鞋终于发挥了应有的作用，也完成了历史使命。我感觉好幸福呀！要特别感谢司贝娅送给我的两个创可贴！

2018 年哥斯达黎加大学孔子学院全家福

说实在的，此刻我看到这张全家福的时候，又一次忍不住要热泪盈眶了，当然这是喜悦的泪水！哥斯达黎加有我们多少美好的回忆啊！在 2018 年哥大孔院十周年院庆典礼上，哥大合唱团指挥 Didier 先生和我一起高歌一曲《我爱你，中国》，感动了多少现场观众！当然啦，我们在哥斯达黎加还有很多有趣的探险，比如说去看海龟妈妈下蛋啦，在大海上浮潜啦，去当地大集市买猪头啦，请当地的裁缝给我们做最漂亮的民族服装啦，真是有太多太精彩的非虚构故事！好了，暂不剧透啦，我已经开始写一本书，书名就是《哥斯达黎加幸福历险记》。希望有一天，《哥斯达黎加幸福历险记》这本书能给你带去更多的幸福疗愈时光！

在分享中疗愈

怎样可以更深入地进行疗愈写作，让更多的朋友享受到文字疗愈的功效呢？很简单，就是来学习分享。但这个过程必须是渐进的，是你自己觉得舒服的。一开始，你可以默读自己的写作内容，渐渐地，我希望你可以读出声音来，读给自己听，你既是朗读者，又是听众。朗读的感觉和默读是不一样的。

再接下来，我希望你可以和你信任的一两位朋友来分享，也许可以在和好友聚会的时候读给他们听，也许可以在朋友圈做一个有限的分享。

无论你是和自己分享，还是和朋友分享，我都建议你先分享五到十分钟就可以了，这样大家都不会有压力。你的真诚分享，会给自己和朋友都带来神奇的疗愈。

在这里，我想和你分享一个写作片段，它来自 2023 年夏天我在广东外语外贸大学的疗愈写作讲座，作者是我在中国人民大学带的第一位研究生黄艳同学。

在那次疗愈写作的讲座上，我放了一部微电影《听见母亲》，是我教的影视文学课上同学的小组作品。故事讲的是念高一的女儿在打羽毛球的时候意外失明，从此意志消沉，自暴自弃，单亲母亲为了激励女儿，假意告知女儿，以后只对她说"起床，吃饭，睡觉"这六个字，一年后女儿复明了，却发现母亲已经病逝，所谓的只对她说六个字的"冷酷"的话语其实是母亲温暖的谎言。

黄艳同学在回应写作中这样写道：

　　刚刚看完《听见母亲》。不到十分钟的短片，让我十分感动。结尾部分，女孩了解到真相——沉默、严肃的母亲对她无言却深沉的爱。那一刻，我的思绪飘飞到二十多年前大一新生注册，第二天父亲送我去军训的情景。那一天，大一新生们要乘巴士去部队军训。我穿着军训服装，背着重重的背包，提着重重的行囊，一步一挪地朝巴士走去。突然，一只手把我背上的背包取了下来，紧接着，我手中的大袋子也被拿走了，我惊喜地发现原来是爸爸来了。前一天，他送我到学校，帮我把所有东西都安置好后，告诉我他那天要去办事，就不来学校看我了。但是第一天，他又赶过来了，正好赶在我要上车的时候。我上了巴士。爸爸把我的行李放好，叮嘱我几句，说他得走了。车缓缓地开起来。我哭了。第一次离家，即将开启大学生活的兴奋感很快褪去，取而代之的是离家千里的失落感和身处一个陌生环境的惶恐感。无意中，我朝窗外望了一眼。泪眼模糊中，我看见爸爸站在路边，原来他还没有走。爸爸朝我笑了一下，我知道他是在鼓励我坚强一点、开心一点。车子加速了，我看不见爸爸了。我听见有人说："我妈说，她怎么能忍住不哭呢，她看见一位父亲都在流泪。"我没有看见父亲流泪。我从来没有见过他流泪。在我看来，父亲那么强大，是永远不会流泪的。然而，那一天，我知道，父亲流泪了。

　　黄艳同学说这段回忆经常让她热泪盈眶。我看了这份回应写作后，也想到了我亲爱的爸爸，爸爸送我去青岛上大学，送我去上海办签证，送我到上海虹桥国际机场，送我到中国人民大学工作……想到这一幕一幕，我的眼泪就会不停地流下来。我多么感恩：爸爸依然身体健康，我还可以常常回杭州见到爸爸妈妈！

　　在疗愈写作的分享中，我们常常会很深地感动彼此，成为彼此的疗愈。希望你也可以做一个你觉得自在的、五到十分钟的自由分享。相信这一定会成为一份祝福！

　　无论你是一个专业写作者还是业余写作者，希望疗愈写作都能成为你的疗愈！只要你写的时候是放松的、没有任何压力的，写完了就放下了、释然了，你就完成了疗愈写作。好好地去阳光下闻闻春天的花香吧！享受一下走路的快乐吧！在心里做一个最单纯的小孩子就是最疗愈的！

第三部分

分享我们的故事和生命

第十章

作品朗读会

本章指南

 **热身练习**　　荣获诺贝尔文学奖的你想对大家说什么

想象若干年以后，你的故事得到了世界人民的喜爱，你荣获了诺贝尔文学奖！面对满场的读者和观众，你想说……

我们为什么要举行作品朗读会

我们从心灵深处写出了很棒的故事，我们耐心听取了读者的意见并尽最大的努力修改了故事，我们字斟句酌使故事更加完善——我们终于写出了自己的最佳作品！

那么现在，我们该做什么呢？

我们可能会去投稿，希望我们的故事能发表。我们可能会去参赛，希望能够获奖。这些当然都是可以去尝试的。不过，我们可能要等很长一段时间，而且可能最终作品没有发表也没有获奖，我们自然会很沮丧，甚至会因此怀疑自己作品的力量，从此再也不写了。

小时候，当我收到《少年文艺》杂志社的退稿信时，我真的很难过。现在我长大了，终于明白，能发表的故事总是少数，但这并不意味着没有发表的故事就不好。而且，作为一个写作的人，我要更多地去发现写作本身带给我的乐趣，我要更多地以故事本身来和人们进行心灵沟通，而不是去看重某个权威机构加给我的光环。

你还记得上小学和中学的时候，有同学在班上朗读作文的情景吗？如果我们是那个读自己作品的人，我们会很激动；如果我们是听众，我们也听得很认真。

作品朗读会就是这样一个我们其实很熟悉，但又有些遥远的事物。在作品朗读会上，每个人的故事都会被关注，每个人都会有一双倾听的耳朵。而且，作为作者，你能直接感受到读者的回应，这对你将是

极大的鼓励！

但是，作品朗读会是一个让我们既激动又害怕的新名词：现在的我们，敢于在公共场合读自己的作品吗？我们能够和更多的朋友，甚至完全不认识的人分享我们的作品吗？

这些问题的确让我们心生恐惧。以前，我们曾经在公共场合朗读过名人的诗歌和故事，我们曾经参加过演讲比赛、辩论赛。对于在公共场合朗读或者表演这样的事我们并不陌生。但是，当我们要读的是自己的故事，而且是我们心里最深的那份情感的时候，我们都是脆弱的，甚至不堪一击的。要是别人对我的故事一点也不感兴趣，甚至还笑话我，或者我才读了一半，听众就走出去了怎么办？

我也有过这样的恐惧。但是我知道，我必须战胜这样的恐惧，让我们心灵的美好绽放出来，并以此鼓励每一个在场的听众都能够勇敢地、诚实地面对他们自己的人生。我相信我们每一个个体对这个社会都是重要的：我的痛苦不仅仅是我个人的痛苦，痛苦可以分担；我的幸福也不仅仅是我个人的幸福，幸福也是需要分享的。就像莫里在《相约星期二》里说的，我们不只是那一个浪花而已，我们都是大海的一部分。

我相信，从我心灵深处写出来的故事一定会找到知音。我也相信，愿意来参加我们作品朗读会的朋友已经准备好他们的心来听我们的故事了。

2007 年 1 月，我的学生们在中国人民大学举办了第一次作品朗读会。我们邀请了各位老师、出版社的编辑、家人、朋友，包括外国的朋友来参加。我们的听众以他们的真诚和专注来聆听每一个故事，让我和同学们深受鼓舞。

我的学生 Charlotte 读了她的回忆录《小小化妆师》，让大家和她一起欢笑。她告诉我们她小时候是多么热衷于化妆，有一次趁着爸爸熟睡之际，竟然把爸爸画成了哪吒的娃娃脸！当 Charlotte 读到这里的时候，她又一次变成那个充满热情的小小化妆师，我们也跟她一起经历了这场欢乐的冒险。

当 Martin 读他的回忆录《我的童年》时，我看到他的一些同学互相交换了震惊的眼神：这样的故事怎么可能发生在 Martin 身上？他是那么优秀、聪明、热心的一位帅小伙！但是，在他读故事的时候，我们都能用心感受到他在告诉我们他真实的故事：他被父母的离婚撕扯着，他恨他的继母，他偷东西，他的心灵一直在痛苦中挣扎——但最终，他意识到在这场残忍的婚变中他谁也不能恨，他必须去原谅，走他自己的路，因为他的人生只有一次。感谢 Martin 的坦诚，让我们和他一同经历暴风雨、一同成长，并且终于见到了彩虹。

作品朗读会的目的不是去和任何人竞争，而是让每一个人都能有最美好的绽放，并以此鼓励我们的听众。作为作者，当我们看到专注的目光，感觉到我们和听众有着心与心的相连时，我们就已经得到了最大的奖励。我们感受到深深的爱和医治，我们的医治者甚至是我们不认识的人：看到他们眼睛里有那样的泪光，我们感到深深的幸福。

没有人中途退场。事实上，听众的心一直关注着我们。

第一次作品朗读会结束后，一位出版社的编辑写信给我说，她实在太感动了，这使她想起了她的大学时光，并遗憾为什么当年她没有机会上创意写作课。对我而言，这也是极大的鼓励。

我们如何为作品朗读会做准备

通常，我会在期末给每个学生一个机会在班上朗读一个故事，无论是回忆录、报道，还是想象力写作的作品。这是小型的作品朗读会。如果你有写作伙伴或支持你写作的好朋友，我建议你们可以先从小型的作品朗读会开始，两三个人或十几个人都可以。

有些故事是我们心里最深的痛，也许你可以考虑先读给最知心的朋友听；如果你想不到任何合适的听众，我建议你找一个安静而且安全的地方，读给自己听。当你读出来的时候，往往会得到更多的释放和更深的平安。

我们的勇气是逐渐增长的。一开始，我们很多人不敢读自己的故事。但是，当我们发现朗读能让人获得巨大的释放，当我们听到别人能够那样勇敢地朗读他们的真实故事时，我们也会勇敢起来，愿意让更多的人听到我们的故事。当然，每个人的情况不一样，一定要尊重自己，读或不读都是可以的。

所以，我通常是让每个同学都在班里读过故事后，再问他们是否愿意参加一个更大型的、更正式的作品朗读会，听众中不仅有熟悉的同学，也有校内外的陌生朋友。我们会把这些故事（通常是 6～8 个）编成一本作品集，让作者对他们所要朗读的作品有一个总体感觉。另外，我还会邀请一至两位学生来主持作品朗读会。

然后，我们就会开始排练。根据时间的充裕程度，我们可能会有一次或多次排练。2007 年 5 月，我们为第二次作品朗读会准备了两个月，进行了两次排练，极大地提高了我们的朗读水平。最后，我和学生们一起参加了那次作品朗读会，我读了我的《冰冰》。Martin 和张精升担任了作品朗读会的主持人。

作品朗读会是听众和我们共同经历的一段艺术旅程。所以，朗读自己的作品时，最重要的事情就是不能着急，不能紧张，要让听众渐渐地、自然地和我们产生共鸣。我们是在用我们真实的声音告诉听众一个真实的故事，所以我们必须真诚而又耐心。

理论上我们可能都明白这一点，但是现实中我们一看到听众，就开始心慌，语速不自觉地快起来。那么怎样才能把我们的故事读好呢？

首先，我必须把心敞开。我相信我的听众是爱我、欣赏我的，也会接纳我的不足之处。我已经尽了最大努力来创作并修改我的故事，这是我的杰作，是我能献给听众的最好礼物。

然后，我开始读。故事的开始通常要读得慢一些，要记得跟着故事的线索走，自然地读，就像说话一样，不要刻意制造什么情绪，只要真实地经历故事中所描述的每一个时刻，感受与过去那段时光的连接，感受和现在听众的连接。

比如，我在读《冰冰》的开头时，就感觉像是在跟好朋友讲述这个珍贵的故事一样：

> 我从小就怕狗。上小学的时候，我只要一见到狗就仓皇逃窜，狗却偏偏不饶我，一路紧追不舍还狂叫不止。我的天哪！我总是跑得上气不接下气，觉得小命都快没了。每回"狗口脱险"，在我看来都是奇迹。

第一句话"我从小就怕狗"会读得慢一些，重点会放在"从小"和"怕狗"两个词上。

第二句话"上小学的时候"可以很舒缓地读，但是读到"一见到狗"语气就开始紧张，语速也开始快一些，读到"仓皇逃窜"四个字时更是可怜、狼狈。但接下来我会读得慢一些，并且把音调放得低一些，让人感到狗的可怕——"狗却偏偏不饶我"，然后再加快语速，增强力度，"一路紧追不舍还狂叫不止"。

第三句话可以读得很紧张，"我的天哪！我总是跑得上气不接下气，觉得小命都快没了"，让听众感受到我的恐惧和无助。第四句话"每回'狗口脱险'，在我看来都是奇迹"则是化险为夷，可以读得很享受，而且很陶醉。

当然我不是机械地去这么读，而是在多次的朗读排练中体会到故事内在的韵律，所以才能在作品朗读会现场自然地读出来。

最后，尽管我们是作者，知道故事的每一个转折点，但是当我们读的时候，必须耐心，就像我们并不知道接下来会发生什么事情一样，尤其是当故事高潮来临的时候。

比如，当我看到冰冰没有来接我时，我开始担心，怕有什么不好的事可能发生在冰冰身上了，故事里这样写道：

> 我不记得我们是怎样知道那个残酷的故事的……但是终于，我们知道冰冰再也不会来接我们了。她一直在等我们回来，每天

下午都会定时到公共汽车站等候我们出现。可是，就在我们回来的前一天，就在公共汽车站附近，她被一辆拖拉机轧死了。

对我来说，这一段是最令我痛苦的。每句话都是简单的大白话，但是每个字都是沉重的。我在读的时候，让每一个字的重量都沉沉地进入我的心里，进入我的声音里，我不去计算我可以怎样感动听众——我只知道我的心在哪里，我的声音也在哪里。我在讲述一个生与死的故事，一个最忠诚的朋友的故事，我要用我的生命来讲述这个故事！

在两次排练中，每当读到以上这一段时，我总是忍不住热泪滚滚，哽咽到不能继续。但是，在最后的作品朗读会上，我终于能更好地把握住自己的情感：我的心里有深深的悲伤和愤怒，我的眼泪在眼眶里打转，但是我没有停止我的朗读，我也确信听众能在此时充分感受到故事的力量。

通常我们会为每位听众朋友准备一本作品集。有些朋友可能喜欢边看边听，而且，这也是我们能让朋友们带回家的一份纪念品。在某种意义上，作品朗读会是一种直接和读者见面的出版。

如何宣传我们的作品朗读会

当然，我们需要有创意地宣传我们的作品朗读会！我们可以在网上发布消息；可以在合适的公共场所里竖起大海报，放上每个作者的照片，公布故事题目；可以为听众准备一些礼品，吸引他们来参加并鼓励他们也来写故事；还可以发出正式的邀请信，邀请社会各界朋友前来参加。

以下是我为 2008 年的作品朗读会准备的一封邀请信。看了之后，或许对你有所启发。也许有一天，我会收到你寄来的邀请信，在你们的作品朗读会上见到你呢！

致：××大学英语系主任丁教授

尊敬的丁教授：

2008年5月20日，星期天晚上7点钟，我们热情地邀请您来参加中国人民大学外国语学院英语系师生共同举办的作品朗读会，地点在人大西门附近的明德商学楼0502。

这是国内高校第一门英语创意写作课开课以来的第一次大型作品朗读会。作为同学们的老师，我很荣幸能邀请您和我们一起来度过这个特殊的夜晚。2006年秋季，我在中国人民大学英语系首次开设了非虚构创作课。在课上，师生成为彼此的灵感和激励。我把我的故事读给同学们听，他们以眼泪和掌声来回应我；而他们的故事更是让我感动，让我叹息，让我深思——每一个年轻的灵魂都是如此真实勇敢，让我深深地敬佩。

5月20日，七位同学和我会把我们的故事读给您听，和您分享我们的痛苦和欢乐、失败和胜利。您的光临对我们将是莫大的支持和鼓励。

此致
敬礼！

中国人民大学外国语学院英语系
李华

新时代更需要作品朗读会

时光飞逝，我们已经进入了一个自媒体时代，发表个人的作品比以前容易多了，读者和作者在平台上互动也更方便了。但是，作品朗读会依然有无法替代的价值。当然，现在我们会用电子邀请函来邀请嘉宾，会发推文链接给朋友，但最终目的依然是让作者和读者面对面，让读者在现场听到作者的心声。

经历三年疫情之后，我们更加体会到每一次见面是多么珍贵，我们的心更加渴望彼此相连——作品朗读会就给我们提供了这样一个最好的机会。无论朗读会的规模有多大，是正式的还是非正式的，它都会让现场的每一个参与者深受感动和启发，也许还会有后续的精彩故事呢！

2023 年 9 月 24 日，我和几位学生在北京刺鱼书店就参与了这样一个非正式的创意写作工坊和作品朗读会。来自上海交通大学的美国外教 Ryan 主持工坊，参与工坊的有来自高校的学生，也有已经在职场工作的专业人士，大约有十几人。除了我的学生，绝大部分朋友我是第一次见到。我们现场自由写作、自由分享。后来 Ryan 给我们读了一个他写的非虚构故事，讲的是他和一个韩国老人的故事，读到最后，他的声音有些哽咽了，大家的心一下子被拉近了。于是来自外交学院的 Icarus 同学又和我们分享了她的几首英文短诗，她真挚的情感和简洁的语言让我感觉到了美国诗人艾米莉·狄金森一般的美和力量！

后来，Icarus 同学和我成了朋友。她对戏剧创作很感兴趣。有一位外国记者跟她说，他曾经用一篇报道救了五只狮子。Icarus 觉得这是一个很好的主题，就以这个非虚构故事为基础，带领外交学院来自世界各地的学生们集体创作并排练话剧《五只狮子》，还邀请我去现场指导。

2023 年 12 月 27 日晚，原创话剧《五只狮子》在北京蓬蒿剧场演出，座无虚席。所有的演职人员都是志愿者。他们的表演非常用心。所有的观众都在用心观看。在现场，我深深地感受到：人们的心是多么渴望表达、渴望连接！

Icarus 同学和我相识于作品朗读会。三个月之后，她带来了如此精彩的话剧，我们成为彼此的鼓励和支持。

亲爱的朋友，我深信，你一定会在作品朗读会上有美好的收获！

第十一章

公众号推文

本章指南

🍂 热身练习

🍂 推文一：《哥斯达黎加大学孔子学院首次开设学分课》

🍂 推文二：《从西语小白到西语电台嘉宾》

🍂 推文三：《读一封"家书"，思赴任之旅》

 **热身练习** 分享你最近看到的一篇推文

　　两两自由组合，分享你最近看到的一篇推文，说说推文中什么最吸引你。

　　亲爱的朋友，你现在是否还记得曾经看过的任何一篇公众号推文？如果你写过公众号推文，你会愿意再去看自己之前写过的推文吗？

　　在这里，我想和你分享三篇哥斯达黎加大学孔子学院公众号的推文。它们发表于 2019—2020 年。作为读者，我至今还记得每一个故事带给我的感动。

推文一：《哥斯达黎加大学孔子学院首次开设学分课》

　　2019 年 6 月 5 日，哥斯达黎加大学孔子学院公众号发出第一篇推文《哥斯达黎加大学孔子学院首次开设学分课》，作者是志愿者谭文，我在中国人民大学的学生。谭文热爱写作和探险，2014 年曾荣获中山大学举办的中国首届英语创意写作大赛非虚构作品一等奖，2019 年赴哥斯达黎加大学孔子学院担任汉语教师志愿者。谭文现在国内工作。

　　2024 年春天，我跟谭文说，我想在修订版的新书里加上她写的这篇推文。她回复我说，"刚重新看了遍推文，一时间竟认不出是我写的，许多细节让我感动于那时的活力和脑筋"。我想，这就对了！要的就是这种感觉！能够再次被自己感动的故事才能感动别人！

　　现在，就让我们一起来看看哥大孔院公众号上的第一篇推文，发表于 2019 年 6 月 5 日。

哥斯达黎加大学孔子学院首次开设学分课

谭文

今年 3 月 12 日，对哥斯达黎加大学孔子学院来说是个特别的日子，在这一天孔院汉语课程首次进入了哥斯达黎加大学学分系统，哥大孔院开设了第一门学分课。时至 6 月，课程快进入尾声阶段，让我们和大家一起来回顾一下学分课上的点点滴滴。

开课那天，学生们蜂拥而至，二十多个座位的教室一下子就被占满了，可以看出大家选修汉语的热情满满。和常规班的同学们相比，他们真是多了股劲头。也许是要修学分拿成绩的动力，也许是年轻人本身的好奇心，课堂上真是点子不断、欢乐不断，不过，也是状况不断。

"十万个为什么"

在很多孔院常规班课上，同学们提的问题可能屈指可数，而这个学分课上，学生的提问接连不断：有的跟课程本身有关，有的纯粹是十万个为什么。但老师们又不得不承认，他们的问题有时让老师们都摸不着头脑，一细想又十分有趣。比如说，为什么汉语里没有像万金油一样的 sí（是）或者 no（不是）呢？回答"你吃吗"，是"吃"或者"不吃"；回答"你喝吗"，又变成了"喝"或者"不喝"。汉语中对很多问题的回答是随着动词而变的，"是"和"不是"根本无法等同于 yes and no 抑或 sí y no。这往深了想，简直就是个哲学命题，可以说关于最基本的是否的回答呼应了汉语语法的常无定数，也体现了中国人对所问之物本身的重视，因此着重于直接用动词回复。

有的"问题宝宝"又会问了，为什么中国人说话总喜欢"说两遍"，比如"要不要""有没有""吃不吃"，这难道不会显得不礼貌吗？在西班牙语中将是否两种情况都说出来会带有一种咄咄逼人的口气，比如¿Quieres o no quieres?（要不要?）。这问题咱们老师教的时候可是从没想过的，可一细想还真是那么回事儿。"你要不要吃饭？"相较于"你要吃饭吗"，前者还真是更不客气，尤其是再加上"到底""究竟"之类的词，无疑是不耐烦的口气了。这些同学们，总是脑洞大开，联想无边，慢慢带得老师们，都更富有想象力了。在给同学们起名字时，公老师竟起出了"安徒生""爱丽丝"这般童真可爱的大名儿，而其他同学，也一个劲儿地拿着自己的名字好奇地问老师这是什么意思。每次点名，听到大家一声声响亮的"到"，老师们心里都跟吃了蜜似的，要知道常规班都只有一张"冷冰冰"的签到表让学生自己来填！

因为同学们是"好奇宝宝"，咱们老师也学到了不少关于哥斯达黎加的事儿。比如：教材里的主人公明明叫马大为，大家偏说像西班牙语里的 matawey，是一种毒蛇，每次读到那里就笑得不行；讲到汉语中常用的句式"怎么了"，又有同学当起小老师来教咱们老师说"Y diay, mae"（怎么了，兄弟？），还特别自豪地强调说这只有在哥斯达黎加才听得到哦！因此，老师们的生动授课与同学们的积极思考使得课堂上知识的火花时时迸发，实现了教学相长。

"画起来动起来唱起来"

我们一直很希望在孔院的课程中尽可能多地安排文化活动，在语言学习之外让大家接触到更灵动的中国文化。非常幸运，这次学分课每周两节，总共只需完成《新实用汉语课本》的前七课，因此有充分的时间来做文化活动。

公老师首先教授了中国书法的基本知识，这是很多同学第一次拿毛笔，有的同学握笔握得手抖，不过全然是认真入神之态。通过用毛笔练习写汉字，大家对汉字的笔画、结构有了更细致的了解。之后大家又一起画熊猫，桌子上空间不够，有的人甚至把画纸铺到了地板上，乍一看，像是一群小学生在地上玩。最后的成品各有亮点：有的人画的熊猫憨态可掬，有的人画的熊猫眼把整张熊脸都占满了，让人忍俊不禁。大家都成了国画小艺术家，课堂一片喜乐。

同学们和谭文（前排正中）一起展示熊猫国画作品

在接下来的一课中，老师们讲到生肖，同时还组织大家一起来学习五禽戏——虎鹿熊猿鸟。大家虽是一群年轻人，却有这个耐心一个动作一个动作地慢慢跟，一个个"张牙舞爪"，下午哪怕有犯困的，一学起来睡意也全没了。最有趣的要数鹿式了，有的同学一下子转得太猛，还假装闪了腰。通过对各种动物的模仿，同学们对五禽在中国文化中的象征意义有了更深的了解。

而在讲到古诗《静夜思》时，老师们一会儿让大家像古人似的摇头晃脑地吟，一会儿又教大家唱，本来晦涩的古诗就被大家唱活了！当老师们听到同学们能吟唱出一首古诗的韵味时，心里油然生出一股感动来：古老的韵律在世界的另一端悠扬传唱！其实，老师的角色不光是介绍者，更是引路人，将同学们带进门，切实地去感受学到的知识。

学分课的开设无疑是哥斯达黎加大学孔院在汉语课程推广上取得的新进展，从丰富的授课内容及老师与学生们的积极互动可以看出，汉语学分课程在日后极有可能继续开设。从教学模式来看，我们希望学分课可以给常规课提供一些经验，让老师能在增加趣味性的同时完成授课内容。最后，长远来看，我们希望下学期可以继续开设基础课程 2 的学分课，这样可以使汉语课程稳步进入大学选课系统，也可以使更多同学有学习汉语及中国文化的兴趣，并最终推动哥斯达黎加大学汉语系的开设。

亲爱的朋友，谭文这篇推文，是否让你看了跃跃欲试，想飞到孔院课堂上去亲身感受一下？语言课简直就是哲学课！我们中国人怎么这么实在呀！你吃还是不吃呢？这些问题我也从来没有想过。《静夜思》这首歌当时还是我去学分课现场教唱的，的确体会到那种深切的感动。谭文的这篇推文，生动而又深刻，相信很多朋友看了会觉得很有意思！

推文二：《从西语小白到西语电台嘉宾》

也许你会说，谭文有写作天分，又学习过创意写作，那当然写得好；一般人没有那个天分，可还得完成公众号的写作任务，那就只能是完成任务了。

我在哥大孔院的同事陈黄超老师曾经认为他就是一个不会写作、没有文采的人，但是我们看到的陈老师是一个有很多亮点的人。他从小学习弹钢琴，是一个语言天才，也是深受孔院学生喜爱的汉语老师。陈老师到哥斯达黎加一年不到，就被邀请去当地国家级电台做西语直播节目的嘉宾——我们都以陈老师为荣呢！为什么陈老师就不能把自己的真实故事写出来，在公众号上和大家分享呢？

早在 2018 年，陈老师就在我的创意写作工坊中打下了一定的写作基础：他的童年回忆录非常质朴、感人。我知道陈老师是一个好作者。

于是，在我的不断鼓励下，陈老师的第一篇推文《从西语小白到西语电台嘉宾》终于在 2019 年 6 月 14 日与大家见面啦！

从西语小白到西语电台嘉宾
——我和哥斯达黎加人民分享中华文化

陈黄超

大家好！我是哥斯达黎加大学孔子学院的公派教师陈黄超，来哥大孔院工作已经一年多了。我能有机会来到这个世界上最幸福的国家工作，首先要感谢我在北京师范大学的恩师王懿颖教授。在我研二时，王老师就推荐我去菲律宾担任汉语教师志愿者，虽然那里非常艰苦，但是我发现自己很喜欢这份工作。2017 年，中国人民大学招聘海外汉语教师，其中就有哥大孔院的工作岗位。王老师鼓励我继续从事汉语教育事业。就这样，我开始了人生新的征程。

但是，我心里还是不无忐忑。首先，我的专业不对口。我本科学的是艺术教育，主修钢琴，硕士学的是学前教育。和对外汉语专业科班出身的老师相比，我有太多的专业知识需要补足。而我更担心的是语言关。早就听朋友说过，"西班牙语是天使说的语言"，所谓天使，美丽迷人，但却复杂而难以琢磨。不论是动词变位，还是语音词汇，都不是一朝一夕可以习得的，想想头都大了。所以在国内时，我就买了一些教材想要自学，以便日常沟通和教学使用。但是，当我打开课本的一刹那，便被吓到了。天呐！除了字母是我认识的（也就是长得一样，但是发音完全不一样），其余的感觉两个字足以概括：天书！于是挣扎了两三个星期之后，我就放弃了。我想凭我一己之力，肯定是无法通关的。

来到哥斯达黎加之后，果然不出所料，第一学期上课就碰到了几个不会说英语的学生。看着学生每次上课都面露难色，我非常着急，每节课都使出浑身解数希望能让学生理解，多用生动的肢体语言来表现汉语的音乐性，提升学生对语音语调的敏感度，这些努力取得了一定的效果。但是，因为语言不通，有时候我还是只能请会英语的同学帮忙翻译。我真心希望自己能够快点开口说西语，哪怕只言片语也好。

很快，机会来了。感谢哥大孔院为我们这些西语小白们安排了超级棒的西班牙语课程。我们的西班牙语老师 Kattia 教学经验非常丰富，在课上，她会组织很多活动，让我们把有限的西语词汇用讲故事的方式串起来。不仅如此，她还会为我们补充许多实用的哥斯达黎加俚语，帮助我们更快地融入当地生活。

当然，仅凭上课来学习一门语言是远远不够的，所以我经常抽空和孔院的当地同事练习西语。我们也常常一起出游，品尝哥斯达黎加当地的美食，欣赏当地的美景。同事们总会让我先试着和当地人沟通，然后再纠正我的错误，让我体会到在生活中学习西语的乐趣。渐渐地，我和当地同事们成为好朋友。与此同时，我的学生们也感受到了我学习西语的热情，纷纷提出要和我做语伴。大家相互学习相互帮助，课堂气氛也明显变得热烈起来了。学生们还推荐我去一个"语言角"。在那里，我认识了很多想练习汉语的哥斯达黎加朋友，他们也会教我一些实用的西语口语，其中一些人后来还成为我们孔院的新学员。

2018 年是我们哥斯达黎加大学孔子学院成立十周年，我们一直在为 11 月的庆典演出积极准备着。在大家的帮助下，我这个西语小白终于可以用简单的西语教哥大合唱团学唱中国民歌《茉莉花》、2008 年北京奥运会主题曲《我和你》，并且让他们理解歌曲中的情感内涵了。在十周年的庆典上，我们孔院的中方院长李华老师和我有幸参加了合唱团的演出。在节目最后，李老师与合唱团指挥Didier先生演唱了《我爱你，中国》，我担任钢琴伴奏，将庆典推到了最高潮。

当我还沉浸在十周年庆典的喜悦中时，我们孔院《哥斯达黎加，你好！》（*Costa Rica，Nihao*！）栏目的责任编辑，也是我非常交好的哥斯达黎加同事白朗找到我，说哥斯达黎加大学广播电台FM96.7《大学新闻》（*Noticias Universidad*）栏目组正在找一名能说一点西语的汉语老师，去录制一档关于圣诞节和春节的节目。他说节目是录播的形式，所以我只需要准备一个简单的稿子就行了。我心想：说西班牙语我不行，念一下还是没有问题的。于是便欣然答应了，毕竟这也是中哥文化交流的好机会，且能去电台录节目，对我而言是一种全新的体验。

可录制前两天，节目组突然和我沟通，说他们觉得直播更有意思，主持人会按稿子顺序向我提问，我只需要按着稿子念答案就可以了，不要紧张。而且我的西语老师Kattia，作为栏目负责人，也会全程陪同我的。我想有自己的老师陪着，应该没问题。

我们的节目在11月23日晚上6点至6点半的黄金时段播出。进直播间前，我还念了好多遍，让自己的话听上去尽量自然。可是计划赶不上变化，主持人Maria女士对我这个中国人很感兴趣，问了我许多稿子上没有的问题，比如让我介绍一下我的家乡、谈谈中国人对哥斯达黎加的了解等。虽然Kattia老师一直在帮我解释，但我还是有很多不明白的地方，幸好主持人很有经验，能够让节目顺利进行下去。接近尾声时，Maria突然问我："孔院十周年庆典那天晚上是你在台上弹钢琴吗？你弹得太棒了！"后来，我才知道我们孔院十周年的庆典在哥斯达黎加当地得到了非常热烈的反响，因此活动一结束，哥大电台就马上联系我们孔院，希望能够立即开展合作。

第一次录制节目（左一是节目主持人Maria，中间是栏目负责人Kattia，右一是陈黄超）

　　一转眼到了 2019 年，寒假一结束，我就从中国飞到了温暖宜人的哥斯达黎加。我的西语在回国的这一个月里退步了不少，许多去年能说的简单口语现在全忘了。2 月底，Kattia 老师告诉我，哥大广播电台想继续邀请我作为节目嘉宾分享中华文化。同时，为了吸引更多的听众，他们决定采用 Facebook Live 的网络直播形式。我感觉这架势比去年大了许多，不仅不能偷偷地念稿子了，而且还要面对观众表情自如，我的挑战更大了！

　　这一期，节目组希望我和大家分享中国的微信。其实这个话题我很熟悉，不过由于我的西语退步比较大，节目里还是状况百出。比如主持人问我微信目前的使用人数大概是多少，我看着我的笔记，却忘了怎么用西语说"亿"这么大的数字。另外，主持人希望我比较一下微信、WhatsApp 和 Facebook 的不同，这个用我有限的西语也难说明白，我只能用 muy bien（很好）、muy fácil（很简单）等初级词汇来形容微信，造成了好几次冷场，好在有 Kattia 老师的帮助，才顺利做完这期节目。出乎意料的是，这期节目得到了许多听众的关注，他们希望以后能经常听到介绍中国文化的节目。于是，栏目组希望我做节目的频率能够从每月一次增加到每月两次。

　　4 月份，我和哥斯达黎加人民分享了什么是真正的中国美食。我发现哥斯达黎加人民知道的中国美食只有炒饭、炒面、炸云吞。为了消除他们对中国美食的误解，也为了给中国美食正名，我在节目里介绍了北京烤鸭、西湖醋鱼、新疆大盘鸡等中国名菜，说得主持人垂涎欲滴，恨不得能够马上飞去中国品尝。而在这之后，我做节目的频率便增加到了一周一次。

　　之后我开始搜寻更多和中国文化有关的话题，比如说中国的传统服饰。在做这期节目的时候，我特意穿上了汉服，梳了个颇具古代风格的发型。在节目里我告诉主持人 Maria，中国人在出席隆重场合时，很多男士会穿唐装或中山装，女士会选择旗袍。同时，因为中国是一个由 56 个民族组成的统一的多民族国家，大多数的少数民族有本民族的传统服饰，我又详细介绍了一下苗族、维吾尔族、藏族和蒙古族的特色服饰。

之后的节目中又讲到了茶道。它是中国文化的重要组成部分，但我对此确实了解不深，所以上节目之前，我做了不少功课。我学习了许多关于茶道的礼仪知识，还练习了好多次"凤凰三点头"。在节目中，我和大家分享了一些喝茶的规矩，告诉他们喝茶时要左手托杯底，右手端杯沿。当别人给你敬茶时，你应该用食指和中指轻叩桌面以示感谢。主持人 Maria 听完后，觉得非常惊奇，原来中国人喝茶有这么多讲究。

上周是我们中国的传统节日——端午节。我在节目中和哥斯达黎加的观众朋友们分享了中国伟大诗人屈原的故事以及他的著作《离骚》。屈原是一个真正的爱国者，胸怀大志却遭受了奸人的陷害而被楚王流放在外，但是他时刻心系祖国，最后选择了以身殉国。为了更好地理解《离骚》，我查阅了许多资料，希望能够把里面蕴含的精神传达给哥斯达黎加友人。当我讲完屈原的故事之后，主持人由衷地感叹道："中国的这位英雄真的非常伟大！"我深有同感，无论是过去还是现在，我们中国人民都深深地爱着自己的祖国。

目前，我们节目的关注量已从最初的 20 人次上升到了现在的 500 多人次，直接听众达几十万。前两天我去我们孔院对面新开的中餐馆吃饭，老板说："啊，你不是《哥斯达黎加，你好！》那个栏目的嘉宾吗！"这种做"网红"的体验让我觉得好开心，也让我对自己的工作有了更强的使命感。

我深知学习西语的道路还很漫长，但经过一年的努力，我已经可以在课堂上比较自如地用西语和学生沟通，在生活中和当地朋友更多地交流。我希望在将来的节目中能更深入地和哥斯达黎加人民分享中国文化。对我来说，哥斯达黎加真的是世界上最幸福的国家之一！

从这篇推文中，你是否听到了陈老师真诚的声音并感受到了他心里的幸福？陈老师发了这篇推文后备受大家鼓励，对自己的写作能力也更有信心了。他的西语广播越做越好，2020年2月还获得了哥斯达黎加国家播音员资格证！

于是我就鼓励陈老师，你可以写一本书呀！只有你才能写出这样精彩的故事！这对哥斯达黎加人民、拉美人民，还有广大的汉语爱好者和西语爱好者，都是一个极大的鼓励！你的节目就是拉美民众了解中国的桥梁！一开始，陈老师还觉得这是不可能的事。在我的不断鼓励下，陈老师终于开始动笔写书了。

2022年8月，就在陈老师离任前夕，西汉双语版的《哥斯达黎加，你好》一书在哥斯达黎加出版了。这本书生动地记载了《哥斯达黎加，你好！》栏目的高光时刻：你会听到陈老师讲述来自中国的故事，有他个人的成长、亲人的支持、祖国的最新发展；你还常常会听到陈老师和搭档Kattia老师的笑声，并且感受到中哥两国文化交流中擦出来的火花……

我有幸见证了陈老师从西语小白成长为哥斯达黎加大学广播电台嘉宾和全球网络主播的神奇旅程，并且看到他从一个害怕写作的人成长为一本书的作者，真的特别欣慰。而这一切，就是从这篇推文开始的。

陈老师现在任教于意大利博洛尼亚大学孔子学院，继续从事着他所热爱的汉语国际教育工作。

推文三：《读一封 "家书"，思赴任之旅》

最后要和你分享的，是一位最特殊的志愿者朱朱写的推文。发表于2020年4月17日。为什么特殊？看完推文你就明白了。

读一封"家书"，思赴任之旅

朱朱

编者按：

哥斯达黎加时间4月6日，居家隔离的第22天清晨，我睁开眼睛打开手机就发现邮箱里静静地躺着一封来自李华院长的"家书"。因为诸多因素的影响，从选拔、赴任到到岗，这一年多的时间里我和李老师一直是微信通信的"网友"，到现在也没能真正见上一面。读着李老师的这封"家书"，我好像忽然间就体会到了古人说的"家书抵万金"是什么感觉，加之现在蔓延全球的疫情亦可算得上是"烽火连三月"，一时间感觉更加强烈。读罢这封"家书"，从2018年年底开始的选拔、培训、调岗、延期等长达一年多的赴任之旅的点点滴滴，一下子又涌上我的心头。

一封家书

哥斯达黎加大学孔子学院中方院长 李华

亲爱的家人们：

你们好！此刻是哥斯达黎加时间4月6日凌晨3点半，希望你们都在美好的梦乡里。今天就要开始哥斯达黎加的圣周了，不知道今年会怎样庆祝。如果没有疫情，小伙伴们想必会相约一起去温泉、火山、海边，拍下一张又一张靓照，尽享一餐又一餐美食，在美景和美食中，分享我们的友谊……

今年的经历百年难遇。我从1月25日凌晨下飞机回家直到今天，每天都在体会这种不同寻常的经历。

想到我们三位志愿者能在一起朝夕相处、互相鼓励，我特别欣慰。尤其朱朱今年刚来，就赶上了这百年难遇的经历：真实的人生永远比舞台更有戏剧性。朱朱在申请来海外孔院做志愿者的道路上可谓一波三折，最终来到哥斯达黎加之后又经历了和我们往年完全不同的工作和生活——相信这一切最终都会造就朱朱。洁漫和燕江（我又想起了你们俩的小名——翠婷和燕红，真是可爱啊，呵呵）都是三月份出生的美女，这会儿才发现你们的大名里都有三点水，果然是水做的！两位都是富有才情的美女老师：燕江写的公众号文章和洁漫制作的微电影永远地刻在我心上了。

想到刘老师和公老师也做了近邻，我也挺欣慰，而且感觉那儿购物还挺方便，还挺现代化的。只有陈老师一人离大家远一些，听陈老师说最近要把以前周老师赠送的瑜伽垫拿出来锻炼了，说不定将来又练出来一身绝活呢！我感觉关在家里的考验对热情外向的陈老师来说还真是不容易！

当然，关在家里对我们每个人都是考验。我现在在小区里散步，可以不戴口罩，但只要出了小区，就必须戴上口罩。我就在小区里一圈又一圈地散步，思考一些事情，哼一些歌曲，比如前一阵子经常哼唱的是《梁祝》的旋律，昨晚散步唱的是《回娘家》《粉红色的回忆》，今早又唱起了《我爱你，中国》。我自己也觉得很有意思！

春天来了，爸爸天天在小区的河边钓鱼，运气好的话，每天能钓一斤小鲫鱼；妈妈每天都打太极拳、做八段锦，一丝不苟地洗碗、打扫卫生。爸爸妈妈都很惦记你们（包括朱朱，去年我和爸爸妈妈还一起欣赏了朱朱的才艺视频），希望大家都好好保重哦！

记得我七八岁的时候，一到假期就会回宁波老家去看奶奶，有一天晚上，坐在候车室里，我忽然觉得候车室就是一个静悄悄的大火车，虽然看着是不动的，但其实，它就在带着我飞快地往前走——我甚至能感觉到候车室已经飞起来了！现在，当我静静地宅在家里时，我也会这样想：一切看似静悄悄的，但其实在飞速往前走。让自己的心住在爱和平安里面，不要为明天忧虑。既然有这样让自己安静下来的时间，那就让心灵去远足吧！心有多远，路就能走多远。

愿大家圣周平安快乐！

爱你们的琳达

选拔·调岗

2018年10月，我选报了一个欧洲国家——斯洛伐克的志愿者岗位，这个岗位预计派出时间是2019年2月。2018年11月我到上海参加了孔子学院总部组织的选拔考试，顺利通过考试后，12月去了厦门大学参加赴欧志愿者的岗前培训。和我赴任同一孔院的还有四个小伙伴。因为派出时间是 2 月，所以在培训的那段时间里，我们总是一边穿梭在厦大的校园里，一边"指挥"家人帮我们办理各种各样复杂的证明、公证和认证，还和其他小伙伴一起约定要在欧洲"再相见"。

可是没想到，就在 2019 年 1 月 23 日，岗前培训结营仪式的那一天，我们收到领事馆的通知说我们不符合到斯洛伐克后再申请居留卡的条件，也就是说我们必须要等在国内拿到居留卡以后才能赴任，而这个居留申请流程大概要 6 个月，这也就意味着我们所有人的派出时间都要推迟到 2019 年 9 月。得知这一结果，我们纠结了很久，彼时正值新春佳节，我们一行五人只能先各自回家准备新一轮的申请材料，眼看着身边一起培训的伙伴们都陆陆续续赴任，我们虽然着急，但也只能耐着性子一次又一次地往返于学校、公证处和外事办。

在这期间我们互相鼓励，每天在群里跟进各自手续的办理进度，做好了推迟派出的准备，但谁承想我们的赴任之旅是一波"折上折"。2 月 13 日春节之后，我作为小组代表接到了项目官员的电话，被告知斯洛伐克孔院因为前方工作调动，9 月不需要志愿者到岗，如果我们愿意的话可以调剂到泰国普通岗位志愿者，或者继续等待新的通知。就这样，我们一行五人没能履行当初培训时"欧洲见"的诺言，我和另外一名志愿者选择同意调剂去泰国，两名志愿者选择继续等待通知，还有一名志愿者则放弃了这次外派的机会。

接下来的两个月，我们从"欧洲"回到了"亚洲"，我和另一名志愿者一边着手办理各项赴泰国需要的手续和材料，一边继续等待具体的外派通知。本以为这件事情终于要尘埃落定了，4 月底和项目官员沟通时被告知泰国暂时也没有空缺的岗位，具体派出时间和岗位仍然待定。这样的安排让我很是担心，因为作为应届毕业生，6 月份毕业后如果没能及时派出的话，我就要面临"一毕业就失业"

这样的尴尬状态，我很害怕毕业后在家里成为"无业游民"，所以忍不住打电话向人大国际交流处的老师们求助，没想到这一通电话，真的给我的赴任之旅带来了转机。

赴任·延期

在电话中得知，人大合作的哥斯达黎加大学孔子学院需要志愿者，同样预计 9 月到岗。就这样，在老师们的帮助下我参加了哥斯达黎加大学孔子学院的视频面试，外方莱赛院长和中方李华院长向我介绍了哥大孔院工作和生活的方方面面，也是从那个时候开始，我和李老师成了保持微信通信的"网友"。

面试过后，在哥大孔院、人大和孔子学院总部三方老师们的帮助下，我终于顺利办完了调岗手续，确认赴任哥斯达黎加大学孔子学院。不得不说，这小半年我的赴任国从欧洲的斯洛伐克调到了亚洲的泰国，再到最后拉丁美洲的哥斯达黎加，几乎可以说是"绕地球一圈"了，这也正应了那句老话——好事多磨。

哥斯达黎加签证需要的材料和手续也十分复杂，从学校和户籍派出所的证明，到公证处的公证，再到外事办的双认证，每一个环节都要耗费人力和财力，而那个时候我又因为毕业论文答辩各项事宜不能离开学校，因此很多手续是通过电话和负责人沟通的，没想到这又为接下来的"磨难"埋下了伏笔。

哥斯达黎加签证材料中要求个人护照的公证必须要复印整本护照，包括所有的空白页。办理护照公证时我通过电话反复和公证处的工作人员明确了这一项要求，而从办理公证到双认证再到后来邮寄到哥斯达黎加，这整个过程中因为种种原因我没能亲自确认这份文件，以至于等文件邮寄到了哥斯达黎加我才得知，最开始公证的文件并没有复印所有的空白页，不符合哥斯达黎加官方部门的要求，这也就意味着我的这份文件作废了，所有的程序又要"从头再来"了。

就这样，我预计赴任的时间不断延期，等我真正拿到签证的时候已经是 2019 年 11 月底了，这个时候孔院的各项教学任务已经结束，哥斯达黎加政府部门也开始休年假，这个时候赴任的话很多手续无法办理，所以我决定等到假期结束，新的学期开始再和其他老师们一起前往哥斯达黎加。

到岗·疫情

哥斯达黎加时间 2020 年 1 月 11 日，在历经 30 多个小时的长途颠簸后，我终于踏上了哥斯达黎加这片拉美热土。动感的音乐、湛蓝的天空、热情的伙伴，这些构成了我对哥斯达黎加的第一印象。

到达哥斯达黎加后只休整了一天，我就带着时差去孔院报到上班了，不过好在开始的两周并没有课，这给了我足够的时间去熟悉工作环境，熟悉教材和课程安排。就这样，在中外方同事们的帮助下，我慢慢适应了这里的生活，汉语教学工作也逐步走上正轨。

哥斯达黎加"中国年"游行
（左起：外方文化项目主管 Kattia、志愿者倪洁漫、
志愿者朱朱、陈黄超老师）

从抵达哥斯达黎加那天开始，大家始终牵挂着远方的祖国和亲人。工作之余，关注疫情数据和抗疫新闻成了我们的必做功课；老师们通过不同渠道关注哥斯达黎加的口罩、酒精等医疗物资，争取为祖国的抗疫工作贡献自己的一份力量。国内疫情严重时，我们还

和学生们一起拍摄加油视频，为祖国加油打气，为奋战在一线的医护人员呐喊助威。当看到国内抗疫工作初见成效，整体局势慢慢好转时，我们悬着的心才稍稍放下了些。

当地时间 3 月 6 日，哥斯达黎加确诊了第一例感染病例，随后各级政府部门迅速响应采取措施。3 月 16 日，哥斯达黎加大学全面停课，孔院的汉语课程也由面授课改为网络课。从 1 月 27 日正式开学到 3 月 16 日全面停课，短短两个月不到的时间里，世界局势却发生了天翻地覆的变化。我从没想到，经历了一年的赴任之旅挫磨，在到岗后还会面临如此大的挑战。不过好在还有祖国和母校的支持，有老师们的帮助，有学生们的鼓励和肯定，我们不断调整教学方法，逐步适应线上教学模式，也为接下来长期抗疫工作做好了准备。

莎士比亚在《十四行诗》中写道："目睹这些，你的爱会更加坚定，因为他转瞬要辞你溘然长往。"的确，2019 年我的赴任之旅经历了种种波折，2020 年我又和这个世界一起经历了种种考验，但就像莎士比亚在诗里写的那样，正是因为目睹和经历了这些波折和考验，我才会更加珍惜现在的生活，更加努力地完成汉语教学工作，更加坚定地履行传播中华文化的使命。

一封回信

哥斯达黎加大学孔子学院志愿者 朱朱

亲爱的"网友"李老师：

您好！早晨醒来看见您的邮件静静地躺在收件箱，赶紧揉了揉睡得有点肿的眼睛，迫不及待地读完了，然后很惊奇地发现自己的出镜率还挺高，再次感谢老师和您家人的关心！

人们常说不知道"明天"和"意外"哪一个会先来临，2020 年好像就是这样。记得 2019 年 12 月 31 日那一天，我和武汉的朋友约好一起跨年，在武汉的市中心一起看跨年音乐会，那个时候零零散散有一些关于疫情的报道，只不过大家都沉浸在迎接新年的喜悦中，对此并没有太多的关注。现在想想我或许也算是当时的第一批亲历者，而现在时隔几个月，我虽然离武汉十万八千里，却又成了"海外亲历者"。

出国之前一方面为了自救，一方面为了去看看心仪已久的沙滩和大海，我特意去学了游泳，刚刚到岗的时候陈老师还信誓旦旦地跟我说："朱朱，等李老师来了，圣周假期你们肯定有机会一起去海边游泳的。"未承想现在圣周到了，李老师您还是我的"网友"，而我的游泳技能也没用上，也没能看到沙滩和大海，倒是天天在家里"网上冲浪"。不过呢，这样的隔离生活也别有一番风味。

比如说最近解锁了很多新技能——跟倪老师学会了做椰子鸡火锅；跟刘老师学会了自制健康奶茶；跟朱老师学会了可乐鸡翅；公老师虽然做饭比较低调，但我早就听说了他的酱牛肉一绝；还有每天都在朋友圈"吃"陈老师的各色菜品；除此以外还自己摸索出了包饺子、煎韭菜饼、调水果茶等一系列"生存技能"。生活倒也很有滋味。我还给自己新建了一个相册，就叫"食物的告白"，里面都是每天自己做的菜，如果不是怕在朋友圈暴露自己的"吃货"本性，我肯定每天都要发好多食物的照片。

另外最近工作之余捡起了很久没读的小说，读完了王安忆的《天香》，余华的《兄弟》，也写起了读书笔记，偶尔看看还挺有收获。不知道老师您喜欢看什么样的书，如果您有时间的话可以读一读《天香》，不知道您会不会跟我一样觉得她有《红楼梦》的影子。

还有就是西班牙语，之前总是硬着头皮看，一遍又一遍地去记去读，效果实在不佳，就跟我上次跟您说的那样，总觉得自己在门外徘徊，那些长得像"亲兄弟"一样的单词，比如说 poder（能够）和 poner（摆放），还有他们的几个"表兄弟"，什么 pedir

（请求）、perder（丢失），弄得我真是傻傻分不清楚，每次看见他们都要感慨一句"冤家路窄"啊！不过最近这几天，我忽然感觉我的西语好像、似乎、仿佛、或许、有那么一点儿"开窍了"，那些个"亲兄弟""表兄弟"好像也不那么面目可憎了，我觉得这是一个好兆头，我得再努努力跟这几个"兄弟"搞好关系。

做饭、看书、学西语、看电影、写点儿日记，偶尔趁没人的时候出去散个步、跑一跑，这大概就是我隔离期间工作之余的主要生活，不知道老师您是不是也和我一样。以前在苏州的时候最喜欢三四月出去踏青，我虽然没有经历过浙江的春天，但我相信肯定也和苏州一样美丽，这样美丽的春天不仅中国需要，世界上其他国家也很需要，我相信，这样美好的春天总会到来，只是等待的时间或长或短罢了。

最后再次感谢老师您的关心和照顾，期待和您见面！

您的"网友"朱朱

后记

写完这封回信没多久，我又收到了李老师的回信，信中李老师不仅和我分享了她除夕夜在飞机上"隔离"的特殊经历，还和我分享了她学习语言的秘诀。现在，就像李老师说的那样，我们不仅是微信通话的"网友"，还成了能安安静静用文字通信的"笔友"。相信多年以后，不论我们身处何地，再回望这一段抗疫时光，回看这一封封"家书"时，我们的心仍会在一起，我们关于哥斯达黎加这一片拉美热土的记忆仍然会充满生命力……

朱朱整整等了一年零两个月才实现了去孔院做志愿者的梦想，恐怕是等待时间最长的孔院志愿者了。因为疫情，朱朱没有去哥斯达黎加任何地方旅游过，我和朱朱也"完美"错过了见面。等我再度去哥斯达黎加赴任时，朱朱已经飞回了祖国。

尽管有这么多遗憾，我和朱朱却是心有灵犀的笔友。现在，朱朱在武汉过着幸福的生活。我们盼望着在不久的将来，我们能真正"见上一面"！是的，回看这一封封"家书"，回望我们曾经一起走过的抗疫时光，哥斯达黎加永远是我们记忆中一片共同的热土……

亲爱的朋友，盼望我们这三篇推文也能给你带去一份新奇、一份热情和一份感动，并且激发你写出有创意的、感动自己和他人的推文！

第十二章
故事在继续

本章指南

热身练习　　让我们开始制作我们自己的年历！

从 1 月开始，每个月份的寿星拍一张合影，每位寿星写下自己的姓名、生日，并写下一句最能表达你此刻心情的、简短的话！

如果有的月份出现了空缺，我们可以拍各种造型的全班大合影来保证我们一定会有十二张照片！这样就可以为新的一年做一本我们自己的年历了！

在新的一年里，你会再次看到每一颗独特的星星，并再次感受到你们生命中的美好连接！

创意写作对我们到底意味着什么

2008 年 6 月，2004 级同学毕业前夕，Martin、Shirley、精升、雯雯等几位同学和我一起去了一家著名的出版社，在那里的录音棚里，我们朗读了我们写的故事，并刻成 CD。我和出版社签了合同，目标是 2009 年出版我们的书《写出心灵深处的故事》。

我请同学们写一写他们从上创意写作课之后到毕业前这两年里的一些感想。你一定也很想知道，同学们后来都怎么样了吧？好，现在我们先来看其中一位同学写的心路历程。

我还记得上 Linda 的第一堂课时的情形。Linda 站在讲台后，脸上光彩照人，充满热情和喜悦。她常常在微笑，几乎是一直在微笑。这微笑是那么有感染力，连我也忍不住微笑了起来。我感到老师有一种精神的力量能抵达学生的心灵——结果她真的抵达了我的心灵，帮助我探索自己并反思我最深的情感世界。从她和我的师生关系中，我能感觉到她的真诚和爱心，这是我在她课上学到的最重要的两点。

　　如果我只能用一个词来描述 Linda 的课，我会用"宝贵"这个词。她的课的价值不是你可以用"投资回报"或者对你将来职业生涯有多大提升一类的概念来衡量的。她的课之所以宝贵，是因为她教会了我一门已经失传的艺术——用我的心灵去探索的艺术。像我这样的学生常常被所谓实用的生存工具，诸如面试技巧和专业证书等折腾得晕头转向，把越来越多的时间花在忧虑和盲目的折腾上，而不是去寻找一个真正的出路，让头脑中的喧嚣能安静下来。有时候我发现我不是在为自己而活，而只是按照他人的期望和"成功模板"把自己的形象贴了上去。

　　在 Linda 的帮助和鼓励下，我开始探索自己的心灵深处，于是，我从童年时代起就远离了的那个古老又新鲜的世界又一次出现了，这让我又惊又喜，给我新的力量。我总是那样习惯于把自己的问题归咎于他人，以至于我失去了耐心和同情心；耳朵里充斥着世俗的白色噪音，我的心都要停止跳动了。而上 Linda 的课就像遇到一个宝贵的限速行驶的路牌，让我不再狂奔。创意写作课的最后作品不仅是印在纸上的文字，也是我真正的成长：我明白了生活不只是前行，还要往回看，往里面看。

　　上完 Linda 的课一年后，我开始申请去美国读研究生。申请程序就像再次回顾了 Linda 的课一样。如果我没有学会倾听自己内心的声音，对自己的内在没有信心的话，简直无法想象我怎么能够完成那么漫长的自我探索之路：这期间不时有怀疑，还有情绪的大起大落。最终我坦然地接受了自己，将真实的自己呈现在我要申请的学校面前；我把自己的心倾倒出来，而把所谓的"申请技巧"都抛到了脑后。申请结果证明，我这样做是多么正确。现在我已经被好几所美国大学的研究生院录取了。

　　对 Linda 和我来说，故事每分钟都在继续。我们和生活一起前进。很多事情都会随着时间改变：工资、健康，甚至配偶。但是她的课在我的心中依然是那么真实。她总是喜欢说："爱永不言败。"我特别赞同这句话。我要感谢她给我上的课，因为在课程结束的时候，我学到了一生受用的功课，并且得到了一个一生的朋友。 ·

听出来了吧，这是 Martin 的声音。

Martin 的故事常常鼓励着我。和 Martin 的友谊常常让我想起我和兰达夫人当年的友谊，这真的是太宝贵了。

现在我们再来听听另外一位同学的声音。

现在我就是在自由写作，这是 Linda 教会我做的第一件事。在教我们的整个学期，她都很少和我们谈及写作技巧和标准，所以自由写作留给我的印象特别深刻。有时当我要做决定了，我就会以自由写作的方式来写下所有的可能性。看来 Linda 真的是一个对我有影响力的人！

我们都喜欢叫她 Linda，而不是李老师，尽管传统上我们应该尊称她老师。我记得 Linda 让我们写的第一篇作品就是回忆录，而且只有一个要求，就是讲真话。后来我写了《成长的爱情》。但是一开始，我并没有想到我会写这个话题。我想每个人都有这样的经历：当我们想避免某些事情的时候，我们会选择忘记它们，或者至少忘记我们曾经有多么受伤。

Linda 一直引导并鼓励我们去发现真正的自己，去回顾那些我们从不触碰的回忆。她曾经跟我们说，只有一颗勇敢的心才能讲真话。真是这样。高中毕业后，我从来没有回顾过那些感情经历，因为我怕会揭开一个还没愈合的伤口。伤口一旦揭开，不仅不会愈合得更快，还会伤得更深。这些年来我一直以为，只要我不去触碰伤口，时间就会医治我心里的一切伤痛。但是直到写完回忆录，我才发现，要真正让自己走出阴影，必须勇敢地面对自己的回忆。

我真的非常感谢 Linda 让我们写这篇回忆录，因为这就像是一次治疗，帮助我看清楚我曾经不敢再看的事情和人。现在我终于把这些包袱都放下了，在生活中再次遇到我在故事中写到的这些男生时，我也不觉得尴尬了。如果不是因为写了这篇回忆录，可能我和他们再也不会成为朋友了。写作真的医治了我这颗破碎的心。这是我在 Linda 课上的一大收获。

现在我已经被北京外国语大学的英语教育硕士项目录取了。也许将来毕业后我会做一个老师。其实我一开始并不想学教育，我本来是想学口译的，但是第二轮考试没有通过，学校就把我转到教育这儿来了。我不知道这是否就是我的命运。我犹豫着是再考一年，还是就去学教育呢？但是我相信，每件事情的发生都有其必然性。Linda 跟随了她的美国老师的脚步，成为中国创意写作教学的先行者；现在，我想我也是在跟随 Linda 的脚步吧。如果是这样的话，我觉得一点都没有遗憾。

这是高山的声音。她写的《成长的爱情》鼓励了很多人去诚实地面对自己的感情。她的诚实和勇敢是对我们的激励。

高山从北外毕业后真的做了一名老师，我很高兴，因为我相信她一定会是一个爱学生、理解学生的好老师。

最后，让我们再来听一个声音。

创意写作对我们来说是非常新鲜特别的事。Linda 对这门课的解释非常简单，她说就是要倾听自己的声音，从你的心灵深处写出故事来。现在，如果你问我创意写作是什么，我的回答是有创意地讲真话。真理是唯一重要的。

在创意写作旅程的开始，我们做了很多自由写作。Linda 告诉我们不要太关注语言本身，而要尽快写下第一时间来到我们脑海里的东西，让感情自由流露。上周，当我在找一本书时，我又看到了我那本紫色的自由写作本。我一页页地读过去，那都是我一年多以前写的故事。我觉得我写的故事是那样真实，跟我的心贴得是那样近!

在这门课上我们有两部主要作品:回忆录和报道。在回忆录里,我写了我的爸爸和我的故事。他总是那么沉默,从来不会明明白白地表达他的爱。在我为这件事苦恼了很多年,也寻求了很多年之后,我终于理解了,也感受到了爸爸对我深深的爱。写作回忆录真的医治了我们心中埋藏多年的伤痛,并且让我们由此发现生活中很多隐藏的爱。当我们长大成人了,再回顾自己的童年,从不同的角度来看事情,对生活和爱就懂得更多。

我的姥姥是我报道中的主角。我采访了姥姥,当她说起以往那些充满痛苦和悲伤的日子时,我们都哭了。说真的,在采访之前我真的不太在意姥姥这大半辈子是怎么过来的。姥姥是怎么遇见姥爷的?她对她的人生满意吗?她需要跟人说说话吗?其实,我并不在意姥姥对这些问题会如何回答。但是,真正采访姥姥时,一切都不一样了。尽管我现在才开始对姥姥的内心世界有所了解,但是我很感恩,因为我毕竟抓住了这个宝贵的机会!现在,姥姥非常健康,非常开心,她的生活真的是再开心不过了。她真的是变成了一只小小鸟,自由自在地飞翔在空中。我真为我的姥姥高兴。

现在,写作对我来说是一件乐事。有时,我觉得有一股力量在推动我,让我把思想和情感用文字表达出来。尽管我知道我可能不会再去读我写过的东西,我还是会用文字把我的情感记录下来。我会更加关注每天生活的细节,把更多的爱给身边的人,我会更加理解人与人之间的关系并且珍惜自己人生的每一刻。

我常常告诉自己:"每个人都有自己的故事,每天都会开始一个新的故事,生命的故事永远在继续。"

没错,这是 Shirley 的声音,那个温柔的、善解人意的声音。Shirley 在人大英语系继续读完了研究生,在我的戏剧创作课上写了一个独幕剧,后来还导演了同学的一个剧,都非常成功。Shirley 现在在一家著名的新闻媒体单位做记者和编辑。

我真希望我能告诉你，我和我的学生们一切都好。但是，我和原出版社签约要写的这本书却搁浅了。

2008年夏天，我扭伤了左脚踝，后来诱发了左脚的拇外翻，一直疼痛，好几个月不能正常走路。同时，我住处附近开始新建一座大楼，每天从早到晚的高强度噪音使我根本无法写作。我的脚伤使我不能出门，在家又被噪音所扰，时间就这样白白地过去，我陷入了痛苦、愤怒和绝望中。

2008年年底，施工终于安静下来，但给出版社交书稿的日期也过了——我感到自己从来没有这样失败过。我真的怀疑我是否有能力把这本书写出来。

2009年春季，我终于开始继续写书，完成了前四章。我请朋友们和同事们来评阅，他们给了我很多热情的鼓励和建设性的建议。

但是，我却已经筋疲力尽，似乎再也没有力量来继续了，我也觉得很遗憾。我真的不知道我怎么才能有那样充沛的爱心和精力来继续写作，为广大我不认识的读者来完成这本书了。我发现自己的力量实在是很有限。

每次路过那家著名的出版社，我都感到羞愧：我多么失败！我怎么才能面对我的编辑？或者，就算我写完了这本书，难道它真的会对读者有所帮助吗？

但与此同时，总有朋友、同行和学生鼓励我、提醒我，大家是多么需要一本具体的、实实在在的、能从头到尾指导创意写作的中文原创书！当我告诉他们，我已经开始写这样一本书时，我看到他们的眼睛都亮了！他们说，他们真的盼着这样的书能够早日面世！

2010年，我在写书这件事上开始真正接纳自己，包括我的失败和软弱。我还在成长，我还有机会。我问自己：我真的在乎这本书吗？是的，我在乎。那么，我就要尽我最大的努力来完成她，就像她是我亲生的孩子一样——她不是完美的，但的确是一个真实的生命。

2010 年春季，我完成了回忆录、采访与报道、想象力写作几章，这些也是本书的核心部分。

2010 年底，我完成了英文版的最后一章。

2011 年，我以为这本书的英文版会先出版，但到了年底，由于双方对创意写作的理解不能达成一致，英文版的出版合同还是取消了。我很难过，但我还是觉得，要尊重自己内心的声音，要和读者分享一个真实的声音。

后来我发现，国内真正需要的是中文版，而且，离我最近的出版社——中国人民大学出版社近年来就一直在推动"创意写作书系"！

这真是一个皆大欢喜的故事。2012 年我和人大出版社签约，并于年底完成了中文版的第一稿。

2014 年 1 月，马年前夕，《写出心灵深处的故事》第一版终于和朋友们见面了！在中国人民大学出版社举办的创作讲座暨读者见面会上，我特意邀请朋友们写了一段以"马"为开头的 5 分钟自由写作。

现场的一百多位男女老少、中外来宾都开始了笔下的驰骋，现场能清晰听到笔尖划过纸面的沙沙声。写完后，我先和大家分享了我的自由写作，说"愿马的冲劲、马的鼓舞、马的浪漫滚滚而来！"。现场观众的分享非常踊跃。一位 23 岁的年轻女孩说她本来不属马，是属羊的，但妈妈一直跟她说她是属马的，因为"十羊九不全"，妈妈这样说是因为更多的爱；在人大门口站岗的小马哥说，人人渴求马到成功，但最需要珍惜的是身边的人；一位气质优雅的美国女士用英语写下了她在马身边的感觉，马是那么高大、高贵，她在马的眼睛里看到了自己：自己能骑上去吗？……我们听到了一个又一个从心里发出的、真实的声音。

接下来，我又邀请四位现场的朋友和我一起上台分角色朗读"小马过河"的故事，他们分别扮演小马、马妈妈、牛伯伯和小松鼠，我是叙述者。扮演牛伯伯的是曾经参加过我们"相约星期二"写作坊的同学王革培，这次特意从天津赶来北京。一开始朗读这个故事，我们就感觉仿佛又回到了童年时光！四位嘉宾都全情投入，每个人的声音是那样自然、真诚！小马的活泼可爱、马妈妈的语重心长、牛伯伯的豪爽和小松鼠的急切，让我们真实感受到了不同的声音。之后，我们写了5分钟的回应写作，写到对妈妈的信任，写到教育的本质，写到自己要过的河……我看到了朋友们眼中的亮光，甚至是泪光。

最后，我给大家讲了我小时候走了几里地去看电影的故事，让大家以"我小的时候"为开头进行5分钟自由写作，也许这可以成为将来大家写回忆录的素材。听到朋友们分享他们现场写下的故事，我在短短的时间里品尝到了小时候的各种滋味！有捡到金戒指的挣扎，有抓到水蛇的惊吓，有熬通宵写书法拿全国第一的光荣……其中革培同学的故事更是引起了一阵又一阵会心的笑声。他写道，43年前，他第一次听到"小马过河"这个故事，那时候还是祖国山河一片红呢，"小马过河"这样的故事真是让他耳目一新！那是他开始独立思考的源头。革培的分享真是打开了我的眼界：没想到"小马过河"的故事竟然那么早就鼓舞了当年小学生的心！而且至今还在鼓舞着我们即将迎来马年的每一位！

马年的春天，《北京青年报》记者张知依采访了我，原来她参加了我们年前的读者见面会后就一直深受感动。于是有了《一堂写作课》的整版报道，刊登在2014年3月21日的《北京青年报》上。

更多的新老朋友通过看《北京青年报》知道了这本书，其中有一位新朋友就是《英语沙龙》杂志社的张晶老师。张晶老师有每天读报的好习惯，看到这篇报道后就萌生了要采访我并在《英语沙龙》杂志刊登本书英语版部分内容的想法。我和张晶老师一见如故，于是《英语沙龙》杂志连续7期登载了本书英文版的部分内容，让更多的英语爱好者知道了这本书。

在张晶老师的推动下，《写出心灵深处的故事》英汉双语版于2015年7月由清华大学出版社出版，广大英语爱好者和国内外的英语读者都可以读到这本书了，我也得到了更多的鼓舞和力量。美国作家、资深创意写作教授Mary Helen Stefaniak说，当她在看我这本"用心写成的好书"时，她"兴奋得不能自已"。斯里兰卡驻中国大使看了之后说

"这本书不仅能帮助学生们提高写作技巧，更能让学生们从中汲取灵感，坚持梦想并永不放弃"。四川外国语大学的李盛茂老师说"中国学生太需要这样的教材了！"，他专程赶到北京来听我的课，对我在课上和学生们一起做的创意写作热身练习特别感兴趣，建议我将课堂的热身练习放在教材版里，便于老师开展课堂活动。

在广大国内外英语读者和创意写作界同行的鼓励和支持下，《写出心灵深处的故事》英语教材版于 2018 年 2 月由清华大学出版社出版。

短短四年间，我的书能有三个不同的版本出版，满足国内外不同读者的需要，真是让我特别欣慰。于是，我又开始新的远征。

2018 年 3 月，我远赴哥斯达黎加大学孔子学院任中方院长。哥斯达黎加是世界上最幸福的国家之一——美丽的热带风光和动听的西班牙语，在我眼前打开了一个全新的世界！孔子学院的工作需要很多创意，而我的西语才刚刚起步，我在对外汉语教学方面也完全是门外汉，但我真的非常热爱孔院工作。渐渐地，我和孔院的学生们成了好朋友。

我和老师们开始在孔院的高级班设立创意写作坊。写汉字对哥斯达黎加学生来说真的有难度，那我们的自由写作就是不限语种的自由写作，可以用西语、英语、汉语或拼音，还可以自由切换，目的只有一个：自由写作。写完了之后大家一交流，内容都出来了，而且都很有意思！我还给大家用汉语朗读了我的《冰冰》，同学们用各种文字写下了他们真诚的回应，让我心里特别温暖：觉得我和冰冰在哥斯达黎加都是被爱护的。

后来，在孔院老师们的帮助下，每个同学都用汉语写出了一个非常独特的哥斯达黎加童年故事：有和家人其乐融融去咖啡园摘咖啡豆的，有在海滩险遇鳄鱼又巧妙脱身的，有勇敢的小姑娘一手扶着墙壁学会骑自行车的，有爱哭的小姑娘舍不得打破那个可爱的"皮纳塔"①

---

① 一种纸糊的容器，里面装满糖果和玩具，在节庆或生日宴会上悬挂起来，让人们用棍棒击打，被打破时糖果与玩具会掉落下来。皮纳塔的造型多样，最常见的样子是小驴子。——作者注

的……当同学们在班上朗读自己的故事时，每一个人都被深深地感动了。同学们不仅故事写得好，而且普通话朗读的水平也大有提高。因为这是从他们心灵深处写出来的故事，在老师们的帮助下，他们花了很多的时间来练习朗读，所以发音也有了显著的进步。

我和老师们不仅在孔院开设了创意写作坊，还被邀请到哥斯达黎加当地著名的中小学和幼儿园去分享来自中国的故事。2018 年 4 月 23 日世界读书日这一天，我们受邀前往哥斯达黎加前总统的母校——卫理公会学校，我给同学们用英语讲述了我学习创意写作的故事，为大家演唱了 *You Raise Me Up*，还教大家念了《静夜思》。6 月儿童月，我们又受邀来到了哥大实验幼儿园，给一群属马的哥斯达黎加小朋友讲了"小马过河"的故事。我讲的是英语版的，幼儿园的老师现场翻译成西语——西语那饱满的元音真是好听啊！

我和老师们的西语也在不断进步，我学会了唱西语歌《美丽的哥斯达黎加》，我们一起向当地同事学习跳萨尔萨舞——我们在哥斯达黎加的生活真是载歌载舞呢！在新的语言、新的歌声和新的舞蹈中，我更加体会到一种创造性的精神，贯穿在我们孔院所有的工作中：让我们的哥斯达黎加学生在汉语表达中找到属于他们自己的独特声音，让我们的哥大孔院成为一个充满创造力和艺术气息的孔院！

在孔院老师们的创意指导下，2018 年 7 月，我们孔院高级班的保罗同学在湖南长沙举办的"汉语桥"世界大学生中文比赛中，以《见贤思齐才能天下一家》的精彩演讲和融新疆舞与拉美舞于一身的灵动舞蹈，荣获第十七届"汉语桥"世界大学生中文比赛二等奖；2018 年 11 月，在智利举办的第二届拉美地区中文歌曲演唱大赛中，我们孔院高级班的马法博同学以一曲优美的《乌苏里船歌》和一曲现代摇滚风格的《飞得更高》，一举夺魁。

2018 年 11 月 16 日，哥大孔院十周年庆典在哥斯达黎加首都圣何塞中华会馆隆重举行。孔院和哥大合唱团一起登台演唱了《茉莉花》《哥斯达黎加爱国者之歌》等两国代表歌曲，最后，我和合唱团指挥

Didier 先生一起唱响了《我爱你，中国》，观众热烈的掌声久久不能停息。

2018 年 12 月，在全球 500 多所孔院中，哥斯达黎加大学孔子学院被授予年度"先进孔子学院"的殊荣。

2019 年，我们继续在孔院高级班开设创意写作坊，我们的汉语课开始进入哥斯达黎加大学的学分系统，我和老师们更加努力地学习西语，希望能在哥大建立中文系。我开始酝酿写《哥斯达黎加幸福历险记》一书。

2020 年，一场席卷全球的新冠肺炎疫情改变了每个人的生活轨迹。原定于 1 月底从中国返回哥大孔院工作的我，也因此不能如期而返。在全球人民共同抗疫的日日夜夜里，我终于想明白了一件事：只有更深地去感受幸福，才会更有力量去赢得胜利！于是，我开始写《哥斯达黎加幸福历险记》，写着写着我觉得仿佛又回到了美丽的哥斯达黎加——也许我们的脚不能远行，但我们的心依然可以眺望远方！

2020 年 12 月，《写出心灵深处的故事》一书入选中国写作学会成立 40 周年 40 部优秀学术著作。

2021 年 1 月，我再次赴任哥斯达黎加。

2022 年 2 月，我主创的汉西双语版《哥大孔院幸福之路》一书在哥斯达黎加出版。这是哥斯达黎加版的《哥斯达黎加幸福历险记》。

2022 年 3 月，我离任回国。2022 年秋季学期，我又一次在中国人民大学为同学们开设创意写作课，并开始和国内读者有更多的联系。

2022 年 9 月，我在人大收到一封沉甸甸的读者来信，是一位叫郭伟的朋友写来的。他已经退休，说看了我的书之后备受鼓励，已经开始写自传了，题为《我的世界》。我看了他写的童年，记得他的童年里有雷声、雨声和纺车声，他写得很质朴很真诚。但是由于一系列原因，我们直到 2023 年 9 月才真正联系上。我花了三天的时间，一口气读完了郭伟几十万字的自传，感觉这就是一部非虚构版的《平凡的世界》！作者诚实勇敢的心、质朴的感情和他对工作的热爱让我深深感动！

2023 年 11 月，我去东北看望郭伟和他的家人、乡亲，更深地认识了他和自传中写到的人们。此后，我邀请郭伟来到中国人民大学英语系的课堂，为同学们朗读他自传中的"过子风波"这一章。读的过程中，郭伟几度哽咽，我们在场的师生也深受感动。郭伟说，写完之后读给大家听，流了很多眼泪，才发现自己童年这个最深的伤痛得到了疗愈。

2023 年，因着和同学、读者更多、更深的联结，我开始对疗愈写作有更多的探索，并和中国人民大学出版社签订了《写出心灵深处的故事：踏上疗愈之旅》（修订版）一书的出版合同。

2024 年 4 月，我完成了书稿。

亲爱的朋友，感谢你选择这本书，倾听我和我的学生们、读者们的故事，并且愿意跟随这本书从心灵深处写出最让你自己感动的故事。

创意写作对你到底意味着什么？这个答案，只有留待你自己去寻找了。对我来说，创意写作让我活得自由，让我活出真理，让我活在爱里。

到了该说再见的时候了。我已经到家了。我希望你也找到了回家的路。我希望你拥有一个真实美好的人生，写出真实美好的故事。尽管我们都是有限的人，但是爱永不言败。

故事在继续。

国内外读者的好评

近年来，哥斯达黎加大学孔子学院在中方院长李华老师的带领下，不断探索，勇于创新，特别是成功开设创意写作坊，在全球孔院开了先河，也因此荣获 2018 年"先进孔子学院"的殊荣。衷心祝愿《写出心灵深处的故事》新版能够惠及更多的中国语言文化爱好者，助力中外文化交流蓬勃发展。

——汤恒，中国驻哥斯达黎加原大使

我怀着极大的喜悦阅读了本书。书写得非常好，作者不仅有出色的写作技巧，而且在她本人长达六年、四次被拒签却依然坚持去美国学习创意写作的真实故事里，更能感受到作者的恒心和毅力。这本书不仅能帮助学生们提高写作技巧，更能让学生们从中汲取灵感，坚持梦想并永不放弃。

——Dr. Karunasena Kodituwakku，2015—2019 年任斯里兰卡驻中国大使

我教写作这么多年，从小学生到研究生到更高水平的都教过，本来以为没有一本创意写作教材会令我兴奋得不能自已，但我在读李华这本用心写成的好书时，真是兴奋得不能自已！这是一本既实用又能激发灵感的书，能给你带来信心、方向、机会和自由，来写出最真实、最精彩的作品。

——Mary Helen Stefaniak，美国作家、创意写作教授

李华在这本生动而又深刻的非虚构写作指南中成功地引导读者进入自我表达的核心……她邀请我们进入一个充满创造力的世界，以心

灵为原动力，推动故事的产生。

——Dr. James Ragan，美国南加州大学名誉教授

李华教我们明白：真正的教育意味着再次去发现自由，并在我们每个人的内心以及我们和他人的关系中再次去发现真理。教育和权力无关，也不是强加于人的，而是去发现那些在爱和友谊中绽放的真理。在非虚构写作的艺术中，李华给我们勇气让我们成为自己，无论是面对自己，是和他人相处，还是跨文化的沟通。

——David Jasper，英国格拉斯哥大学名誉教授

在我们这个更需要深入交流的时代，Linda 的创意写作风格为母语不是汉语的国际读者开辟了一条新的道路，去深入理解当代中国人的经历、思想和心灵。

——Leopold Leeb（雷立柏），中国人民大学文学院教授

古典语文学家，奥地利学者

一本能真正激发灵感的写作指南，让创意写作成为一个活生生的呼吸过程。

——David Moser（莫大伟），首都师范大学外国语学院副教授，

CET（中国教育旅行）学术主任

这本指南非常适用于创意写作的初学者。作为一位经验丰富的老师，李华知道如何鼓励不愿意写的学生，或是不敢写的学生，或是不知道该如何写的学生。她就像一个朋友一样对读者敞开心扉，分享她自己的故事，并且让大家看到她的学生们在每个阶段是怎样一步步敞开自己勇敢写作，并且在工作坊中不断修改取得进步的。李华的写作风格是友善并充满鼓励的，这在写作指南中是难能可贵的。她的诚恳令人敬重，激发并敦促每一位读者开始写作。

——戴凡，中山大学英语系教授

中国学生太需要这样的教材了！这是一本充满生命气息的写作教材，没有生硬、冷冰冰的写作技巧的讲授，也没有师生之间写作上的距离，而是师生在一起写作，一起感受来自心灵深处的跳动。

——李盛茂，四川外国语大学英语学院副教授

当我刚开始给大学生上英语写作课时，我常常被学生们干巴巴的又错误百出的句子弄得苦恼不已。渐渐地，我意识到主要原因是他们没能把自己真正所思所想所感受到的写下来，他们只是在机械敷衍地写作。《写出心灵深处的故事》给我提供了一个出色的解决方法：激发学生心灵内在的表达渴望——这下我被学生胸膛里迸发出来的创意惊到了！

——黄贺，北京信息科技大学外国语学院讲师

写作很可能是英语学习中最难提高的能力。很多同学从幼儿园开始学英语，到大学毕业时虽能与外国友人进行简单交流，但一提笔却错误连篇，让人哭笑不得。为什么会这样？传统的写作教学方式难辞其咎。为应付考试，老师一直让学生"写"套路作文，与其说是写，不如说是应付考试。李华老师的书从理念上突破了传统写作教学方法的束缚，倡导自由写作，使同学们能用"心"去体会，能真正去写，不仅激发了同学们的写作兴趣，还使同学们在持续的英语写作实践中真正提高了写作能力和整体英语水平！

——董连忠，中国劳动关系学院外语教学部教授

当我第一次翻开阅读这本书，面前仿佛打开一扇窗户，让我看到另外一个世界：原来写作也可以这么教！怀着新奇和忐忑，当我把书中的理念运用到学术写作的教学中，我惊喜地发现，学生们在选题、构思等环节，竟然有许多意外的收获！写作不再枯燥了，不再是远离我们的抽象论述，而是成为和自己生活相关的一宗讲述，是自己内心的一种分享。写作不再是为了写作而写作，写作成为学习、思考、发

现的一个过程。写出心灵深处的故事，或许，这才是写作的最高境界！

——林慧，中国人民大学外国语学院教授

这不仅是一本教会我们从事非虚构创作的写作指南，更是一本教会我们如何热爱生命、如何用爱去拥抱这个并不完美的现实世界的人生指南。我曾在课堂上实验书中的"说说心里话"教学环节，学生的反馈是"这节课我服气。这是上大学以来，最棒的课"。与其说这是我的功劳，不如说是李华老师的功劳；与其说是我的力量，不如说是李华老师的这本书的力量。

——许峰，广东财经大学中文系副教授

在我的写作教学实践中，我始终觉得如何激发一个原本对写作不甚感兴趣的人发自内心地对写作产生兴趣，进而在写作的陪伴下完成心灵的成长，是最困难也是最基础、最重要的一件事。李华老师这本温暖的书，非常好地帮助我和我的同学们完成了这个任务，实用且令人鼓舞！这本书里，住着一颗美丽的心灵，她用自己的亲身经历，展现给我们写作的魅力，激励我们手中的笔随心灵起飞，朝着内心真正渴望的方向。

——李文钢，河北科技师范学院文法学院讲师

这本书给了创意写作教材一个相当高的起点：作为教材，她简单实用；而字里行间闪烁着一个观点——写作是联结生命的纽带。她是为普通人准备的，为每一个诚实的、独一无二的灵魂。

——李韧，北京大学附属中学创意写作课教师

从北京史家胡同小学看图说话到天津师范大学的写作课，从天津文学社创作班到中国作协文学培训班，感觉最爱的是李华老师的写作课，因为之前所训练的写作目的都是"它写作"，是为给别人看的，唯独这次是写给真实的自己的。

——王革培，"相约星期二"写作坊学员

来自中华女子学院文化传播学院的老师们说：

如果说写作是一座花园，那么这本书就是一条四通八达的小径，曲径通幽处，总会带给你如见鲜花的惊喜！

——张永辉

这是一本能触及和开启普通写作者心灵的写作指导书。他们读后愿意敞开心扉，愿意落笔书写，而这对普通写作者而言，就是最难能可贵的。愿意写作的人，真应该感谢李华老师，应该买来这本书认真阅读。

——薛晶晶

李华老师的这本书彻底改变了我的教学观念，原来写作还可以这么教！李华老师告诉我们写作教学是一次激情澎湃的告白，是一回触及灵魂的旅行；写作教学从来就不只关乎知识与技法，更关乎精神的引导、情怀的感染、美与爱的熏陶。写作本就应该如此教，李华老师只是提醒我们记起了遗忘的东西。

——谢君

写作从哪里开始？李华老师的这本书告诉我们：从正视和探究自己的心灵开始。写作从这里开启了无限可能性，这也正是写作的魅力之所在。

——李晓丽

曾经在人大上过创意写作课的学生们说：

现在的我，是一个幸福的父亲和金融分析师，这两件事在上 Linda 的创意写作课时我都没法预见。在 Linda 的课上，我不仅遇到了一位充满爱心的好老师，而且学到了最实用的技能之一。我相信这项技能也是每一个年轻学生都应该学到的。创意写作让我内省，同时又让我对外表达自己。作为一个特别内向的人，我总是不停地反省自己来解决生活中的问题。创意写作让我学习清晰地表达自己，进行理性分析，并更深地挖掘自己的情感；同时我必须以他人能理解并且产生共鸣的方式来表达我的情感和想法。我在课上最喜欢做的练习就是自由写作，直到今天我都在坚持自由写作。这真的让我获得自由，而且能帮助我在工作中取得成功——我认为自由写作是打破灵感障碍的最有效方法。

——Martin，2004 级人大本科学生

我特别感恩当年我采访了我姥姥，我故事中的"小小鸟"，听她说说自己的心里话，让更多的人知道一个老太太的内心世界。我写她是因为我爱她。我相信所有读这本书的人都有一颗关爱他人的心。现在，我是一家电视台的国际新闻制作人和两个孩子的母亲，写作一直都陪伴着我。工作上我主要写关于世界经济、政治和社会方面的话题。我在 Linda 课上的写作经历让我能够勇敢地下笔开头，诚实地写下内容，并且对自己的作品有信心。生活中我可能没有时间写下所有的美好经历，但是无论何时我回忆起生命中的幸福时刻，我用的语言还是我在创意写作课上做自由写作练习时用的语言：最诚恳，最简单，也是最有力的语言。爱超越一切，表达永远都在继续。

——Shirley，2004 级人大本科学生

《写出心灵深处的故事：踏上疗愈之旅》通过讲述故事来帮助读者探索和疗愈内心深处的伤痛。这本书以温暖、感人和启发性的故事，为读者提供了令人难忘的疗愈之旅。本书的优点之一是故事的情感深度和真实性。每个故事都以生活中的真实人物和情景为基础，以细腻的笔触描绘出独特而引人入胜的人物形象和情感体验。这些故事既能引起读者的共鸣，又能唤起他们对自身经历的回忆和思考，从而促使他们开始进行内心的疗愈和成长。

——张精升，2004 级人大本科学生

"创意写作"乍一听很玄乎，我以为所谓创意，并非天马行空、闭门造车，硬是要和别人不一样。很多时候，社会规则和迎合别人的心

理会扼杀个人内心真正想要表达的东西，"创意"其实就是释放每个人心中真切的所思、所想、所感。我很幸运，很早就知道文字是我的琴、我的水彩、我的舞步，更幸运的是能遇到 Linda 这样一位鼓励我发掘内心财富的良师益友。我们一起写作的那些时光，我感到自己在真切地活着，承认本以为已经遗忘的，惊愕于习惯了太久的伪装被撕破：自己原来是面前这些文字里流淌出来的一个实实在在的声音，而不是理智世界里的"我说"和"我以为"。很多年过去了，对自由的渴望、真正活着的坚持，仍旧在我生命里。所以，Linda 这本书，或许是你通往自由的路径，如果你愿意让文字成为你的朋友。

——谭文，2012 级人大本科学生，荣获 2014 年中国首届英语创意写作大赛非虚构作品一等奖，2019 年哥斯达黎加大学孔子学院志愿者

创意写作课上最难忘的部分是写回忆录。非常艰难，而且每次写的时候，我都要挖掘我的内心，去注视我不想面对的东西。但写完回忆录之后，我发现自己真正自由了。我让自己从痛苦中得到了释放，那个深锁在我内心的孩子得到了关爱，我也终于原谅了当年让我陷在那种困境中的妈妈。我和妈妈的关系比以前好了。我从来没有想到在创意写作课上会有这样的收获。写作是世界上非常特别的工作，就像一份上帝的礼物，让我们发现自己，并让我们得自由。

——林益政，2016 年秋季学期人大本科交换生
来自台湾东吴大学

在上 Linda 的创意写作课之前，我自己本来有写日记的习惯。我习惯于在夜深人静的时候和自己对话，把各种各样的"自我"写在本子上。有时我是孤独的、敏感的、悲观的，有时我又是坚强的、豁达的、幽默的。但我从来不太敢把日记本上的内容拿出来给别人看，我害怕被嘲笑，因为我从小就不擅长写作文，我的作文几乎没有被当作范文拿到台上朗读过，高中时我写出的议论文更是味同嚼蜡。我喜欢读散

文、读小说，也读一点点戏剧，但我似乎学不来作者们的笔法和构思。在 Linda 的课上，我第一次切身领悟了一个道理——"文心贵诚"。在 Linda 的课上写作时，我只是努力地去挖掘我的记忆、盘问我的内心，让那些刻骨铭心的感受自然而然地流露在纸上，有一种不吐不快的感觉。我完成写作时，感觉内心有一个郁积已久的结被解开，无比舒畅。可能我还是那个不会写作文的小学生，可是那些文字承载的感情是真挚的，而真挚的感情似乎是能够打动人的，这便是"文心贵诚"。真的非常感谢 Linda 和她的创意写作课，让我明白了我原来也可以写出好的内容。或者说，我明白了，原来我内心所有微小的、普通的、对世界纯粹真挚的感受，都是那么可贵！

——Mike，2020 级人大本科学生

创意写作是我特别喜欢的一门课。灵感总是很珍贵的，不会招之即来，而当灵感降临的时候，我又常常有"更重要"的事情要做，难以深耕。创意写作课给了我一个绝佳的机会，让我及时把握住写作的冲动，这个过程是非常惬意的。回忆录是最要心力的。回忆录不仅是在书写体验，还是一场非常深刻的情感疗愈。撰写回忆录的时候，我自己其实吓了一跳。我写下的那些苦痛悲情，在我的生活表层无迹可寻。每年 5 月 12 日及其前后，我总是隐隐不安，但我从未试着找出不安的原因，而答案就在那些封存十多年的记忆之中。我要追溯自己内心的情感轨迹，探索出那种不安的起点，于是十多年前的那些人物，包括他们的形象、话语都逐渐浮现。这种经历像对自己的一次考古，从记忆的碎片中找出长久萦绕的情绪的证据，端详它，解释它——我感受到它隐蔽而强大的韧性，领悟它如何塑造了现在的我。写作之后我明白，那种不安还将继续存在，但它浓缩了种种关于爱和成长、生命与存在的体验和感悟，由我珍藏在心。

——焦子悦，2020 级人大本科学生

致　谢

首先，我要感谢中国人民大学外国语学院的张勇先教授，是他让我在中国人民大学开设了创意写作的系列课程，并鼓励我写出一本对更多读者有益的好书。

感谢在我班上的每一位学生，是你们勇敢的心激励着我，让我坚持到底。我要特别感谢 Martin 愿意和我们分享他从自由写作到创作回忆录的整个过程，使读者可以清晰地看到他的创作过程并因此受到启发。

感谢中国人民大学外国语学院英语系的各位同事，在本书的写作过程中，你们的鼓励和建议一直是我的动力。我还要特别感谢系主任刁克利教授为本书第一版和修订版都写了精彩的序言。

感谢中国人民大学出版社的各位编辑，杜俊红、吴芸、李琳和费小琳老师，是你们的敬业精神和对写作的热爱让我有了更大的信心，完成并出版了本书的第一版。特别感谢杜俊红老师从 2012 年以来对我的持续鼓励和支持，让我看到疗愈写作的重要性，并顺利完成本书的修订。感谢修订版的责任编辑岳娜老师，她和我从头开始一行一行地用心捋顺文字，让修订版能尽早和广大读者见面。

感谢每一位关心我、爱护我的朋友，是你们的关爱让我的生命能够一直成长，能够通过这本书和更多的朋友来分享生命的美好。

感谢每一位选择这本书的读者，是你们对我的信任让这本书能够对你们有所帮助。十年磨一剑。修订版的出版，与每一位读者的厚爱密不可分。愿这本书能祝福更多的读者朋友！

感谢海内外的朋友为本书写下你们真诚的好评，感谢中国驻哥斯达黎加大使先生和国内外专家对我的鼓励，感谢各位写作课一线老师对我的支持，感谢每一位离开人大还依然在"自由写作"的"人大人"——我们是永远的朋友。

最后，我要深深感谢我的爸爸妈妈——中文系毕业的爸爸一直有一颗文学青年的心，接生过上千个宝宝的妈妈对生命有着最敏锐的直觉——感谢你们让我热爱生命，写出我心灵深处的故事，并鼓励所有的朋友都能勇敢地拥抱生活。

创意写作书系

    这是一套广受读者喜爱的写作丛书，系统引进国外创意写作成果，推动本土化发展。它为读者提供了一把通往作家之路的钥匙，帮助读者克服写作障碍，学习写作技巧，规划写作生涯。从开始写，到写得更好，都可以使用这套书。

综合写作		
书名	作者	出版时间
成为作家	多萝西娅·布兰德	2011 年 1 月
一年通往作家路——提高写作技巧的 12 堂课	苏珊·M. 蒂贝尔吉安	2013 年 5 月
创意写作大师课	于尔根·沃尔夫	2013 年 6 月
渴望写作——创意写作的五把钥匙	格雷姆·哈珀	2015 年 1 月
作家笔记	阿德里安娜·扬	2024 年 1 月
文学的世界	刁克利	2022 年 12 月
从创意到畅销书——修改与自我编辑	詹姆斯·斯科特·贝尔	2016 年 1 月
写好前五十页	杰夫·格尔克	2015 年 1 月
虚构写作		
小说写作教程——虚构文学速成全攻略	杰里·克里弗	2011 年 1 月
小说写作完全手册（第三版）	《作文文摘》编辑部	2024 年 4 月
开始写吧！——虚构文学创作	雪莉·艾利斯	2011 年 1 月
冲突与悬念——小说创作的要素	詹姆斯·斯科特·贝尔	2014 年 6 月
视角	莉萨·蔡德纳	2023 年 6 月
悬念——教你写出扣人心弦的故事	简·K. 克莱兰	2023 年 6 月
情节与人物——找到伟大小说的平衡点	杰夫·格尔克	2014 年 6 月
人物与视角——小说创作的要素	奥森·斯科特·卡德	2019 年 3 月
情节线——通过悬念、故事策略与结构吸引你的读者	简·K. 克莱兰	2022 年 1 月
经典人物原型 45 种——创造独特角色的神话模型（第三版）	维多利亚·林恩·施密特	2014 年 6 月
经典情节 20 种（第二版）	罗纳德·B. 托比亚斯	2015 年 4 月
情节！情节！——通过人物、悬念与冲突赋予故事生命力	诺亚·卢克曼	2012 年 7 月
如何创作炫人耳目的对话	詹姆斯·斯科特·贝尔	2016 年 11 月
如何创作令人难忘的结局	詹姆斯·斯科特·贝尔	2023 年 5 月
超级结构——解锁故事能量的钥匙	詹姆斯·斯科特·贝尔	2019 年 6 月
故事工程——掌握成功写作的六大核心技能	拉里·布鲁克斯	2014 年 6 月
故事力学——掌握故事创作的内在动力	拉里·布鲁克斯	2016 年 3 月
畅销书写作技巧	德怀特·V. 斯温	2013 年 1 月
501 个创意写作练习——每天 5 分钟，激发你的创造力	塔恩·威尔森	2023 年 8 月
30 天写小说	克里斯·巴蒂	2013 年 5 月
从生活到小说（第二版）	罗宾·赫姆利	2018 年 1 月

成为小说家	约翰·加德纳	2016 年 11 月
小说的艺术	约翰·加德纳	2021 年 7 月
非虚构写作		
开始写吧！——非虚构文学创作	雪莉·艾利斯	2011 年 1 月
写作法宝——非虚构写作指南	威廉·津瑟	2013 年 9 月
故事技巧——叙事性非虚构写作（第二版）	杰克·哈特	2023 年 3 月
自我与面具——回忆录写作的艺术	玛丽·卡尔	2017 年 10 月
写我人生诗	塞琪·科恩	2014 年 10 月
写出心灵深处的故事——踏上疗愈之旅（修订版）	李华	2024 年 9 月
类型及影视写作		
金牌编剧——美剧编剧访谈录	克里斯蒂娜·卡拉斯	2022 年 1 月
开始写吧！——影视剧本创作	雪莉·艾利斯	2012 年 7 月
开始写吧！——科幻、奇幻、惊悚小说创作	劳丽·拉姆森	2016 年 1 月
开始写吧！——推理小说创作	劳丽·拉姆森	2016 年 7 月
弗雷的小说写作坊——悬疑小说创作指导	詹姆斯·N. 弗雷	2015 年 10 月
游戏故事写作	迈克尔·布劳特	2023 年 8 月
剧本杀——玩法与写法	许道军 等	2024 年 6 月
好剧本如何讲故事	罗伯·托宾	2015 年 3 月
经典电影如何讲故事	许道军	2021 年 5 月
童书写作指南	玛丽·科尔	2018 年 7 月
网络文学创作原理	王祥	2015 年 4 月
写作教学		
剑桥创意写作导论	大卫·莫利	2022 年 7 月
如果，怎样？——给虚构作家的 109 个写作练习（第三版）	安妮·伯奈斯 帕梅拉·佩因特	2023 年 6 月
小说写作——叙事技巧指南（第十版）	珍妮特·伯罗薇	2021 年 6 月
你的写作教练（第二版）	于尔根·沃尔夫	2014 年 1 月
创意写作教学——实用方法 50 例	伊莱恩·沃尔克	2014 年 3 月
创意写作思维训练	丁伯慧	2022 年 6 月
故事工坊（修订版）	许道军	2022 年 1 月
大学创意写作·文学写作篇	葛红兵 许道军	2017 年 4 月
大学创意写作·应用写作篇	葛红兵 许道军	2017 年 10 月
小说创作技能拓展	陈鸣	2016 年 4 月
青少年写作		
会写作的大脑 1——梵高和面包车（修订版）	邦妮·纽鲍尔	2018 年 7 月
会写作的大脑 2——怪物大碰撞（修订版）	邦妮·纽鲍尔	2018 年 7 月
会写作的大脑 3——33 个我（修订版）	邦妮·纽鲍尔	2018 年 7 月
会写作的大脑 4——亲爱的日记（修订版）	邦妮·纽鲍尔	2018 年 7 月
奇妙的创意写作——让你的故事和诗飞起来	卡伦·本基	2019 年 3 月
有个性的写作（人物篇＋景物篇）	丁丁老师	2022 年 10 月
成为小作家	李君	2020 年 12 月
写作魔法书——让故事飞起来	加尔·卡尔森·莱文	2014 年 6 月
写作魔法书——28 个创意写作练习，让你玩转写作（修订版）	白铅笔	2019 年 6 月
写作大冒险——惊喜不断的创作之旅	凯伦·本克	2018 年 10 月
小作家手册——故事在身边	维多利亚·汉利	2019 年 2 月
北大附中创意写作课	李韧	2020 年 1 月
北大附中说理写作课	李亦辰	2019 年 12 月

创意写作课程平台

从入门到进阶多种选择，写作路上助你一臂之力

扫二维码随时了解课程信息

"创意写作课程平台"由中国人民大学出版社"创意写作书系"编辑团队精心打造，历经十余年积累，依托"创意写作书系"海量素材，邀请国内外优秀写作导师不断研发而成。这里既有丰富的资源分享和专业的写作指导，也有你写作路上的同伴，曾帮助上万名写作者提升写作技能，完成从选题到作品的进阶。

写作训练营，持续招募中

• 叶伟民故事写作营

高人气写作导师叶伟民的项目制写作训练营。导师直播课，直击写作难点痛点，解决根本问题。班主任 Office Hour，及时答疑解惑，阅读与写作有问必答。三级作业点评机制，导师、班主任、编辑针对性点评，帮助突破自身创作瓶颈。

• 开始写吧！——21 天疯狂写作营

依托"创意写作书系"海量练习技巧，聚焦习惯养成、人物塑造、情节设置等练习方向，21 天不间断写作打卡，班主任全程引导练习，更有特邀嘉宾做客直播间传授写作经验。

精品写作课，陆续更新中

• 小说写作四讲

精美视频 + 英文原声 + 中文字幕

全美最受欢迎的高校写作教材《小说写作》作者珍妮特·伯罗薇亲授，原汁原味的美式写作课，涵盖场景、视角、结构、修改四大关键要素，搞定写作核心问题。

• 从零开始写故事

高人气写作导师叶伟民系统讲解故事写作的底层逻辑和通用方法，30 讲视频课程帮你提高写作技能，创作爆品故事。

精品写作课

作家的诞生——12 位殿堂级作家的写作课

中国人民大学习克利教授 10 余年研究成果倾力呈现，横跨 2800 年人类文学史，走近 12 位殿堂级写作大师，向经典作家学写作，人人都能成为作家。

荷马：作家第一课，如何处理作品里的时间？

但丁：游历于地狱、炼狱和天堂，如何构建文学的空间？

莎士比亚：如何从小镇少年成长为伟大的作家？

华兹华斯和弗罗斯特：自然与作家如何相互成就？

勃朗特姐妹：怎样利用有限的素材写作？

马克·吐温：作家如何守望故乡，如何珍藏童年，如何书写一个民族的性格和成长？

亨利·詹姆斯：写作与生活的距离，作家要在多大程度上妥协甚至牺牲个人生活？

菲兹杰拉德：作家与时代、与笔下人物之间的关系？

劳伦斯：享有身后名，又不断被诋毁、误解和利用，个人如何表达时代的伤痛？

毛姆：出版商的宠儿，却得不到批评家的肯定。选择经典还是畅销？

一个故事的诞生——22 堂创意思维写作课

郝景芳和创意写作大师们的写作课，国内外知名作家、写作导师多年创意写作授课经验提炼而成，汇集各路写作大师的写作法宝。它将告诉你，如何从一个种子想法开始，完成一个真正的故事，并让读者沉浸其中，无法自拔。

郝景芳：故事是我们更好地去生活、去理解生活的必需。

故事诞生第一步：激发故事创意的头脑风暴练习。

故事诞生第二步：让你的故事立起来。

故事诞生第三步：用九个句子描述你的故事。

故事诞生第四步：屡试不爽的故事写作法宝。

图书在版编目（CIP）数据

写出心灵深处的故事 / 李华著 . -- 2 版，修订版 . --
北京 ：中国人民大学出版社，2024.9. --（创意写作
书系）. -- ISBN 978-7-300-33050-1

Ⅰ. Ⅰ04

中国国家版本馆 CIP 数据核字第 20246Q4A11 号

创意写作书系

写出心灵深处的故事

踏上疗愈之旅（修订版）

李华　著

Xiechu Xinling Shenchu de Gushi

出版发行	中国人民大学出版社				
社　　址	北京中关村大街 31 号		**邮政编码**	100080	
电　　话	010 - 62511242（总编室）		010 - 62511770（质管部）		
	010 - 82501766（邮购部）		010 - 62514148（门市部）		
	010 - 62515195（发行公司）		010 - 62515275（盗版举报）		
网　　址	http://www.crup.com.cn				
经　　销	新华书店				
印　　刷	天津中印联印务有限公司		**版　　次**	2014 年 1 月第 1 版	
开　　本	720 mm×1000 mm　1/16			2024 年 9 月第 2 版	
印　　张	18.75 插页 2		**印　　次**	2024 年 9 月第 1 次印刷	
字　　数	241 000		**定　　价**	59.00 元	